CLÁUDIA LEMES

EU VEJO KATE

O DESPERTAR DE UM SERIAL KILLER

AVEC
EDITORA

CB130922

Copyright© 2023 Cláudia Lemes

Todos os direitos dessa edição reservados à editora AVEC.

Nenhuma parte desta publicação poderá ser reproduzida, seja por meios mecânicos, eletrônicos ou em cópia reprográfica, sem a autorização prévia da editora.

Editor: Artur Vecchi
Projeto Gráfico e Diagramação: Vitor Coelho
Design de Capa: Vitor Coelho
Revisão: Gabriela Coiradas

3ª edição, Avec Editora, 2023
2ª edição, Independente, 2019
1ª edição, Editora Empireo, 2015
Impresso no Brasil/ Printed in Brazil

Dados Internacionais de catalogação na Publicação (CIP)
(Câmara Brasileira do Livro, SP, Brasil)

L 552

Lemes, Cláudia

Eu vejo Kate : o despertar de um *serial killer* / Cláudia Lemes.
– Porto Alegre : Avec, 2023.

ISBN 978-85-5447-153-8

1. Ficção brasileira
I. Título

CDD 869.93

Índice para catálogo sistemático: 1.Ficção : Literatura brasileira 869.93
Ficha catalográfica elaborada por Ana Lucia Merege – 4667/CRB7

AVEC EDITORA

Caixa Postal 6325
CEP 90035-970 – Porto Alegre – RS
contato@aveceditora.com.br
www.aveceditora.com.br
@aveceditora

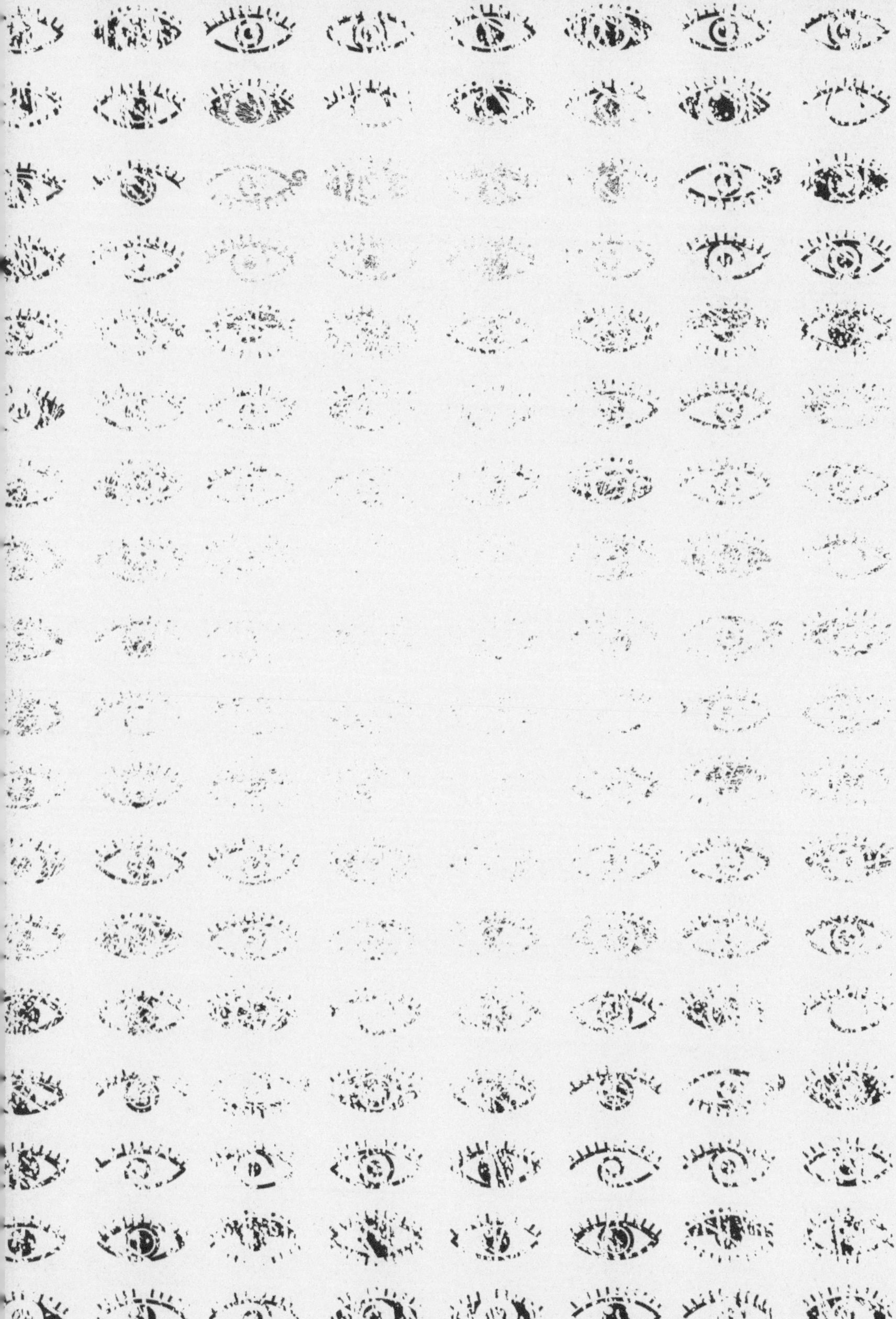

Aviso de gatilho: Esta obra é destinada a maiores de 18 anos, tem conteúdo ultraviolento e pode conter gatilhos fortes para algumas pessoas relacionados a: violência extrema, racismo, homofobia, misoginia, gordofobia, xenofobia, tortura, violência sexual, abuso físico e psicológico.

Este thriller se baseou em mais de dez anos de estudo sobre assassinos em série, e além de contar uma história fictícia sobre desse tipo de criminoso, tem como objetivo mostrar ao leitor a mente de um *serial killer*. A construção do personagem Nathan Bardel foi, portanto, realista, assim como a construção dos demais personagens. Todos os crimes cometidos neste livro já foram cometidos na vida real. Infelizmente, nada aqui é exagerado.

As opiniões expressas neste livro são opiniões dos seus personagens e apenas deles. Os pensamentos, ações e sentimentos dos personagens de *Eu Vejo Kate* em nada refletem as opiniões da autora ou de qualquer outro profissional envolvido na edição deste livro, nem da AVEC Editora. Tampouco, os pensamentos, ações e sentimentos desses personagens são mostrados nesta narrativa como "corretos" ou "ideais".

Por extensão, os diálogos por personagens fogem à norma culta da língua portuguesa para serem retratados da forma mais natural possível, o que inclui algumas coisas que escrevem. Os erros de ortografia e gramática cometidos por eles, em especial por dois personagens, são propositais e escolha da autora.

INTRODUÇÃO À TERCEIRA EDIÇÃO

Sempre achei que introduções do próprio autor eram autosservientes e a pior forma possível de "explicar" o que o leitor precisa sentir, sem interferência. No entanto, para esta edição de *Eu Vejo Kate*, em especial porque muita coisa mudou desde que o livro foi publicado pela primeira vez, achei prudente oferecer algumas palavras de cautela aos desavisados.

Eu Vejo Kate não é o livro mais violento que já escrevi, mas certamente é o livro que mais me machucou, como mulher e vítima de violência sexual na adolescência. Minha maior surpresa não foi que esta história me inseriu na escrita de ficção de crime – e que até hoje é uma das preferidas dos meus leitores. Meu choque foi ter recebido, de dezenas de mulheres, mensagens de gratidão por ter abordado os temas aqui presentes, e de forma tão explícita.

Essas reações inesperadas me fizeram refletir, por anos, sobre a quantidade de violência que um autor pode – e deve – inserir numa obra de ficção.

Eu não suporto autores que se gabam de violência. Em todos os livros que escrevi até hoje, sempre tentei dosar as descrições mais pesadas e ser responsável pela palavra escrita. Ao mesmo tempo, minha lealdade sempre é à história. O problema da poda é o medo. Quando você decide não descrever tortura porque não acha que ela serve à trama, é uma escolha que parte da sabedoria. Quando deixa de incluir uma descrição violenta só porque não quer que alguém questione a necessidade dela, ou pior, a moralidade dela, essa escolha é feita a partir do medo. Se criamos literatura e outras artes com medo, as obras deixarão de conter verdades – agradáveis ou não.

Eu sei que *Eu Vejo Kate* é violento. Pior, ele é explícito, ácido, sádico e triste. Nasceu depois de mais de uma década pesquisando assassinos em série e a proposta foi mostrar como eles realmente são: o que pensam, o que fazem, como se tornam o que se tornam. Então, *Eu Vejo Kate* nunca teve intenção de ser um livro agradável. Ele tem sexo, porque a vida tem sexo. Ele tem morte, estupro, sadismo e assassinato, porque, infelizmente, a vida tem isso também. Deixar de escrever sobre esses assuntos ou "pegar leve" não vai mudar a realidade. Mostrar a seriedade da violência e o impacto emocional que ela causa nas vítimas e na sociedade, pelo menos, é uma forma de forçar os sentimentos e reações que serão combustível para mudanças. Espero que consiga ler este livro como eu li aqueles que tiveram grande impacto na minha alma, por mais cruéis que tenham sido as experiências de leitura: *Tampa*, da Alyssa Nutting; *Lolita*, de Vladmir Nabokov; *Mãos Secas com Apenas Duas Folhas,* da Paula Febbe; *Princesa*, da Jean P. Sasson; *I Miss the World*, da Violet LeVoit; e *Rose Madder*, do Stephen King, para citar alguns. Entre tantos livros suaves e agradáveis, foram esses que me tornaram uma ferrenha defensora dos direitos das crianças e mulheres e uma autora que, na última década, perdeu o medo de colocar seus piores pesadelos e experiências em palavras.

Para Leandro

PARTE UM

O DESPERTAR

NATHAN

Eu vejo Kate. Ela não me vê.

Uma das minhas dúvidas constantes em relação a minha condição – e a dela – é se ela poderia me ver se acreditasse em mim. Ou se não me ver não é – e nunca foi – decisão dela.

Kate está fazendo uma pesquisa neste exato momento. Ontem à noite, decidiu escrever minha biografia, a história da minha vida, dos meus crimes e da minha morte.

O que Kate não sabe é que isso chamou minha atenção.

Aqui estou eu, do que você escolher me chamar – fantasma, espírito, aparição, energia residual, não importa. Sou Nathan Bartham Bardel, também conhecido como *O Esfaqueador de Damas de Blessfield*. Esse é provavelmente o apelido mais preguiçoso que poderiam ter me dado e eu o odeio. Até gosto que identifique a cidade onde cresci e assassinei a maioria das minhas vítimas, mas "damas" é ridículo. E "esfaqueador", embora deixe explícito a minha arma de escolha, limita a compreensão do meu *M.O.* Eu deveria ter recebido um apelido mais sinistro, original, esclarecedor e autoexplicativo. Não havia nada que pude fazer sobre isso. E, acredite em mim, eu tentei.

Meu pai me chamava de Nathan.

Minha mãe me chamava de Nate.

Minha irmã me chamava de B. B.

Meu padrasto, mais tarde, simplesmente não me chamava.

Alguns garotos me chamavam de bundão, seja lá o que isso signifique.

Concentro-me em Kate agora.

Ela está radiante com a sua própria ideia, empolgada por ter um novo projeto. Apercebi-me dela quando falou meu nome em voz alta pela primeira vez, sentada com as pernas flexionadas, pés sob a bunda, ao telefone com sua editora e amiga, Savannah. Está sorrindo enquanto diz, cigarro na mão:

— O interessante é que o cara é de Blessfield. *Serial killers* estão na moda. Quero fazer algo tão detalhado e substancial quanto Zodíaco, mas muito menos entediante. Eu quero o sangue, tripas e o sexo da coisa. É o que o público quer também.

Ela fica calma enquanto ouve Savannah na linha. Estou feliz por ainda não ter começado a me xingar, empolgado pelo seu interesse. Sim, sinto coisas. Eu tenho emoções. E confiem em mim, sempre tive. Na verdade, assassinar foi sempre um ato emocional.

Kate desliga e fica ali, imóvel, fumando. Sua mente tenta organizar suas ideias. Eu a acho, naquele momento, linda. Sei que, se estivesse vivo, eu não descansaria até ter tirado sua vida. Eu não dormiria até sentir sua pele quente contra a minha. Teria sonhado com o calor de seu sangue pingando em mim e teria tido ereções perigosamente intensas e duradouras com esses pensamentos.

Kate apaga o cigarro. Ela caminha com os pés descalços até a mesa da cozinha, onde o seu luxuoso notebook está aberto, com a tela preta esperando por algo. Seu teclado desejando, como eu, ser tocado.

Ela senta e move o mouse em rápidos e pequenos círculos, trazendo a tela para a vida, e começa a sua investigação sobre mim. Toma nota dos poucos livros que mencionam meu nome ou meus crimes. É por aí que vai começar, mas antes faz algo que tem um impacto forte e definitivo sobre mim: Kate salva uma imagem minha, uma fotografia colorida em tons de magenta e amarelo profundo, e a define como fundo de tela.

Isso me faz sorrir. Eu não sorrio mais com os lábios, é um sorriso da alma, de tudo o que sou.

Kate é uma mulher pequena, de vinte e nove anos e pele pálida, que odeia. Tem um desejo ardente de ter um bronzeado dourado que possa mostrar em calças capri brancas. Se tivesse essa cor, ela esfregaria apenas uma gota de óleo de bebê nas pernas, que adquiririam um brilho bronze. Para Kate, nada poderia ser mais sexy.

Ela tem cabelos pretos e brilhantes que passam ligeiramente dos ombros. Estou apaixonado pelos cabelos dela.

Seus olhos verdes são minha característica preferida, com os cílios mais compridos e grossos que me lembro de ter visto. Seus lábios são carnudos e hoje estão secos. Ela não sabe que tem sangue celta correndo nas veias, mas sei que tem mais coisas misturadas aí, sangue alemão, talvez. A família dela acha que são cem por cento irlando-americanos. São caipiras babacas e ignorantes, e sei disso porque ela sabe disso. Ela sente vergonha por não terem cultura suficiente para compreender sua obra. Quando ela menciona o nome de um escritor popular contemporâneo, como Dan Brown, eles não têm ideia de quem ela está falando. Fica envergonhada que sua irmã fez papel de idiota quando ficou grávida na escola e teve que sair no ensino médio para cuidar de seu sobrinho, Morris. Sua família reside em Blessfield até hoje. Será que cheguei a conhecer alguma dessas pessoas no minimercado local? Eu me pergunto se já coloquei os olhos em sua irmã e desejei-a febrilmente.

Ela gosta de correr – não por causa dos resultados em seu corpo, mas porque a atividade a bombeia com hormônios que dão a sensação de prazer. A corrida moldou seu corpo e, embora seja magra, tem braços, abdome e coxas durinhos, além de peitinhos que terminam em mamilos castanho-claros. Suas unhas são curtas porque as rói. O corpo carrega finas cicatrizes, praticamente invisíveis, porque ela costumava cortar-se quando era adolescente. Ninguém sabe disso fora nós dois. Kate tem vergonha da automutilação. Sempre que o assunto surgiu no passado, durante um jantar com amigos ou algo do tipo, ela permaneceu em silêncio. Cortar-se não é tão absurdo ou doloroso como a mídia gosta de mostrar. Algumas pessoas sequer sabem que são cortadoras. Depois de um tempo, a dor é secundária. Kate sabe disso. Ela já pesquisou sobre os químicos que nosso cérebro libera em nossos corpos quando frequentemente nos expomos à dor. Ela acredita que o corte liberta os demônios interiores, pelo menos por um tempo. Leu sobre tribos da África cujos membros cortam-se como parte de rituais espirituais de purificação. Um de seus livros favoritos, Love: A História de Lisey, de Stephen King, fala basicamente a mesma coisa.

Kate foi dormir às quatro da manhã, finalmente satisfeita com a sua pesquisa. Tomou uma ducha, que observei, e percebi que ela gosta de água tão quente que chega quase a ferver. Acho que deve sentir-se suja por alguma coisa, porque é para isso que serve água fervendo, não é? Purificação. Ela sai e seca-se, metodicamente, com uma velha toalha azul. Envolve o cabelo com a toalha e caminha para o quarto sem olhar para si mesma no espelho. Passa direto por mim e eu desejo com toda minha vontade ser capaz de tocá-la.

Vejo como veste calcinhas brancas e abre três gavetas em busca de uma camiseta que não encontra. Ela murmura:

— Ele levou? Porra, não acredito que ele levou!

Sinto como está nervosa e triste. Concentro-me e entendo que ela ama alguém. Alguém que recentemente a deixou e levou sua camiseta preferida.

Kate suspira, fecha os olhos e não se move por um tempo. Adoro que está nua. Então reabre sua segunda gaveta e tira uma regata de algodão estilo nadador que comprou na liquidação de uma loja de departamento três meses atrás. Ela a veste e vai até a cômoda, onde brutalmente aperta os botões de um telefone celular com seus polegares. Eu leio o que está escrevendo enquanto acha as palavras: "desgraçado pegou minha camiseta do Frankenstein", e pressiona enviar. Vejo que está pensando em Savannah. Há mais nessa história, mas não sou capaz de compreendê-la agora. Sou limitado. Não sei como as informações chegam até mim.

Kate recebe imediatamente uma mensagem. Eu vejo seu alívio. A mensagem diz: "mate-o".

Eu sorrio com toda a minha alma novamente. Kate sorri também. Nós já temos tanto em comum.

Ela dorme com a televisão ligada, sem escovar os dentes. Tomou sorvete enquanto assistia a um episódio de sua série preferida, algo sobre investigação criminal, sem nenhum comprometimento com a verdade. Fumou um cigarro e adormeceu. Eu me aproximo e sento-me em sua cama, onde fico observando-a. O tempo para mim não é o mesmo que o tempo para os que estão vivos. Eu não me canso de vê-la. Fico lá até ela acordar.

Quando isso acontece, ela se senta no vaso sanitário e urina. Lava o rosto e as mãos, escova os dentes e faz café na cozinha. Assim que sente o gosto da bebida, acende um cigarro e fuma um pouco mais. Está calma e contente. Sua felicidade é como um cobertor de esperança numa noite gelada. Há tristeza por baixo, relacionada ao homem que a deixou. Já a felicidade está relacionada com o novo homem em sua vida.

Eu.

Uma semana se passou.

Savannah está interessada no livro de Kate, que publicou dois até agora. O primeiro não vendeu muito, mas teve algumas boas críticas, enquanto o segundo foi muito melhor, embora ainda seja uma escritora desconhecida. Esta vai ser sua primeira obra de não ficção. Ao contrário de Savannah, Kate não acha que exista muita diferença entre escrever romances e biografias.

Eu amo estar aqui. Ela decorou a sala de estar comigo e com o meu trabalho, imprimindo artigos sobre mim, ornamentando suas paredes com fotos de minhas vítimas. Logo abaixo, colou fichas com seus nomes completos, datas de nascimento e morte, cidades de origem, locais da morte, M. O. Acho isso fascinante; um mapa da minha arte.

Sua casa está se tornando um museu sobre mim. Ninguém nunca se importou tanto comigo quanto ela. Tive manchetes em abundância nos jornais, mas, após minha morte, fui esquecido até Kate ter sua brilhante ideia.

Ela é metódica. Acredita que isso tem a ver com o fato de ter nascido sob o signo de Virgem. É possível. Acho isso bobagem, mas sou um homem de mente aberta e posso ser convencido a acreditar.

Kate está fazendo uma linha do tempo da história da minha vida e tem que fazê-la fisicamente, não consegue visualizá-la no computador. Ela arrasta um comprido fio de lã vermelha contra a parede, logo abaixo das fotos, prensando tachinhas nele para fixá-lo. Parece estranhamente fora de lugar quando termina, mas ela está satisfeita. Sua intenção é traçar linhas em ordem cronológica, colar cartões na ponta de cada uma, nos quais vai escrever fatos importantes da minha vida. Isso será uma surpresa para mim. Kate vai organizar fatos e eventos até encontrar conexões importantes entre eles. Estou ansioso para isso.

Esta noite, ela decide parar de trabalhar mais cedo. Acaba de entrar no apartamento, carregando algumas sacolas de compras, sem se preocupar em trancar a porta, o que me faz perceber que é ingênua como minhas vítimas. Quando começa a retirar os itens das sacolas, vejo coisas pouco saudáveis: três pacotes de cigarros, pipoca de micro-ondas, refrigerante de cereja, burritos congelados. Ela enfia um cigarro entre os lábios e fuma à medida que arruma as coisas, desfrutando do silêncio de seu apartamento. Outra coisa que temos em comum: eu amo o silêncio.

Kate comprou quatro cervejas – gosta das alemãs. Abre uma enquanto coloca dois burritos no micro-ondas. Há alguém em sua mente, mas não consigo ter uma ideia clara de quem poderia ser. Ela antecipa alguma coisa.

Em minutos, a campainha toca e Kate está animada. Descubro-me intrigado quando vejo que é sua amiga Savannah. É a primeira vez que a vejo.

Savannah é uma dessas mulheres vulgarmente bonitas, do tipo que me atraía imediatamente quando estava vivo, com pele bronzeada e compridos cabelos loiros. Está, no entanto, perdendo sua juventude, está longe dos seus dezoito aninhos. A maternidade estragou-a. Quando sorri, algumas rugas de expressão aparecem e há um ligeiro inchaço sob os olhos azuis. Savannah sabe que é bonita e sabe que é mais bonita do que Kate, uma constante fonte de alívio para ela.

Ao olhar a sala do apartamento com uma verdadeira expressão de choque, Savannah pensa que a amiga pode estar cruzando a linha da insanidade. Eu sei que Kate ainda é muito sã, e ela parece orgulhosa por causar preocupação.

— Isso não pode ser saudável. — É o primeiro comentário da amiga.

Todos podemos ouvir o zumbido baixo do micro-ondas.

Kate entrega-lhe uma cerveja e admira seu trabalho.

— Você não pode esperar que eu não me envolva.

— Você não superou o Dale. Ainda está deprimida.

— Foda-se — murmura Kate, bebendo cerveja.

— Então, me fala sobre esse monstro.

— Estou surpresa que ele não teve mais atenção. Ele matou pelo menos doze pessoas de maneiras insanamente cruéis. É um *serial killer* clássico, com manias, assinatura e uma boa dose de sadismo e crueldade. Tenho fotos, tenho depoimentos de policiais. Posso escrever esta história de uma forma que pode torná-lo o próximo Bundy.

Eu não sei como me sentir sobre isso. Ela está fazendo tudo parecer tão simples. Sou grato por sua motivação, sua dedicação, sua paixão, mas tenho medo de que ela não vá, mesmo depois de toda a sua pesquisa, me compreender.

Savannah senta-se.

— Me fala sobre o Dale.

Dale é o galã que partiu o coração de Kate, sei disso instantaneamente, o cara que a machucou. Minha biógrafa não quer falar sobre ele, mas olha a parede com as fotos de minhas queridas vítimas e fala:

— Dale está morando com uma vagabunda chamada Alice.

— Como sabe?

— Internet. Redes sociais. Não tenho vergonha de *stalkear*. Ele toca violão para ela, ela fica molhada, eles postam fotos de viagens para o Havaí e Nova Iorque...

É interessante para mim como isso a deixa irritada. Ela se sente completamente inútil, rejeitada, humilhada. Conheço a sensação.

Savannah bebe um gole de cerveja, sentada na beirada do sofá com os joelhos unidos, brincando com a tampa da garrafa.

— Ele me ligou na quinta-feira.

Isso surpreende e irrita Kate, que finge não se importar.

— Por quê?

— Me perguntou como você está.

— Filho da puta. Você disse que eu estava bem, né?

— Eu disse que estava seguindo em frente.

Ela fica satisfeita com a resposta, mesmo sendo mentira da amiga.

— Quanto tempo tenho para terminar o livro?

— Me diz você. Quanto tempo vai demorar?

— Não mais de cinco meses, espero.

— Seu prazo será de seis, então. Quando ele foi executado?

— Sete de maio.

— Eu quero o lançamento como uma comemoração de um ano da sua morte, vai ser boa publicidade.

Comemoração. Palavra interessante.

Kate concorda.

— Dá para ver o potencial de comercialização disso.

Savannah está perdida em seus pensamentos. Ela olha para minha parede novamente, mas não quer lê-la. Começo a entender o que está pensando; estou surpreso ao saber que ela conheceu Kate na faculdade e que dormiram juntas naquela época. Durante três anos, perderam contato. Agora se consideram melhores amigas. Savannah pensa sobre sexo com Kate. Ela detesta a sensação de sentir saudades e de saber que o m arido é péssimo na cama.

Decido que não vou com a cara de Savannah, essa puta superficial com graves tendências narcisistas; permito-me fantasiar sobre cortar sua barriga devagar com um estilete e mandá-la correr pela sua casa suburbana enquanto seus intestinos deslizam para fora e batem em suas coxas nuas.

Elas discutem sobre outras pessoas que conhecem, então Savannah encontra uma maneira de trazer Dale para a conversa mais uma vez:

— Se você quiser sair, tomar uma bebida... conhecer um cara...

Kate considera isso. Então, inclina-se contra o sofá.

— Não agora, mas valeu pela oferta.

— Você não fez nada de errado. As pessoas acabam se afastando.

— Ele não precisava transar com ela enquanto estávamos juntos.

— Ele pensou que poderia ter as duas por um tempo.

— Tenho certeza que teve.

Essa conversa me entedia, então caminho até o meu mural. Elas continuam a falar atrás de mim enquanto concentro minha energia na parede. Kate encontrou artigos curtos sobre cada crime. Escreveu resumos:

> 1º Episódio conhecido: vítima sexo feminino - 22 anos - Candace Wilkins - nascida em Blessfield, FL. Encontrada morta na cena do crime, área arborizada a três quilômetros do supermercado onde ela trabalhava como caixa - Mercado Sav-Sum. Cena desorganizada, morta no local. 19 facadas com faca curta (overkill); agressão sexual post mortem, sem DNA (lubrif. preservativo). Nada tirado da vítima.

Incomoda-me a forma como isso está resumido. Até mesmo Kate sabe que há um monte de outros detalhes que ela tem de considerar. Eu penso sobre Candace, que matei dezenove anos atrás, aos 21. Na verdade, ela foi minha primeira vítima, mas não o primeiro ser vivo que torturei. Lembro-me da beleza de Candace. Eu só matava as bonitas. Sempre me surpreendeu como outros conseguem direcionar tanta energia, planejamento e esforço para matar asiáticas, pretas e gordas. Não sentia nada em relação às mulheres que não eram lindas e talvez por isso não fiz muitas vítimas, mas tenho certeza de que meus momentos com elas foram muito mais gratificantes do que os assassinatos cometidos pelos meus colegas.

Sei que sou superior, mais esperto e melhor do que eles em tudo. Só fui pego porque, bem... eu perdi o controle, como disse o especialista.

Voltando a Candace, recordo-me dos seus cabelos castanhos, olhos azuis bem vivos e a maquiagem pesada que costumava usar. Ela voltava para casa do trabalho a pé, todas as noites, às oito horas. Fala a verdade: Candace queria ser pega por um cara como eu.

Kate destacou, com uma caneta amarelo neon, trechos dos artigos que acredita serem importantes. Hora, data do sequestro, quanto tempo devo ter passado com o corpo etc. Eu não fiquei muito tempo com Candace. Estava com medo naquela noite, suando dentro da minha blusa preta, a adrenalina me fazendo sentir como se minha cabeça tivesse se expandido. Minhas mãos tremiam e eu estava com muito, muito medo de ser pego. Tive receio de que ela fosse correr, me bater, gritar, mas ela não fez isso. Depois que a joguei dentro da minha picape velha, ela lutou um pouco, até que lhe dei um tapa, fraco e desengonçado. Ela calou a boca, embora eu não tenha dito nada. Chorava baixinho enquanto eu dirigia.

Eu estava animado e fisicamente excitado. Não queria que ela olhasse para o meu rosto, não por receio de ser identificado, porque eu já sabia que ia matá-la, soube assim que a vi. Só não queria ela me olhando. Eu também precisava viver aquilo, ver se a sensação era tão boa quanto a fantasia. Então, gritei com ela e ela olhou para o lado, deixando escapar alguns gritinhos nervosos. Lembro-me do som tão bem.

Só que eu não me lembro de tudo daquela noite. Tenho memórias borradas e desconexas de matar. A noite estava mais abafada do que o normal e eu sentia muito calor. Conhecia bem aquela mata, costumava passar muito tempo lá quando adolescente, fumando, pensando, bebendo, às vezes. Levei-a diretamente para aquele ponto; ela chorava. Tagarelou e falou o nome e onde tinha estudado e que tinha um cachorro. Ela me implorou para não a machucar, mas eu nem escutava. Estava curtindo o silêncio das árvores ao meu redor, as árvores que me abrigavam, que sempre me confortavam e que agora eram mais do que testemunhas para a minha primeira vez – eram cúmplices. Estavam ali para assistir.

Sobre matar... lembro que foi rápido. Puxei a faca do bolso de trás (como pode o FBI considerar isso desorganizado?) e desci a lâmina nela; sinceramente, não tinha ideia de quantas vezes até agora. Kate escreveu dezenove. Ela pode estar certa. Se eu tivesse que adivinhar, teria dito sete ou oito. Entendo que o número dezenove deve ter sido informado a mim por algum policial, investigador ou o agente Ryan Owen. Mas eu não tenho lembrança disso.

Também me recordo da reação física às facadas. Poder é difícil de descrever. Foi mais do que isso. Mais do que controle, mais do que vingança. Quando ela estava morta, entendi que me precipitara. Agressão sexual *post mortem* soa como algo tão diferente do que foi. O corpo ainda estava quente, ela parecia estar viva. Embora o meu desejo sexual nunca fosse mais forte, eu estava nervoso demais para gozar. Depois de cerca de... quanto tempo se passou? Quinze minutos? Larguei-a lá, já com saudades, perguntando-me se deveria voltar. Ela era minha, afinal.

Este é o momento em que minha memória fica embaçada. Não me lembro de dirigir para casa. Tenho recordações do dia seguinte e de como a experiência parecia ao mesmo tempo real e nebulosa. Assumi um puta risco e voltei para onde a havia deixado, mas era tarde demais, Candace já havia sido descoberta. Eu dirigi por lá, lentamente, olhando para o grupo de umas vinte pessoas que estavam perto. Dois policiais conversavam e tomavam notas. Outro falava no rádio.

E o próximo sentimento foi de orgulho – disso eu me lembro.

Alguma coisa está acontecendo. Não tenho ideia de quanto tempo se passou enquanto eu pensava sobre Candace, porque Savannah está parada na porta e elas estão trocando algumas palavras de preocupação e gratidão. Kate está fechando a porta e olhando diretamente para mim agora. Quase espero que diga: "Você não gosta dela, não é?", mas, em vez disso, ela está andando em minha direção com uma expressão cansada. Ela para na minha frente com os braços cruzados e olha para foto de Candace.

Eu quero que ela saiba. Quero me sentar com ela e contar como foi com essa vítima. Eu quero contar cada pequeno detalhe daquela noite, desejando que ela saiba como o sangue jorrou da garota quando eu puxei a faca, que saiba que levantei minha blusa para que pudesse receber seu sangue em meu abdome enquanto metia nela. Quero ter o talento para expressar, com palavras, como foi matá-la, a sensação que me proporcionou. Kate não está me ouvindo, está movendo seu braço e tocando o rosto de Candace na fotografia impressa, com as pontas dos dedos. Ela pergunta:

— Foi rápido?

E eu me dou um momento. Ela está verbalizando essa dúvida. Sinto uma conexão com Kate que nunca senti antes, exceto com minhas vítimas. Eu digo: "Muito rápido!", numa voz alta que nunca sai de mim. É apenas um pensamento. Como minhas vítimas, Kate e eu estamos compartilhando este momento único, singular. Ela suspira. É um som significativo, exausto.

Então, ela dá alguns passos ao redor da sala. Sua mente está borbulhando com as coisas que Savannah disse sobre o cara, Dale. Sente falta do desgraçado. Então, Kate decide agir: pega um livro de uma pilha, senta-se no sofá e começa a ler. É um livro escrito por *profilers* do FBI e mostra pesquisas e entrevistas com assassinos e estupradores em série. Ele contém estatísticas documentadas sobre a infância do indivíduo entrevistado, seus traumas e como eles viviam em um mundo agressivo de fantasia sádica e um monte de outras coisas.

Eu quero dizer a Kate que não é tão simples.

A pesquisa está consumindo minha biógrafa. Está viciada no assunto. Esta semana, terminou o livro escrito por *profilers* e mais dois escritos por Robert Ressler. O que mais gostou até agora foi Homicídio Sexual: Padrões e Motivos, sobre o qual fez uma caralhada de anotações.

Agora tem A Enciclopédia dos *Serial Killers* aberta na sua frente. Grifa e faz comentários com um lápis, comentários que eu adoro e me fazem respeitá-la um pouco mais. Para quase tudo que lê, Kate escreve uma referência. Às vezes, é uma frase de um filme, outras, o refrão de uma música, e muitas vezes algo que leu em outro livro. Ela tem uma memória notável.

Esta semana ela não saiu, nem foi correr, o que me intriga. Falou distraidamente com a mãe no telefone e mal podia esperar a mulher desligar. Recebeu um telefonema de Savannah, que disse ter conseguido uma entrevista com um cara chamado Mark Gambatto, o filho da puta que conduziu a investigação sobre mim. Ele trabalha para o Departamento de Polícia de Miami-Dade.

Kate já preparou suas perguntas para a entrevista. Começo a me perguntar por que é tão imperativo que eu fique aqui, que a estude. Sinto-me atraído por ela, mas é um fascínio pela forma como sua alma me parece bela. E muita curiosidade.

Kate não é especial – não para a sociedade, não para o namorado dela, não para sua melhor amiga. Certamente não para sua família. Mas é para mim.

Ela está lendo sobre cenas de crime que são sexuais ou não sexuais quando há uma batida na porta. Intrigada, Kate torna-se mais consciente de si mesma: não tomou banho hoje ainda, e suas roupas são confortáveis, soltas no corpo, mas não atraentes. Ela penteia o cabelo com os dedos e para na porta.

— Quem é?

Estou emocionado por ouvir sua voz novamente.

— Sou eu, gata, abre!

Está surpresa, assustada, com o coração acelerado. É o tal do filho da puta.

De repente, ela odeia sua aparência. Mas abre a porta.

Eu vejo o tal do Dale entrar. Ele é aquele cara, o atleta por quem as meninas da minha escola costumavam se molhar todas, o cabelo loiro escuro penteado com cuidado, músculos moldando a camiseta. Ele lhe dá um sorriso delicado e esfrega as mãos. Kate está fechando a porta e olhando para ele, e eu não posso deixar de sentir repulsa por ela por agir como uma vagabunda.

— O que você quer? — Ela tenta deixar a voz firme e impaciente.

— Vim para ver como você está.

Não, ele veio para trepar com ela. Ele sabe que Kate vai deixar. Veio para sentir o poder que tem. Eu entendo esse babaca melhor do que ele entende a si mesmo. Esse cara, não eu, é um psicopata.

— Estou bem, tenho um projeto novo. Como está sua nova puta?

Ele sorri, sem jeito.

— As coisas não estão tão boas entre nós. Ela sabe que ainda penso em você.

Ela está dividida entre o desejo de beijá-lo e o desejo de abrir seu saco escrotal com uma navalha.

— Vai me deixar sentar, vamos conversar?

Kate apenas balança a cabeça, consentindo. Ele se senta e é quando vê minha história de vida na parede e solta um assobio.

— Que porra é essa?

— Meu trabalho.

— Posso ver, mas quem são essas pessoas? — Ele está desconfortável.

— Vítimas de Nathan Bardel.

Eu o observo. Ele ouviu o meu nome antes, talvez no noticiário. Ele franze a testa.

— O *serial killer*? Executado há alguns meses? Vai escrever inspirada nele?

Kate está incomodada com suas perguntas e eu quero que o mande embora para ficarmos sozinhos de novo.

— Não, a biografia dele.

Dale pisca duas vezes.

— Esse é seu projeto?

— Agora é.

— Isso é saudável? — Ele aponta para a parede.

— Não. Mas namorar você também não era. Sou autodestrutiva, lembra?

Ele sorri. Dá um tapinha no sofá no lugar vago ao lado dele. Acho esse gesto absurdamente arrogante. Sinto o impulso de morder o pescoço desse merda, ouvi-lo gritar como uma vagabunda e tentar parar a dor e o sangramento com sua mão de atleta.

Kate vai. Senta-se.

— Sinto sua falta — ele começa. — Eu só quero saber se você está bem, se precisa de alguma coisa.

Ela coça o queixo.

— Queria que você não viesse mais aqui. É difícil... — Ela não sabe como continuar.

— Katherine — ele fala numa voz melosa. — O que posso fazer agora? Estraguei tudo. Está feito e não posso voltar atrás.

— Nós conversamos... — Ela ri de um jeito nervoso. — Estávamos falando, você e eu, sobre morar juntos, lembra? E enquanto estávamos pensando em tomar um passo definitivo como parceiros, você estava transando com outra mulher. Como conseguiu fazer isso? Éramos sinceros um com o outro.

Por algum motivo, não estou entediado com essa babaquice. Eu sinto a agonia, a dor dela. Não é o melodrama forçado que eu tinha imaginado. Eu me pergunto como ela não vê quem esse cara realmente é. Por que não apenas o substitui? Essas pessoas são patéticas, parecem interpretar um papel em alguma novela projetada para dar-lhes um senso de propósito. Mas nunca consigo ficar bravo com Kate por muito tempo.

Dale pede desculpas. Vejo que ele não está sendo sincero.

Ele amanteiga Kate como se ela fosse um pão que ele vai comer: fala sobre seus sonhos de casar-se com ela e ter filhos um dia, num futuro distante. Diz que não se sente pronto ainda, que está confuso, que dormir com Alice foi imaturidade da parte dele, uma tentativa desesperada de escapar das pressões dos planos que estavam fazendo. Ele faz, com facilidade, com que ela se sinta culpada pelo comportamento dele.

Enquanto observo isso, meu ódio pelas mulheres e como são burras me aperta com força surpreendente. Lembro-me das inúmeras vezes que senti esse ódio, desde criança.

Então, ela deixa o cara beijá-la.

O homem tira as roupas de Kate e a come no sofá. Estou intrigado com a facilidade com que ela cedeu. Acho interessante que as fotos na parede não causam nele a aversão que deveriam.

Ele posiciona o corpo dela de costas para ele e a fode por trás enquanto ela segura no encosto do sofá e fecha os olhos. Kate sente algo que mal pode ser classificado como prazer. É o contato com ele que ela quer. Para ela, esse ato físico puramente animalesco tem um apelo emocional. É uma idiota por deixá-lo trepar com ela como se fosse qualquer boceta comum. Tudo acontece bem rápido, e ela não goza. Nos minutos seguintes, Dale está falando com sussurros doces e caindo fora.

Estou alarmado agora. No silêncio, Kate fica sentada no vaso sanitário, limpando-se. Então, de repente, ela para de se mexer completamente. Acho que ela vai chorar, mas faz algo diferente.

De calcinha, ela vai com passos rápidos e firmes para a cozinha. Pega uma faca enorme e absurdamente afiada e leva-a para o banheiro como quem carrega um bem precioso.

Ela se senta sobre os azulejos frios e toca a ponta da faca no lado de fora de seu tornozelo. Muito devagar, com cuidado e deliberação brutal, Kate esculpe um pequeno X em sua pele. Ela sangra muito pouco. Estou comovido com sua homenagem e acho que meus olhos se encheriam de lágrimas se eu pudesse chorar; fiquei conhecido, nos meus dias de glória, por esculpir um X perfeito nos mamilos de minhas vítimas. Leva dois deslizes profundos de uma faca afiada, um cruzando o outro. Era a minha assinatura, como diria o *profiler*. Não era do ato em si que eu gostava. Era assinar o meu trabalho com orgulho.

Ela se sente como uma das minhas vítimas? Ela é a culpada, afinal de contas, pelo que aconteceu aqui. Poderia ter dito não.

Kate agora está admirando o X na sua pele. Sente-se um pouco envergonhada por tê-lo feito e, ao mesmo tempo, está aliviada e até um pouco orgulhosa por ter aguentado a dor sem sequer um gemido.

Ela olha para o corte por bastante tempo: nada além de um pequeno X vermelho-escuro.

Está frio agora que o sol está se pondo, posso ver isso em sua pele e a forma como está rígida e arrepiada. Seus mamilos estão duros, parecendo minúsculos vulcões. Mas, ainda assim, ela não se move até as sombras tornarem-se mais longas e desaparecerem.

No escuro, eu a vejo reunir coragem suficiente para ficar em pé e entrar numa ducha escaldante.

Sim, eu entendo isso agora. É um ritual de purificação e autopunição. Eu não disse?

Quando entra na delegacia, Kate não se parece em nada com uma mulher que cortou um X na pele uma semana antes. Ela é o estereótipo incorporado de uma profissional. Seu cabelo está brilhando, usa *jeans* e uma blusa preta com botões vermelhos que me lembram gotas de sangue. As roupas mostram seus belos braços e indicam seios firmes. Ela quer que os homens admirem-na. É fácil, homens admiram qualquer merda.

No interior, as coisas parecem muito com uma agência de correios. Ela entra na fila, olhando ao redor e fazendo suposições sobre as pessoas que vê por cerca de dez minutos. Quando chega sua vez, identifica-se para uma grande mulher negra com olhos caídos. A mulher estende uma ficha de identificação e fala para esperar.

Mark Gambatto é um homem gigante, com cabelos vermelhos, cílios transparentes e olhos verdes. Ele é do tipo "enferrujado": sardas nos braços, peito e rosto.

Quando ele se aproxima, caminha diretamente para ela, como se já tivesse visto uma foto dela em algum lugar, e estende a mão:

— Senhorita Dwyer? Detetive Gambatto.

Kate levanta-se e aperta a mão do homem. Entendo que ela gosta de autoridades. Sente-se segura aqui.

— Oi. — É sua resposta.

— Por aqui, por favor.

Ele se afasta e ela o segue, olhando curiosa ao entrarem no espaçoso escritório, onde dezenas de pessoas papeiam, falam ao telefone, digitam em computadores.

Eu não sinto nada por estar aqui. Absolutamente nada. Não tenho ódio de policiais.

Kate e Gambatto estão tomando seus lugares, um em frente ao outro. A mesa é arrumada. Então ele é um policial organizado.

— Está escrevendo um livro sobre Bardel? Por quê?

Kate sorri um pouco.

— Quero ser a primeira a fazê-lo.

Gambatto a observa por um tempo.

— Você pode fazer suas perguntas.

Ela não puxa um monte de fichas – sou grato por isso, não quero sentir vergonha alheia –, mas saca um dispositivo de gravação e liga-o. Os olhos de Gambatto repousam sobre ele, mas não mostram descontentamento.

— O que você mais lembra sobre o caso? — É a sua primeira pergunta.

— A entrevista com ele, conduzida juntamente com o agente Ryan Owen do FBI.

Até que tenho saudades do filho da puta do Ryan.

— Qual é a posição de Owen dentro da agência?

— Ele é um *profiler*, no BAU4. Ou... era.

— Pode descrever Bardel? Fisicamente?

— Como já viu nas fotos, tinha cerca de um metro e oitenta, uns setenta quilos. Tinha o cabelo preto com grisalho nas têmporas, o rosto magro, maçãs do rosto salientes. Olhos azuis, um nariz bem modelado, bons dentes. Nenhuma tatuagem. Algumas cicatrizes de acne aqui e ali. Seus olhos eram muito intimidadores. Ele nunca desviava o olhar.

— Tipo forte?

— Não o suficiente para subjugar uma vítima, não. Ele as controlava com ameaças e armas.

— Como era seu discurso?

— A voz lisa, quase aveludada. Boa gramática, boa construção de estruturas, amplo vocabulário, mas não fazia questão de exibi-lo. Os palavrões de praxe que eles usam. Arrogante, orgulhoso, seguro de si mesmo.

— Narcisista?

— Não patologicamente; não, eu não posso afirmar isso. Alguns diriam que sim.

— Como foi a entrevista? Você tem uma transcrição que eu possa olhar?

— Vou precisar de permissão, mas suponho que você poderia imprimi-la, sim.

— Ele confessou?

Gambatto olha para ela por um tempo, porque Kate faz perguntas cujas respostas já sabe.

— Sim, depois de brincar com a gente por um tempo.

— Ele perdeu o controle em algum momento das entrevistas?

— Não. Nunca.

— Como se referia às vítimas?

— Surpreendentemente, falou sobre elas por seus nomes quando se lembrava deles. Não surpreendentemente, chamou todas de putas, vagabundas, falou sobre o quanto o seu comportamento mostrava que estavam pedindo por aquilo. Ele odiava mulheres, todos eles odeiam.

— Quem as vítimas substituíam?

— Sua irmã, nós acreditamos. Natalie Bardel.

Eu reajo ao nome da minha irmã. Sinto-me desconfortável, perto de algo escuro, como um vazio que quer levar a minha energia e bem-estar. Eu luto contra esse sentimento e concentro-me neles. Minhas vítimas nunca foram substitutas para a minha irmã!

— Conte-me sobre ela.

— Ela tinha o cabelo muito parecido com o seu. Era mais velha do que ele três ou quatro anos, eu não me lembro agora. Ela era a mãe da casa a maior parte do tempo, já que a mãe de Bardel raramente estava sóbria ou consciente o suficiente para desempenhar o seu papel.

— Continue.

— Quando a mãe casou-se de novo, o padrasto começou a abusar de Natalie. Ele nunca tocou em Nathan. Tudo indica que o padrasto nunca nem reconheceu a presença de Nathan. Quando a mãe estava bêbada ou desmaiada, ele estuprava Natalie.

— O que aconteceu com ela?

— Está viva. Pesa uma tonelada, tem três filhos, um marido. É do tipo fanática religiosa agora.

Kate faz uma pausa. Eu não gosto de ouvir nada disso, mas não consigo sair. Uma memória tenta me puxar para o lugar escuro onde sei que vou ver essas coisas acontecerem. Eu luto para ficar lá com Kate. Concentro-me em suas mãos, que repousam no colo. Ela fala:

— É um ambiente horrível.

— Quase todos eles compartilham isso, Srta. Dwyer.

— Quanto material você pode me dar?

— Como eu disse, preciso de permissão. Se conseguir, vou lhe dar todos os meus arquivos e as transcrições de todas as entrevistas.

— Eu adoraria falar com Owen.

Gambatto pensa antes de dizer:

— Owen não está mais com o FBI, Srta. Dwyer. Ele surtou depois que a esposa pediu o divórcio cerca de um ano atrás. Fez umas merdas e foi suspenso das suas funções. Ele mora em Fort Lauderdale hoje em dia. Não sei como ele pode ajudar.

— Posso tentar.

Compartilhamos silêncio naquela noite.

Kate fuma enquanto pensa em mim. Está se colocando no meu lugar. Como eu, ela entende que fiquei do jeito que fiquei por causa da maneira como fui criado. Ela levanta a perna da calça um pouco e olha seu X com tristeza. Desliza os dedos na crosta de sangue seca e fina.

Será que ela consegue escrever sobre mim de uma forma que mostre que nada foi minha culpa? Que ninguém se importou o suficiente para me ajudar quando eu ainda podia ser salvo? A sociedade desempenhou o papel principal. Eu só tentei mostrar isso a eles.

Kate pensa em tantas coisas. O tempo urge e ela tem que começar a escrever. De repente, senta-se e, equilibrando o cigarro entre os lábios, puxa um pedaço de papel do bolso traseiro. Olha para seu relógio de pulso e disca alguns números, acende outro cigarro e espera.

— Oi, meu nome é Katherine Dwyer, falo com Ryan Owen?

Ela está ligando para Owen. Que interessante.

— Sou escritora e estou escrevendo sobre Nathan Bardel. — Há uma pausa. Ela continua: — Eu só preciso de algumas horas. Poderia ser almoço, eu pago.

Estou inseguro sobre meus sentimentos. Lembro-me de Owen também. Ele me superou, sei disso. Não tenho nenhum ressentimento, chego a admirá-lo. Ao mesmo tempo, não gosto da ideia dele falando com Kate sobre mim.

Meio que sinto falta do cara. Eu já disse isso, né?

— Obrigada, agente Owen. Sim, eu entendo.

Ela desliga o telefone, sorrindo. Kate tem uma maneira de conseguir o que quer. Exceto quando se trata de Dale. Por quê?

Eu leio suas primeiras palavras.

"Dedicando a vida à materialização de perversas, sádicas fantasias, Nathan Bardel não era nem um homem, nem um monstro. Meu objetivo neste livro é retratá-lo com a maior precisão possível, para que o leitor tenha as ferramentas necessárias para ao menos começar a entender como a criança doce, cuja irmã chamava de B. B., pôde crescer e tornar-se o homem que cuidadosamente planejou e realizou alguns dos crimes mais horríveis da história da nossa nação."

Olha, não há maneira alguma de ela ter descoberto como minha irmã me chamava. Ela não falou com Natalie, não falou com nenhum outro membro da família que poderia saber disso. Não está em qualquer relatório, livro ou artigo que leu até agora. É possível que ela me ouça? Pelo menos um pouco? A ideia é intrigante.

É isso o que acontece quando as pessoas dizem que ouvem vozes obrigando-as a matar? Posso transformar Kate em uma ferramenta do mal? Para matar em meu nome? Essas ideias me fascinam. Não tenho a intenção, num primeiro momento, de fazer uma coisa dessas. Mas a ideia de que seria possível...

Kate está escrevendo rápido hoje. Começou seu primeiro capítulo de forma geral, falando sobre o conhecimento e suposições sobre *serial killers*. Vejo que não quer fazer isso, acha que um capítulo não é suficiente para descrever a complexidade do assunto, mas, ao mesmo tempo, não quer simplesmente começar o livro sem mencionar os criminosos semelhantes e o esboço geral da história do crime em série. Ela tem um monte de citações de *serial killers* e *profilers*. Quando está finalmente satisfeita com o primeiro capítulo, prometendo voltar mais tarde para analisar e rever, ela está pronta para começar a escrever sobre a minha vida.

É nesse momento que tento. Eu fico bem próximo a ela, desejando poder sentir seu cheiro, e falo ao seu ouvido: "A casa tinha sido pintada de azul-claro e era uma cor que eu sempre odiei. A pintura estava descascando e o pátio era sujo e cheio de ervas daninhas".

Eu espero.

Kate escreve o seguinte:

"Bardel cresceu em uma pequena casa no lado pobre da cidade. Ninguém se preocupava em cuidar dela. Era pintada de azul-claro, uma cor fácil de odiar. A pintura estava lascada e o quintal não era cuidado: um lugar fértil para ervas daninhas e um lugar de descanso para brinquedos velhos."

Eu sorrio com tudo o que sou. Ela pode me ouvir. Em algum nível, ela pode me ouvir.

Minha mente corre. Eu me pergunto se depende de mim, do quanto quero me comunicar com ela. Então, pergunto-me se talvez Kate tenha alguma habilidade inata para me ouvir, algo que chamam de sensibilidade. Ou talvez seja nosso nível de conexão.

Não gosto de pensar sobre a minha infância, mas não tenho escolha agora. Kate está começando o livro dessa forma, e sou obrigado a enfrentar alguns demônios tão cedo neste jogo.

Ela mantém a escrita:

"Nesse lar, se pode ser chamado de lar, a mãe, Dolores Greene Bartham, uma mulher frágil de baixa estatura, passava seus dias sonhando acordada na cozinha. Ela era uma coisa passiva que deixava as crianças correrem livres e comerem tudo o que queriam, enquanto se sentava ao lado da janela, fumando, talvez sonhando em estar em outro lugar."

"Não. Ela sonhava em ser outra pessoa", eu digo.

Kate complementa, os dedos tão ágeis no teclado: "Ou talvez em ser outra pessoa."

Isso não é fácil para mim, mas me forço a continuar.

Ela escreve:

"O pai biológico de Nathan um dia decide que esta rotina de caos silencioso não é a sua ideia de felizes para sempre, arruma suas coisas e vai embora. O garoto tem dez anos e agora não tem oficialmente nenhuma figura de pai ou mãe. Ele projeta uma mãe em sua irmã Natalie, que cuida dele o melhor que pode, mas só quando é conveniente."

A memória está me puxando para baixo. Eu luto contra isso e sei do que se trata. É como saber exatamente o que está em uma caixa antes mesmo de abri-la. Sou mais forte e permaneço onde estou, usando as fotos na parede para fundamentar-me a este tempo e lugar. Mas tive um vislumbre da memória. É da minha irmã na garagem, numa tarde de verão. Ela está em um canto com um menino de cabelos negros e eles estão se beijando quando eu passo. Vejo que ele tem as mãos dentro dos seus shorts e elas se mexem como gatinhos brincando embaixo de um lençol. Ela grita para eu sair e deixá-la em paz.

Passei a tarde inteira sozinho no quintal, com raiva porque, assim como a minha mãe, ela não se importava o suficiente para passar um tempo comigo. Como vingança, peguei seu bicho de pelúcia favorito, um jacaré, e rasguei-o em pedaços.

Antes de me dar conta, Kate está escrevendo sobre isso, sabendo, no fundo de sua mente, que provavelmente terá de excluir o texto mais tarde, porque não tem prova alguma para continuar. Ela descreve o incidente do jacaré. Eu me sinto acelerado.

Ela para e acende um cigarro. Morde a unha do polegar. Eu ouço seus pensamentos.

O que estou fazendo? Eu não posso escrever por instinto, isso é uma biografia.

Ela diz em voz alta:

— Mas me sinto tão ligada a este filho da puta.

E ri disso. Levanta-se e decide parar de escrever por agora. Liga a televisão e encontra um filme que já viu antes. É tarde da noite e ela não está com sono. Pensa em mim. Eu fico com Kate até que finalmente feche os olhos.

KATE

Eu leio novamente os dois primeiros capítulos. Tenho o material e as entrevistas com Nathan agora. O que preciso fazer é encontrar uma maneira de organizar tudo e pôr no papel. Estou satisfeita com as minhas primeiras vinte páginas, e isso é intrigante. Raramente fico satisfeita com o que escrevo.

Fiz a minha lição de casa sobre *serial killers*. Não sou arrogante o suficiente para pensar que sei tudo sobre eles, mas me sinto pronta para escrever o livro. Ainda tenho algumas entrevistas cara a cara para conduzir e estou considerando visitar a irmã de Bardel, mas preciso deixar isso para depois, para quando tiver lacunas e puder fazer as perguntas certas.

A minha parede é agora uma colagem de mulheres assassinadas, detalhes sobre *modus operandi*, datas, nomes e ferimentos. A imagem é terrível, principalmente agora que tenho acesso às fotos das cenas dos crimes e dos cadáveres na mesa do legista. Ainda não estou acostumada a olhar para elas e preciso trabalhar nisso, ser mais distanciada.

As imagens que mais mexeram comigo são as de Rita Franklin, 25 anos, e Jordana Connoy, de 30. Rita foi a sexta vítima de Bardel. Acho que me afeta porque ela estava grávida de três meses. Não há indicação alguma de que Bardel soubesse disso. Ela está lá, na foto colorida, despida, com os olhos bem abertos. Tem cabelos loiros e está ensanguentada. O que foi feito com seus seios me faz franzir o rosto. Um está rasgado e é todo rosa e amarelado por dentro. O outro está intacto, com exceção do X de assinatura. Ele removeu sua vulva como quem remove pedaços de um frango assado dos ossos. Li que ele enfiou uma faca dentro dela e rasgou-a aberta, serrando para cima. Ela me faz pensar numa versão horrível, grotesca, de Sheila-na-Gig. Suas pernas estão bem abertas. Morreu de seus ferimentos, da perda de sangue, o que significa que estava viva quando ele fez tudo isso. Pergunto-me exatamente em que momento o feto morreu.

A foto de Jordana é nojenta. No mesmo tipo de paisagem na floresta, ele pousou seu corpo sobre uma rocha grande, de modo que ela está de barriga para baixo e podemos ver suas nádegas mordidas e sangue pingando, em uma poça, de seu ânus. Ela era tão linda. Eu odeio esta porque ele esculpiu um rosto sorridente em suas costas. Foi a única vez que Nathan fez isso.

Doente, filho da puta doente.

Quando escrevo e leio sobre sua infância, tenho vontade de embalá-lo, amá-lo, dizer-lhe que nada do que aconteceu foi culpa dele. É por isso que mantenho as fotos onde sempre posso vê-las. Quando vejo as fotos, entendo que ele se tornou um demente. Eu o odeio quando vejo as fotos.

Este mês, eu me sinto mais deprimida. Deve ter algo a ver com o livro, com a parede, com tudo. Já perdi quatro quilos, mesmo só comendo *fast-food*.

Eu me odeio por Dale, por deixá-lo me comer da última vez. Ele não telefonou depois daquilo.

Por Savannah, tenho sentimentos ambíguos. Às vezes, sinto que preciso dela, falar com ela, pedir-lhe conselhos, sentir-me conectada a alguém. Outras vezes, pergunto-me quando nos tornamos tão distantes, quando começamos a filtrar o que falamos uma para a outra. Penso em transar com ela de novo, mas só porque sinto muita falta de sexo agora que Dale sumiu. Ela nunca seria a minha primeira escolha. Sei que esse pensamento é recíproco. Eu a odeio por insinuar-se a toda hora, sempre encontrando uma desculpa para colocar a mão na minha coxa e me abraçar. É uma covarde e às vezes me pergunto se a nossa amizade é algo que acabamos inventando.

Estou lendo a entrevista de Ryan Owen com Nathan Bardel e dá a sensação de voyeurismo.

OWEN: Conte-me sobre a mulher grávida, Rita, número seis.

BARDEL: Eu não sabia sobre o bebê.

OWEN: Agora que sabe, como se sente?

BARDEL: Nada diferente.

OWEN: Como aconteceu?

BARDEL: Eu a vi em uma loja de ferramentas. Lugar estranho para ela estar. Eu vagava e a ouvi dizer que estava comprando algumas coisas para o marido. O fato de ser casada me despertou. Quis fazer o marido sofrer. Então a segui, vi o carro dela, memorizei a placa e vi onde ela morava. Observei Rita por três dias, até a noite... era uma quinta-feira, não era? Esperei por ela na garagem. O marido tinha deixado a porta da garagem aberta para que ela soubesse, quando chegasse, que ele já estava em casa. Estava escuro. Quando ela saiu do carro... era uma SUV Lexus, né? Bem, ameacei-a com a faca, sabe? Eu disse que não ia machucá-la se ela não gritasse e cooperasse. Ela nunca me contou sobre o filho. Deveria ter contado.

OWEN: Acha que você teria parado?

BARDEL: Quem sabe?

OWEN: E então... você a levou para a floresta? Tinha planejado levá-la até lá?

BARDEL: Sim. Ela dirigiu, estava chorando. Liguei o rádio para que pudéssemos ouvir música clássica. Era Chopin, Nocturne op. 9, número 2. Isso a fez chorar ainda mais. É curioso como é deprimente aquela porra de música. Você não acha, Ryan?

OWEN: Eu não sei nada de música clássica, Bardel. Por favor, continue.

BARDEL: (sorri por um momento, olhando para o agente) Eu a levei para a área arborizada e a comi. Então eu cortei, lentamente. Peitos primeiro.

OWEN: Você cobriu sua boca?

BARDEL: Não, eu a deixei gritar. Eu sabia que ninguém viria. Ela gemia, era um som agudo, histérico, eu diria. Era a hora de parar, notei, e assim nos separamos.

OWEN: Você a fotografou?

BARDEL: Sim. E você também, Ryan.

OWEN: O que você fez com as fotos?

BARDEL: Guardei por anos.

OWEN: Você se sentia excitado quando as via?

BARDEL: Eu olhava para elas enquanto estava planejando sequestros futuros, sim. Eu me masturbava com elas.

OWEN: Alguma coisa saiu do plano com Rita? Ela fez qualquer coisa que o irritou ou compeliu a agir de forma diferente do que tinha originalmente planejado?

BARDEL: Bem, me arrependi de tê-la deixado gritar do jeito que gritou, quer dizer, em algum momento tinha certeza de que ninguém estava por perto, mas quem sabe, né? Então, precisei matá-la mais rápido do que pretendia. Eu tinha planejado passar mais tempo com ela, foder ela mais algumas vezes.

OWEN: Houve uma razão, além de evitar a detecção, para você ter usado camisinha? Ela era casada, ao contrário das outras vítimas, não era alguém que se associa a um estilo de vida promíscuo ou arriscado.

BARDEL: Foi só para não deixar rastros. Ossos do ofício.

OWEN: O que sente por ela agora?

BARDEL: Nada.

Todas as suas entrevistas têm esse tom. Todas as vítimas são associadas a uma música clássica. Descobri que era um interesse de seu pai antes de abandonar a família. Acho estranho que um cara em uma família de classe baixa tivesse interesse em música clássica. Mas as coisas são assim mesmo. Estou ouvindo, agora, um CD que gravei com todas as músicas que ele mencionou nas entrevistas. Também estou começando a associá-las a cada vítima.

Penso sobre Ryan Owen. Eu o pesquisei também.

Esse cara teve uma carreira brilhante. Ele sabia o que queria fazer desde o primeiro dia de vida. Estudou psicologia e passou a especializar-se na área criminal e *profiling*. Trabalhou na unidade BAU2 antes de ir para a 4. Ele logo se tornou regularmente procurado por muitos departamentos de polícia quando confrontados com assassinatos complicados. Owen começou a dar treinamento sobre o uso dos bancos de dados do FBI e de técnicas de *profiling* em todo o país. Eu sinto que já o admiro, que o conheço um pouco, depois de ler todas essas entrevistas. Estou ansiosa para falar com ele. Se alguém conhece Bardel, é Owen.

Mas há algo em minha mente também, algo que está fazendo eu me sentir fisicamente doente, e não tem nada a ver com Nathan Bardel.

O aniversário de Morris, meu sobrinho, está chegando. Eu não vou a Blessfield há um ano e é hora de voltar, ver minha irmã e meus pais. Eu devo isso a Morris. Ele vai fazer doze anos e eu o amo.

Esta noite me sinto tão sem vida, tão triste, e não sei por quê. Acho que talvez possa estar clinicamente deprimida, mas eu prontamente me convenço de que é só cansaço. Desde que comecei a escrever este livro, é como se houvesse uma sombra em volta de mim, envolvendo-me, puxando-me para algum lugar escuro e úmido, onde tudo é terrivelmente real, sem sonhos, privado de amor ou esperança.

Vou a Blessfield semana que vem e tenho que enfrentar a minha família. E eu sei que, quando estiver lá, terei de ver a casa onde Bardel cresceu. Tenho que estar lá para ver onde a negligência transformou uma criança pequena em uma pessoa capaz de cortar outro ser humano para satisfação sexual.

Estou bebendo esta noite. É minha quarta cerveja.

Estou em um lugar que nunca vi. Árvores. Árvores altas em torno de mim. É escuro e quente. Olho para baixo e estou sem roupas. Ouço água gotejando em uma superfície plana. Eu sinto alguém atrás de mim. "Eu vejo você, Kate. Eu conheço você, Kate", e eu sei que é ele quem está falando. Tenho tanto medo. Eu quero gritar, mas tenho medo que ele vá me machucar se o fizer.

Há algo à frente e sei o que é. É o corpo de Rita, na mesma posição em que ele a deixou. Não quero estar aqui. Não quero ver isso. Eu sinto seu sofrimento, mesmo que ela esteja morta. Sei o que ele fez com ela. Sinto como a deixou triste saber que nunca veria o rosto de seu bebê. Ele toca meu ombro e sei que o momento chegou, vou morrer aqui. Vou gritar, chorar e implorar, mas não vai fazer diferença alguma. Vou morrer sozinha.

Eu quase salto do sofá quando acordo. Fecho meus olhos e digo as palavras em voz alta para me confortar:

— Só um sonho, só um sonho. — Mordo meu lábio para conter um grito de medo.

A parede diante de mim ainda é a mesma. Estou segura.

Algo me acordou.

O que me acordou?

O som da campainha.

Olho ao meu redor e são 22:09.

Levanto-me e caminho lentamente para a porta. Através do olho mágico, vejo a figura disforme de Savannah.

O que ela está fazendo aqui? Não quero ficar sozinha.

Eu abro a porta e ela parece… diferente.

— Eu sei que é tarde, temos que conversar — diz enquanto entra.

Eu fecho a porta, retalhos do sonho ainda na minha cabeça. Savannah olha para a minha parede.

— Que porra é essa? — Ela aponta para as fotos das cenas dos crimes.

— As vítimas, o que mais?

— Cristo, Kate… — ela sussurra, agitada. — Tira isso daí, é nojento.

Eu cruzo meus braços.

— Por que veio?

Savannah leva um segundo olhando fixamente para minha parede, então ela se obriga a olhar para mim.

— Acabou, esse projeto, essa coisa toda. Para de escrever o livro.

— O quê? — É tudo o que consigo dizer.

Savannah balança a cabeça.

— A editora não quer mais o livro. Na verdade, eles me mandaram aqui para mandar você parar de escrevê-lo.

Eu tento entender como isso pode estar acontecendo. Savannah atua como minha agente há anos, desde antes de ir trabalhar para as aquisições da editora.

— Mandar? Vou escrever a merda que eu quiser, e se vocês não publicarem, tenho certeza de que vou a outra editora.

Ela esperava essa resposta, vejo isso. Ainda assim, está descontente e decepcionada.

— Kate... tem alguma coisa acontecendo aqui. Essas ordens vêm lá do alto. Eles querem que enterre essa história sobre Bardel. Disseram que vão pagar trezentos mil de royalties antecipados para seu próximo romance, aquele que você queria escrever sobre a rainha e seu fantasma.

— Savannah. Seja sincera, como sempre foi comigo. O que é isso, de verdade? — Minha cabeça está flutuando. É a surpresa, a raiva, o pesadelo, o adiantamento da grana.

— Isso é tudo que eu sei. — Ela suspira. — Eles não querem o livro, mas também não querem perder você.

Não posso parar agora. Estou envolvida demais.

Savannah aproxima-se.

— Olha para você. Isso não está te fazendo bem, Kate. Olha para aquela parede grotesca, aquelas pobres mulheres... você está tão magra, tão pálida...

— É por isso que eles vão me foder? Preocupação?

— Não, isso é política, isso é... — Ela para. — Eu não sei por que, eles só querem que pare.

— Estou respirando essa história, Savvy. Eu li vinte e um livros. Li todos os depoimentos, do primeiro até a confissão, e todas as suas descrições dos assassinatos. Eu marquei uma entrevista com Ryan Owen!

— Acabou. — É tudo o que ela diz.

Detesto este momento. Savannah toca meu cabelo.

— Toma um banho. Vamos conversar, você vai se acalmar, e vamos descobrir o que fazer. Talvez possa colocar esse projeto na gaveta e encará-lo mais para a frente. Mas, por hora, para. Aceita esta oferta e escreva o seu romance.

Savannah está sorrindo para mim. Ela puxa o celular do bolso e coloca-o no ouvido enquanto estou lá, tentando entender o que isso significa. Vou ter que esquecer Nathan e sua história com detalhes terrivelmente atraentes e voltar a escrever uma ficção histórica que nem me interessa mais.

Savvy está ao telefone:

— É, eu sei, estarei aí antes de você sair para o trabalho amanhã. Levo eles para a escola... sim, eu sei disso. Tchau. — Ela desliga o telefone. Era o marido, Jim. Ela rasga um sorriso. — Vou passar a noite aqui. Vá tomar banho e eu faço o jantar, tá?

Odeio ser tratada como um bebê, mas entendo por que ela está fazendo isso. Ela acha que ainda estou sofrendo com o meu rompimento com Dale. A verdade é que não dei muita atenção ao filho da puta desde que ele esteve aqui pela última vez. Continuo deprimida, mas agora não tenho certeza de que ele tenha alguma coisa a ver com isso.

No caminho do banheiro, sinto seus olhos nas minhas costas. Ouço-a mexer nos armários da cozinha. Isso não faz sentido.

O chuveiro me relaxa. Lavo-me por um tempo, gostando de estar limpa, e por uns momentos me sinto melhor.

No espelho, a mesma Kate, talvez um pouco magra demais e mais velha.

Visto uma camiseta e caminho de volta para a sala, onde Savannah está sorrindo para mim de forma maternal. Sinto cheiro de comida de verdade. É arroz sete grãos e um bife. Ela está bebendo vinho, não parecendo muito chateada com a história do livro.

— Desmonta essa parede. É doentia.

— Estou acostumada com ela. — Encolho os ombros.

— Essas pobres mulheres — ela sussurra. — Como pode uma pessoa ter realmente feito isso com elas?

— Ele se convenceu de que a sociedade não dava a mínima para ele quando precisou de sua ajuda. Ele se vingou. Além disso, o único lugar seguro para ele ficar, desde criança, era a sua própria mente, dentro de suas próprias fantasias, onde tinha controle. Para continuar a viver, as fantasias tornaram-se seu refúgio e ele teve que começar a agir. Essa parede, os cadáveres, foram o resultado.

Savvy está em silêncio. Ela dá um gole.

— Podia só ter dito "ele era um psicopata".

— Não. — Eu balanço minha cabeça. — Ele sabia o que estava fazendo e tenho certeza de que era capaz de sentir empatia, se quisesse. Ele era cruel, não doente. Há uma diferença.

Savannah dorme comigo na cama. Isso me deixa profundamente chateada com ela, pois quer o sexo suave e molhado que fazíamos na faculdade e não é mulher o suficiente para pedir. Então me abraça e até beija meu pescoço, e dormimos. A confusão me invade enquanto flerto com o sono. Meu último pensamento antes de adormecer é quase uma promessa: não vou parar minha pesquisa.

Estou numa reunião na editora em que dois homens e Savannah observam-me numa sala de reuniões banhada à luz branca. Explico a minha pesquisa, manifesto minhas razões para escrever a biografia, recito números e estatísticas sobre a popularidade dos livros e programas de TV sobre assassinos em série, mas não adianta. São pacientes e sorridentes, mas firmes ao dizer que não têm interesse. Falam sobre meus romances anteriores com elogios, como se eu não fosse inteligente o suficiente para ver a falsidade nisso, e falam sobre o adiantamento financeiro para eu escrever o próximo. Minhas mãos estão atadas, e Savvy não move um dedo para me defender.

Quando vou embora, encontro-me dentro de uma livraria onde compro mais coisas sobre criminologia. É mais forte do que eu.

Vou a uma cafeteria e bebo um latte grande enquanto leio algumas páginas. Bardel é sempre uma presença agora. Não posso simplesmente esquecê-lo.

Eu me convenço de que devo isso as suas vítimas, mas sei que no fundo isso é uma desculpa furada.

Uma vez em casa, por algum motivo estranho, começo a chorar. Odeio chorar, detesto a sensação de perder o controle e entregar-me a soluços e a esse pranto fraco e patético.

Mas choro, e enquanto o faço, tento encontrar razões para isso. Talvez seja Dale, mas sei que não é. Talvez esteja me sentindo sozinha. Ou talvez sejam as fotos na parede.

Vou dormir encolhida no sofá.

Quando acordo, tudo é muito diferente.

Trabalho na minha parede um pouco mais, e agora todas as vítimas estão lá.

Quero ir mais fundo e, para minha própria surpresa, vou atrás de pornografia na internet. Procuro em *sites* pornôs palavras como estupro, morte e *hardcore*. O que vejo são alguns vídeos pornográficos nojentos, a maioria caseiros. Não há nada neles remotamente semelhante a qualquer um dos crimes de Nathan.

Assisto ao pornô por duas horas. Assisto às mesmas expressões de loiras artificiais enquanto chupam pau, aquela expressão idiota em que estreitam os olhos para a câmera e abrem os lábios. Fecho meus olhos e tento colocar-me no lugar de Nathan, pensar como Nathan, sentir como Nathan, odiar como Nathan. Quero olhar para aquelas mulheres com raiva e percebo que sou incapaz. Eu ainda as vejo como seres humanos e não sinto desejo algum de vê-las sofrer.

Posso chegar a entender Nathan verdadeiramente, se ainda sou tão sensível, tão normal?

Eu não sou normal, eu me lembro. Corto minha pele, assisto à pornografia na internet e me deixo ser tratada como uma boneca inflável pelo meu ex-namorado.

O pornô me deixou molhada, mas eu ignoro o chamado para a masturbação e forço-me a dormir novamente.

Em dois dias, vou encontrar Ryan Owen.

Fort Lauderdale está ensolarada, e dirigir não me cansou. Eu chego mais tarde do que o esperado. São quase três horas.

Ryan Owen vive numa casa bizarramente comum, em um bairro tranquilo. Há um Land Rover na garagem. Mordendo a macia carne interna da minha bochecha, meu carro estacionado do outro lado da rua, observo a casa por um tempo.

Eu não sei como ele vai me tratar. Ao telefone, parecia de saco cheio de mim, desinteressado na minha história. Mas concordou em falar comigo por algum motivo.

Arrisco um olhar no espelho retrovisor. Estou bonita hoje, usando calças *jeans* pretas e uma camiseta confortável, de um cinza escuro que é velho e gasto, que eu adoro. Arrisquei um pouco de maquiagem, principalmente rímel preto, para que meus olhos fiquem enigmáticos, e brilho labial ameixa, algo que ainda considero feminino demais para mim. Saio do carro com meus óculos de sol e vou até a porta da frente, desejando que ele me ache inteligente para abrir-se comigo. Um agente do FBI é o tipo de cara que sinto necessidade de impressionar.

Preciso tocar a campainha duas vezes antes de um homem abrir.

Ele não é o que eu esperava. É bronzeado, com cabelos loiro-escuro e parece ter cerca de quarenta anos. Ele tem boa aparência, e isso me pega de surpresa. As poucas fotos dele que vi não eram tão boas e definitivamente não mostravam como é bonito.

Eu me sinto como uma menina idiota ao perceber que ele está esperando que eu diga alguma coisa. Suas calças *jeans* e camiseta amarrotada são tão surpreendentes para mim quanto o cabelo bagunçado e a barba por fazer. Não sei o que eu esperava.

— Agente Owen? — pergunto, respeitosamente. — Sou Katherine Dwyer, temos uma reunião hoje?

Ele faz uma cara.

— É... — ele murmura. — Entre.

Acho que pensou que eu não vinha e estava aliviado por isso. Ele deixa a porta aberta e gesticula para eu entrar. Vejo caixas de papelão abertas e fechadas e livros no chão. Um sofá ainda embrulhado em plástico e uma enorme TV fina na parede. Está ligada na CNN. Eu fecho a porta.

— Vou vestir uma roupa decente e já desço.

Concordo com a cabeça.

— Tudo bem, posso esperar.

— Não toque em nada — ele adverte, e sobe as escadas.

Eu gostaria que ele tivesse sido mais educado. Então me lembro de que está passando por um momento difícil na vida pessoal. Somos dois, amigo.

Ando devagar enquanto estudo a casa. Na sala, uma cerveja aberta no chão. Estou impressionada com quantos livros ele tem. As caixas têm rabiscos como:

Livros de direito - Ryan

Cozinha - Ryan

Roupas - Ryan

E eu sei que uma mulher escreveu isso.

A âncora latino-americana de meia-idade na CNN está falando sobre o sistema de saúde em um tom monótono e desesperançoso.

Olho em volta e vejo os pesos que ele deve usar para exercitar-se. De onde estou, noto a cozinha limpa, mesmo havendo uma caixa de pizza fechada sobre o balcão e duas outras latas de cerveja.

Confiro os nomes dos livros. Vejo "Labirintos", de Jorge Luis Borges, e livros sobre direito penal e psicopatia. Leio um título em azul: Assassinatos em Série da Mulher Idosa, e estou pensando sobre isso quando ouço seus passos.

Eu endireito as costas e Ryan Owen apresenta-se nos mesmos *jeans*, cabelo penteado, sapatos de camurça marrons com borracha amarela nas solas, tipo vou acampar, e uma camiseta branca que estava cuidadosamente dobrada cinco segundos atrás - vejo pelos vincos.

Ele me inspeciona pela primeira vez; pergunto-me o que vê.

— Então, Katherine, você é a mulher que achou que seria uma boa ideia escrever sobre a vida e os crimes de Nathan Bardel. Como está indo?

Há raiva e ironia na voz dele.

— É difícil, mas estou conseguindo. Eu só quero algumas palavras suas, para ter mais uma perspectiva.

Ele sorri e me surpreende novamente.

— Você disse que ia pagar o almoço?

— Sim. — Sorrio também. — O que gosta de comer?

— Vamos comer no meu bar de esportes preferido e vamos conversar — diz ele enquanto abre a porta para mim.

Entramos em um bar escuro e acolhedor, com uma dezena de TVs de LED nos cantos superiores mostrando um jogo de futebol americano. Há poucas pessoas lá, e Owen escolhe um canto isolado que eu teria escolhido também.

Ele pede um hambúrguer e uma cerveja, e faço o mesmo. Quando estamos sozinhos, Ryan inclina-se para trás e me observa.

— O quanto já escreveu do livro?

— Eu acho que tem setenta por cento da pesquisa, mas só um terço do material escrito, mais ou menos.

— Por que Nathan?

Minha resposta sai com um suspiro.

— Ele é de Blessfield, como eu.

— E?

— E eu li sobre seus crimes e eles mexeram comigo.

— E você acha que se fizer bastante pesquisa, em algum momento, vai entendê-lo, compreender quem ele é.

Estou surpresa. Mas balanço a cabeça afirmativamente.

— Talvez.

— Não vai.

Ele me considera uma idiota, uma menina curiosa.

— Você tentou? — Provoco.

— Baseei minha vida nisso.

— Eu li as transcrições de suas conversas com ele —digo, e não sei por quê. Só quero que ele goste de mim, me respeite e o que estou fazendo. Porra, sei que são sentimentos infantis.

— Que bom para você. Como posso ser útil, Srta. Dwyer?

—Falando sobre ele, me ajude a sacar quem ele realmente era.

Ryan olha ao redor por um tempo.

— Quando você começar a achar que o entende, quando começar a sentir simpatia, ou mesmo a achar que sabe como ele deve ter se sentido em alguns momentos de sua vida patética, faça o que eu faço: converse com as famílias das vítimas.

Cara, ele é amargo. Eu me pergunto qual é sua história, por que a esposa foi embora.

— Deixa ver se entendi — digo, finalmente. — Você acha que eu não deveria escrever sobre ele, que é melhor enterrar toda essa merda como uma boa cidadã e fingir que nosso país não dá à luz monstros dessa espécie?

Agora eu tenho a sua atenção.

— Não, eu nunca disse isso. — E soa como um pedido de desculpas. — Pergunte o que quer perguntar.

—Só quero a sua opinião sobre ele. A opinião de um expert.

Ele é servido de sua cerveja e eu da minha. Bebo um gole e ele faz o mesmo, mantendo os olhos nos meus.

— Seus primeiros crimes foram os de um adolescente curioso — diz ele. — Tem elementos de um assassino organizado, porque ele tinha o seu próprio veículo, levou a própria arma para a cena do crime, planejou... mas tem também a desorganização de um assassino inexperiente, que tem medo, excitado demais para conter-se. Com o tempo, Bardel desenvolveu-se, aprendeu e ficou mais frio, mais controlado, mais organizado e, claro, mais cruel. Ele tem inteligência acima da média, mas está longe de ser um gênio. É como muitos outros assassinos em série que eu conheci e estudei. Não há nada de especial sobre Bardel. Havia, porém, algo de especial sobre cada uma de suas vítimas. As pessoas que elas deixaram para trás nunca vão superar a perda. Você as estudou? As cenas de crime?

— Sim — eu digo. — Eu vi as fotos. Fechei os olhos e tentei me colocar no lugar delas. Mas lamento, Owen, se nunca vou sentir o que elas sentiram. Sinto muito que te incomode tanto.

Ele me olha, e eu sei que estou agindo como uma criança.

— Srta. Dwyer, você me entendeu mal. — Ele sorri. — Tudo o que estou dizendo é que pessoas como nós não conseguem entender pessoas como ele. A não ser que estejamos prontos para ser como ele, nos aproximar demais.

— É por isso que você era tão bom? — Atrevo-me a perguntar. —Aproximou-se demais?

Ele está pensando em minhas palavras e há tristeza em seus olhos.

— Talvez — responde.

Eu quero conversar com ele. E quero dormir com ele.

Nossos hambúrgueres são servidos e o cheiro e a aparência deles são divinos. Comemos em silêncio por um tempo.

— Acha que entende *profiling*? — ele finalmente pergunta.

— Eu acho que entendo como funciona.

— O que você já leu?

— Muitas coisas de seus amigos do FBI.

Ele balança a cabeça.

— Ok, mas leia Sherlock Holmes, Poirot e Marple.

Isso é inesperado.

— É só lógica, Dwyer, nada além de lógica e probabilidade. — Então ele sorri.

— Então tá. — Eu suspiro. — Então, por que você não me impressiona? Trace o perfil de alguém aqui.

Ele está olhando para mim como se eu fosse uma mulher pela primeira vez desde que nos conhecemos.

— Escolhe alguém.

Olho em volta casualmente por um tempo. Não há muitas pessoas aqui, escolho uma mulher sentada sozinha perto de uma janela.

— A ruiva.

Ele não move a cabeça, nem se mexe. Apenas fala, seus olhos nos meus:

— Ela não é ruiva de verdade, é loira. Está vestindo roupas confortáveis e recatadas ao mesmo tempo, a blusa, a saia leve e fluida abaixo dos joelhos, e tem manchas de tinta nos braços, as unhas são curtas e tem um pingente de maçã em seu colar, então, obviamente, é uma professora da pré-escola School is Cool aqui perto. O período escolar acabou agora e está aqui para encontrar um amante. Ela não escolheu este lugar, foi ele, já que é escuro, por isso suponho que seja casado, no entanto, isso ainda deve ser confirmado. Este é um bar discreto, mas ela se senta ao lado da janela, porque, sendo solteira, não se importa se for vista aqui e está ansiosa para ele chegar. Quando chegamos ao bar, ela estava com a camisa abotoada até o pescoço. Agora estão desfeitos três botões, para mostrar um pouco de peito, estou certo?

Eu movo meus olhos e confirmo tudo o que ele me disse. Na verdade, parece óbvio agora. Eu pressiono.

— Então, como isso pode ser útil?

— Bem, só posso prever que, quando ele chegar, será um homem na casa dos trinta e tantos anos, talvez até quarenta, vestindo um terno barato e um relógio falso, e vai passar reto por ela em direção à parte de trás, perto de nós, onde é mais escuro. Ela vai encontrá-lo aqui, tentar tocá-lo, ele não vai deixar ou será discreto. A confiança com a qual atuará nos dirá se este é o seu primeiro adultério ou não.

— Por que um terno barato?

— Não há certeza absoluta em perfis, amor. Isso é algo que você não lerá ou verá em programas de TV. É possível que ele seja o CEO de uma fábrica de automóveis, mas aposto que, pelo bairro, pelo tipo de bar, pela hora do dia, ele é um contador, representante de vendas ou algo assim.

— Me impressiona, Ryan. — Eu sorrio. — O que mais?

— Ele não vem para conversar. Por isso eu digo que vai encontrá-la na parte de trás em algum lugar. Os banheiros neste restaurante são pequenos e desconfortáveis, mas há um depósito nos fundos. Neste caso, talvez ele seja amigo de algum garçom aqui, ou até mesmo do gerente. Ele vai pegar as chaves antes de sentar-se, se for o caso.

— Está me dizendo que vão transar aqui?

— Ela está usando saia, não é?

Sinto meu rosto formando um sorriso.

Ryan me observa por alguns instantes e diz:

— Me manda o que você tem. Do seu livro. Vou ler e te mando alguns comentários, que tal?

Eu não consigo esconder meu sorriso agora.

— Obrigada. Isso é ótimo. Eu agradeço mesmo por isso.

Ryan balança a cabeça e come.

— Quando deixou Blessfield?

— Quando me formei e fui para a faculdade.

— Você odeia. — Seu tom é casual. — Não está surpresa que a cidade possa produzir escória como Nathan. Está escrevendo esta história como um ataque direto a Blessfield. O que seus pais acharam quando contou?

Não tenho reação a princípio. *Profiling* foi divertido enquanto eu não era o objeto.

— Tem razão. Mas meus pais não sabem sobre o livro.

Ele balança a cabeça afirmativamente enquanto me observa. Sei que ele está avaliando minhas unhas mastigadas e, portanto, sabe que sou ansiosa. Ele está olhando para minha camiseta, tudo. E está fazendo isso discretamente.

Quero Ryan dentro de mim. Talvez eu goste de ser maltratada.

Mas não gosto. Não é isso.

— Então — estou impaciente comigo e com o caminho que a entrevista tomou —, trace meu perfil.

Ele sorri.

— Fácil demais.

— Sou? — Eu me inclino para trás e cruzo os braços. Sei que essa é uma posição defensiva, então a desfaço. Isso o faz sorrir ainda mais. Eu me sinto uma idiota.

— Traço seu perfil quando ler o livro, querida — diz ele.

Gosto que ele me chama de querida. Quero seduzi-lo.

— O que fez para ser suspenso?

— Ah, você vai fundo mesmo. — Ele sorri. — Na verdade, não fiz nada de errado. Ainda é o nosso primeiro encontro e você não tem o direito de saber o que aconteceu.

— Então, por que sua esposa o deixou?

— Ela estava com medo de mim.

— Por que, se você é um herói?

— É isso que sou, Katherine?

— Não é?

— De forma alguma.

Estou intrigada, mas não digo mais nada. Percebo com decepção que ele terminou seu sanduíche.

Ele pede a conta e, quando ela vem, sequer me dá uma chance de pegar minha carteira. Deixa algumas notas sobre a mesa e levanta-se. Sei que quer que isso termine.

Então, um homem baixo, mas bonito, vestindo terno, entra no lugar. Ele hesita, então caminha para os fundos e senta-se bem atrás de nós. Ryan não parece surpreso que isso está acontecendo, mas eu não posso evitar e observo a ruiva movimentar-se da parte da frente do restaurante e sentar-se ao lado dele. Eles começam a sussurrar.

Eu dirijo enquanto ele me observa. Chegamos em sua casa em minutos. Desligo o motor.

— Você vai mesmo me mandar anotações? — finalmente pergunto.

— Claro. Se você me enviar o livro até esta noite, prometo que vou lê-lo até amanhã. Leio rápido.

Concordo com a cabeça.

Ele me olha por um tempo.

— Mais alguma coisa, Katherine?

Será que ele sabe? Ele vê o óbvio desejo na minha cara? Eu balanço minha cabeça.

— Não, Owen.

Agora, ele franze a testa.

— Olha, tenha cuidado com quem você fala sobre este livro. Promete?

Isso é estranho.

— Nathan Bardel está morto.

— Mas nem todas as pessoas ligadas a ele.

— Eu deveria ter medo de sua irmã?

— Não, mesmo ela sendo bem complicada. — Ele suspira. — Mas...

Ele sabe tanto que eu não sei. Entendo isso agora.

Ele se vira para mim.

— Quer entrar e tomar um café?

Sem hesitar, eu digo:

— Sim, com certeza.

E nós saímos.

Nós dois sabemos o que queremos, mesmo sendo loucura total e cedo pra caralho.

Uma vez que ele abre a porta e entro, eu o beijo, e ele não fica surpreso. Ele abre a boca sobre a minha e sua língua é espessa e quente em mim, o beijo é imediatamente delicioso e sexual.

Ele pressiona seu corpo contra o meu. Sinto como é forte e meu corpo reage com o calor espalhando-se entre as minhas coxas. Eu devolvo o beijo, adaptando-me ao seu ritmo lento, e minha língua acaricia a sua. Há uma troca volumosa de saliva entre nós, algo que nunca senti num beijo antes, e isso me desperta. Eu sei que é uma ação idiota, sei que ele pensa que sou fácil e puta, mas neste momento não me importo. Ele puxa minha camiseta. Suas mãos vão direto para meus peitos, apertando, experimentando, afastando o sutiã deles, sua boca agora nos meus mamilos. Olho para baixo para ver isso acontecer, minha mão perdida dentro de seu cabelo espesso. Vejo-o com os olhos fechados enquanto ele chupa meus peitos pequenos, deixando um mamilo molhado e rígido enquanto passa para o outro. Gosto disso. Há quanto tempo não sinto isso?

Não sei o que dizer. Eu não o conheço, não sei que tipo de homem é. Então, só verbalizo o que meu corpo quer:

— Nós podemos fazer rápido —sussurro. — Eu não me importo.

E Ryan inclina a cabeça para trás e olha para mim.

Antes que ele fale, puxo a camiseta branca dele e olho para o seu peito. Ele é esbelto, duro, mas não é o tipo de homem que gosta de puxar ferro. Há alguns pelos loiros no peito e que levam para dentro das calças. Isso me atrai mais e abro seu *jeans*. Ele está me olhando com um sorriso de sabe-tudo e chuta os sapatos para longe enquanto ajoelho.

A verdade é que estou fervendo de tesão e não me importo com o que ele pensa de mim. Seu pênis é de boa aparência, com uma cabeça rosa que é um pouco triangular, completamente ereto agora. Eu não espero. Coloco-o em minha boca, satisfeita por ouvir seu gemido como reação. Gosto de fazer isso, curto o gosto. Fecho minha mão em torno dele e o massageio enquanto lambo sua ponta, fecho os lábios sobre ele e continuo o movimento.

Depois de um tempo, Ryan me puxa pelos cabelos e me beija. Puxa minha calça para baixo, agora apertada em torno de minhas coxas como se fosse corda. Enquanto nos beijamos, sinto sua mão direita contra minha vulva e deixo escapar um gemido. Não consigo controlar minha reação a esse toque. Quando desliza o dedo em mim, sinto o quanto estou molhada.

Ele começa a tirar meus sapatos, assim como o *jeans* e a calcinha. Gosto que estamos nus. Quando vejo hesitação em seus olhos, deslizo para baixo e afasto minhas pernas. Ele se move entre as minhas coxas e beija meu sexo. Neste momento, estou além da razão. Faz isso com a habilidade de um homem que foi casado por anos e precisou aprender. Lambe, beija, suga, e estou gemendo como uma vadia, mas não consigo parar de sorrir.

Ele está sobre mim com um sorriso e me beija novamente. Desta vez, o hálito dele é quente e úmido e tem meu gosto. Empurra o pau para dentro com a ajuda de sua mão e isso me faz fechar os olhos e gemer mais alto.

Minha vagina se fecha em torno dele com força, e eu aperto deliberadamente, para sentir tudo isso, e é quase demais por um momento. Ele mete repetidamente e isso me faz fechar os braços em torno dele e sentir os músculos tensos em suas costas. Sinto o orgasmo vir e me dominar. Empurro minha cabeça contra o chão e mexo para receber tudo o que puder, é um orgasmo poderoso, dos raros, que me deixa exausta. Ele sorri para mim e continua.

Fecho meus olhos e as estocadas queimam um pouco, mas eu aguento. Quando ele começa a gemer mais alto, sussurra:

— Coloco uma camisinha?

Ele deveria, mas não quero que pare.

— Não, continua. — E para provocá-lo, sussurro em seu ouvido: — Goza dentro de mim, me fode gostoso, me enche de porra, vai.

Eu gosto de vê-lo atingir o clímax, e então ele não está mais se movendo. Estamos deitados juntos no chão.

Ryan sai do meu corpo e eu viro para o lado para prevenir que os fluidos vazem.

— Já volto — ele diz um pouco sem fôlego, e eu descanso minha têmpora na madeira. Isso não foi prudente, mas estou me sentindo satisfeita. Digo a mim mesma para não esperar muito carinho dele agora.

Quando volta, está vestindo shorts e me dá um pouco de papel higiênico. Veste sua camiseta enquanto me limpo e me visto. Por um momento, o clima fica aquela merda, aquele desconforto.

— Ei. É uma viagem longa. Se você quiser ficar... só não está tão confortável aqui ainda.

Ele mal consegue esconder o arrependimento.

— Está tudo bem. — Sai ofegante, com um sorriso educado.

Agora eu gostaria que o sexo tivesse sido melhor. Desejo ter dado a ele um desempenho mais satisfatório, que tivéssemos feito devagar, em posições diferentes, e tudo o que deveria ser, de acordo com os filmes.

— Escute — ele começa.

Eu não quero que ele seja forçado a fazer isso, então eu estendo minha mão.

— Ryan. Tá tudo legal. Eu tenho que ir. Vou te enviar um *e-mail.*

— Tudo bem. Fico esperando.

Educadamente, ele abre a porta para mim e saio.

Enquanto dirijo, deixo um sorriso escapar.

RYAN

A noite está chegando. Fecho as cortinas e apago as luzes. Outra coisa que incomodava Melissa, meu amor pelo escuro.

A TV está ligada e vejo comerciais e pessoas felizes. Tento adaptar-me ao meu sofá novo, perguntando-me quando vou despi-lo do seu invólucro de plástico. Com uma mordida na minha pizza recém-chegada, penso em Katherine.

Eu sei que não deveria ter transado com ela, mas não me arrependo. Pergunto-me o que ela queria, o que realmente esperava. Não quero me enganar e pensar que ela me admira o suficiente para molhar a calcinha. Talvez tenha se sentido atraída por mim durante o nosso almoço. Talvez seja o tipo de garota que realmente não espera nada além de uma boa trepada, ou do tipo que gosta de homens mais velhos porque teve problemas de rejeição com um pai que trabalhava demais. E agora me pergunto se foi uma boa trepada. Eu certamente poderia ter feito melhor do que aquilo.

Deixo um sorriso formar-se quando penso nela e como minha pizza, mas rapidamente a minha felicidade transforma-se em preocupação quando minha mente leva-me a Bardel e todas as coisas que vieram com o caso dele. Conjuro seu rosto agora, seus sorrisos, seu discurso suave, suas palavras. Sua indiferença ao falar das vítimas. Recordo muitas tardes com ele e nossas conversas a muitas portas e portões fechados do mundo exterior.

Bardel deixou uma sobrevivente. Só eu e talvez quatro outras pessoas sabem disso. E não posso contar para Katherine Dwyer, porque se esse conhecimento me custou minha carreira, o que poderia fazer com ela?

Coloco a TV no mudo, ligando meu notebook, e acesso meu *e-mail*. Acho o dela bem no topo.

> **De:** *Katherine Dwyer*
> **Para:** *Ryan Owen* CC CCO
> **Assunto:** *O Projeto*
>
> *Oi, garanhão.*
>
> *Aqui está o que eu tenho. Seja honesto quando me enviar o seu feedback.*
>
> *Kate.*

Meu rosto abre-se noutro sorriso, não consigo evitar, enquanto abro o arquivo e começo a ler. Quando termino, às duas da manhã, sinto respeito por ela. E vou dormir pensando nela.

No entanto, meus sonhos, como sempre, são de sangue, dor e caos.

Na parte da manhã, mando uma resposta:

> **De:** *Ryan Owen*
>
> **Para:** *Katherine Dwyer*
>
> **Assunto:** *Boa*
>
> *Kate, você é boa. Eu não deveria estar surpreso, mas estou. Você fez uma pesquisa bem profunda e acho que tem um livro inovador e honesto em suas mãos. Tomei a liberdade de fazer algumas correções no seu texto, nas caixas de anotações. São só detalhes que você deixou passar, que só as pessoas com acesso aos locais do crime podem saber e lembrar. Espero que ajude.*
>
> *Gostei do "garanhão", mas me pergunto se realmente fui.*
>
> *Se cuida,*
>
> *Ryan.*

Leio duas vezes antes de enviá-lo para ela.
Quando verifico minha caixa de correio nove horas mais tarde, Kate respondeu.

> **De:** *Katherine Dwyer*
>
> **Para:** *Ryan Owen*
>
> **Assunto:** *Garanhão Modesto*
>
> *Ryan, suas anotações são incríveis, ricas. Estou polindo o texto e bem animada com isso. Estarei fora da cidade por um tempo, preciso ir para Blessfield. Vou dar uma olhada na casa de Bardel e, se possível, tirar algumas fotos. Serei cuidadosa. Você tem sido uma boa ajuda.*
>
> *Acho que não deveríamos ter transado.*
>
> *Mas também não me arrependo.*
>
> *Espero vê-lo um dia.*
>
> *Kate.*

Estou preocupado com ela, mas não posso me envolver nisso. Simplesmente não posso, já tirou demais de mim. Não respondo ao seu *e-mail* porque tenho que tirá-la da minha mente.

KATE

Dirigindo pelas ruas onde cresci, sinto a confirmação do quanto tudo mudou dentro de mim. Tudo em que consigo pensar é Bardel.

Blessfield é a mesma de sempre. São seis horas da tarde e não há muitos carros nas ruas, mas os mercados, farmácias e lojas de conveniência exibem um movimento contido de inseto. Imagino um jovem Nathan andando por aí, perturbado por seus devaneios sombrios de sexo e sangue. Estou com raiva que a Editora Sahara está me ferrando e meus pensamentos às vezes deslizam para Ryan Owen e o sexo apressado no chão de sua casa. Gosto de pensar nos *e-mails* que trocamos. As ideias dele estão mudando meu texto, tornando-o mais rico, complexo. Não quero nada além de terminar este livro.

Eu viro à esquerda na Blueville Street, onde me tornei uma mulher, de onde partia todas as manhãs para ir à escola com minha irmã, Amanda. Encosto o carro na frente da casa onde cresci. Cada vez que venho, ela parece menor.

As luzes estão acesas e ouço os sons de pessoas quando piso no capacho. Quando toco a campainha com uma respiração profunda, tenho sentimentos mistos sobre estar aqui.

A minha mãe abre a porta. Roberta parece a mesma: o cabelo tingido de loiro, braços e pernas finos, mas seios grandes e um pouco de gordura no abdome. Ela está vestindo uma camisa vermelha e os furos de botão são esticados um pouco sobre o peito. Seu cabelo é encaracolado e ela me abraça. Eu amo seu cheiro, sempre amei. Gosto do abraço. Espero que dure para sempre, mas agora acabou e ela está me dando boas-vindas ao lar com palavras típicas.

Quando entro, sinto o cheiro de comida.

Meu pai não se levanta do sofá, então vou até ele, sabendo que minha irmã está na cozinha.

— Papai — digo, inclinando-me e dando-lhe um beijo.

— Querida — em sua voz profunda. Sua mão é quente no meu braço. — Você está magra demais.

E é a primeira crítica da noite.

— Eu sei. — Dirijo-me à cozinha, onde Amanda está falando em voz alta com Roman, seu marido, bebendo cerveja encostado no balcão.

— Manda — eu digo, e ela para de falar.

Sinto seu olhar no meu corpo, em seguida o beijo na minha bochecha. Ela tem cheiro de alguma loção da Victoria's Secret, Noite de Sedução ou alguma merda assim.

— Você chegou bem na hora do jantar.

— Ei, Roman — eu me forço a dizer. Odeio esse idiota com quem ela se casou apenas para calar a boca das pessoas.

— Katherine — diz ele, abraçando-me de forma íntima demais, com cheiro de suor e cerveja. — Faz tempo que não a vejo.

— Um ano. — Eu suspiro, à medida que recuo e confiro a comida. — Onde tá o Morris?

— Lá fora — responde minha irmã. — Então, conta as novidades.

Minha mãe entra e levanta as tampas das panelas, uma por vez, com uma concentração que indica que o fogão é como se fosse o painel de um foguete da Nasa, e ela está salvando o planeta de um meteoro niilista.

— Tudo tá bem. — Abro a geladeira e retiro uma cerveja.

— Você ainda namora aquele rapaz bonito, Dale? — É a pergunta da minha mãe.

— Não, nós terminamos.

Amanda não vai deixar barato.

— Por quê? O que aconteceu? Não acredito que você não me contou isso!

Eu encolho os ombros.

— Não estava dando certo.

— Então, o que tá escrevendo agora? — pergunta Roman.

— Na verdade, sobre Nathan Bardel, o *serial killer*.

Sua risada sai como a de um porco. Agora minha mãe e Amanda estão olhando para mim.

— Sério? — É Amanda.

— Sim — digo, arrotando minha cerveja. — A biografia do Esfaqueador de Damas de Blessfield, baby.

Mamãe está sacudindo a cabeça.

— Cristo, o que há de errado com você?

Você. Tudo isso, penso. Gostaria de alguém que pudesse me entender. Penso em Ryan Owen e seus lábios entre minhas coxas.

— É interessante — eu pressiono. — É um trabalho difícil.

Agora Roman bufa de novo. Amanda faz uma careta para mim.

— Trabalho difícil? Sentada com a bunda na cadeira de pijama, todos os dias, escrevendo em um computador? Tenta ser garçonete, querida.

— Esses escritores têm a vida tão fácil — diz Roman. — Acordam a hora que querem, só trabalham se tiverem vontade e recebem toneladas de dinheiro sem fazer nada o dia todo.

— Sim, é isso — eu respondo, porque não consigo me segurar. — Estou nadando em dinheiro para não fazer nada o dia todo.

Mamãe está agitando os braços.

— Ah, parem com essa conversa sobre escrever e assassinos. Katie, ponha a mesa.

Uau, é como ter quatorze anos de novo. Quero ir embora. Mas estou aqui por Morris.

Arrumo a mesa enquanto meu pai assiste à TV. Quando termino, vou lá fora e enfio um cigarro entre os lábios. Enquanto fumo, vejo Morris andando de skate no quintal. Ele dá um pisão e a coisa voa no ar e ele a agarra, enfiando-a debaixo do braço.

— Tia Kate. — Ele sorri.

Eu beijo sua testa suada.

— Ei, garoto.

— O que tá pegando?

Morris não mudou, é magro e tem uma franja comprida que cai em seus olhos. Eu o amo. Agora penso que talvez o ame mais do que qualquer um dos outros.

— Nada de mais. O que tá acontecendo com você?

Ele dá de ombros, enquanto brinca com o skate agora, daquele jeito tímido que tem.

— Nada.

Já aprendi a conversar com ele.

— O que tá curtindo hoje em dia?

— Skate, hip-hop. — Ele encolhe os ombros novamente.

— Tá namorando?

— Não — ele murmura.

— Interessado em alguém?

Seus olhos dizem sim, mas ele não olha para mim.

— Nem. — Ele balança a cabeça.

— Está tudo bem em casa?

— Aham — é a sua resposta.

— Está tudo bem entre você e Roman?

— Sim.

Eu sei que Morris sente falta do pai. Sei que ele não gosta de Roman. Ninguém gosta de Roman, exceto minha irmã idiota. Tenho a forte sensação de que ele bate nela às vezes, mas me sinto cansada demais para me importar. Talvez ela goste. Tenho certeza de que ela o defenderia se eu tocasse no assunto, então por que deveria me preocupar? Eu não sou melhor do que ela quando deixo Dale me comer depois do que ele fez com nossa relação. As irmãs Dwyer: duas putas burras.

— Moleque, o que você quer para o seu aniversário?

— Novas rodas para meu skate? — Ele sorri para mim.

— Recebi uma grana para um livro que vou escrever — eu digo a ele. — Você pode pedir uma coisa cara.

— Um MP3.

— Seu desejo é uma ordem.

Ouço minha mãe gritando para entrarmos. Finjo que esqueci que ela odeia cigarros e jogo o meu na grama, amassando-o com o pé. Imagino ela limpando daqui a dois dias e trincando a mandíbula de raiva de mim.

Dentro estão todos se sentando para comer.

A comida da minha mãe é deliciosa. Ela fez frango, purê de batatas, legumes e molho, e percebo que não como comida de verdade desde que Savannah fez aquele jantar.

Papai fala:

— Achei que fosse trazer aquele cara legal, o jogador de futebol americano.

Mãe: — Eles terminaram, Joe. — Com aquele tom.

Meu pai balança a cabeça.

— Por que, por que terminaram?

Isso mexe comigo. Estou fazendo o meu melhor para me controlar, mas sai assim: — Ele comeu outra mulher.

E isso faz com que a minha mãe me olhe com decepção, meu pai balance a cabeça e Morris morda uma risada. Roman está olhando para mim como se eu fosse suja. Amanda parece satisfeita.

— Isso é necessário? — É o comentário da minha mãe.

— Você perguntou.

— Mas ele era um garoto tão bom — meu pai continua. — Você deve ter feito alguma coisa para irritá-lo.

— Devo.

— A maneira como você age, Katie. — Minha mãe está sacudindo a cabeça. — Ninguém vai ficar com você por muito tempo.

Eu quero chorar e gritar com eles e reúno todas as minhas forças para não apunhalar todos. Mais uma vez eu penso em Nathan. E acho que talvez Owen esteja errado. Talvez seja possível compreendê-los.

No dia seguinte, acordo no meu antigo quarto, que é agora um quarto de hóspedes. Tomo um banho, visto-me e saio com meu mapa em mãos. Dirijo para a antiga casa de Nathan Bardel, sem certeza do que vou encontrar lá. Tenho uma imagem dela na minha cabeça. Aos poucos, a cidade começa a mudar e vejo pequenas casas sem quintais, pessoas de conversa nas ruas, vivendo de programas do governo, alguns grupos de pessoas negras ouvindo música. Eu vejo uma mulher pálida fumando do lado de fora de sua casa enquanto seus filhos correm ao redor, felizes da vida.

Dou uma volta e encontro a casa.

Por um momento, não tenho certeza se é a mesma. Foi pintada de branco, restaurada um pouco, mas ainda é pobre. As janelas estão abertas. Será que eles sabem, as pessoas que vivem lá? Será que sabem que é onde um assassino em série foi forjado? Será que se importam? Será que sentem?

Um cachorro musculoso está farejando a grama. Mais uma vez, eu me pego chorando, cansada e com a alma dolorida. Penso em uma criança sem amor, confusa, solitária. Tento imaginar uma mãe que nada fazia fora sonhar com outra vida. Tento me imaginar como uma menina assustada e intimidada quando meu padrasto chega do trabalho. Tento imaginá-lo levando-me para o quarto e me fodendo enquanto eu fico ali, imóvel, fingindo que estou em outro lugar. Transbordo de raiva, rápido. Cheia de desgosto com a raça humana e uma noção infantil de que deve haver um motivo, uma razão espiritual, cósmica, para coisas assim acontecerem. Minha dor é tão profunda que sinto que nunca vou sorrir novamente.

Tento desejar algo, mas não sei o quê. Eu não sei do que preciso para ser feliz.

Quando minhas lágrimas secam, saio do carro e caminho até a casa. A tristeza não me deixa temer nada. Ao tocar a campainha, uma mulher gordinha abre. Sorri.

— Olá — eu digo. — Meu nome é Katherine Dwyer, sou escritora. Estou escrevendo a biografia de... — aqui eu hesito — Nathan Bardel. Acho que você sabe de quem estou falando.

— Aquele cara. — Ela acena com a cabeça. — Que matou algumas mulheres. Ouvi dizer que ele morava aqui quando era criança.

— Sim, isso é verdade. Você se importa se eu der uma olhada? Na casa?

— Bem, eu não sei o que você acha que vai ver.

— É um pedido estranho, eu sei. Mas eu cresci aqui perto. Meus pais moram a poucas ruas daqui. — Estou mentindo. — Só por alguns minutos?

Ela me dá um olhar, mas se afasta para o lado. Entro e vejo uma sala de estar maldecorada, com muitas fotografias nas paredes, miniaturas de cavalos e unicórnios no rack de TV, e um gato olhando para mim. Vejo a mesma sala, na minha cabeça, como deve ter sido quando Nathan era um menino. Observo mentalmente um Nathan criança sentado no chão, brincando com seus brinquedos enquanto seu padrasto assiste à televisão e bebe. Imagino uma Natalie silenciosa fazendo sua lição de casa em um canto.

Quero deixar este lugar, é como se insetos invisíveis rastejassem na minha pele. Estou ciente de que a mulher está me olhando.

— Você quer ver o andar de cima também?

Concordo com a cabeça, mas na verdade não quero mais.

Eu a sigo pelos degraus de madeira escura e vejo o corredor. É pequeno lá em cima. Ela me leva para um quarto onde o sol espalha-se. Uma máquina de costura e uma cama de solteiro contra a parede suja. A casa cheira a frango e umidade.

— É aqui que costuro. Acho que este é o lugar onde o assassino dormia, porque é o menor quarto.

Acho seu comentário curioso.

— Quer dizer... — Ela cruza os braços. — Se eu tivesse um filho, é onde ele iria dormir. E tem isso. — Ela aponta o queixo para a parede e vejo algumas marcas. Ajoelho-me e vejo que alguém marcou as alturas do menino. As datas estão desbotadas, mas não importa. Isso foi feito apenas pelos primeiros anos de sua vida. Imaginar que Nathan tocou nesta parede... eu me levanto e me sinto mal do estômago. Nada me fez sentir isso antes, nem mesmo as fotos das vítimas.

— Você nunca pintou este quarto?

— Não, não este — ela responde. — Mais alguma coisa que você quer ver?

Ela parece divertida comigo e minha curiosidade. Sinto vontade de vomitar e respiro fundo. Juro que posso senti-lo comigo. Há tanta tristeza nesta casa. Eu quero sair.

Agradeço a ela e vou embora.

Vomito assim que entro na casa da minha mãe. Eu não quero que ela faça perguntas e finjo que nada aconteceu.

NATHAN

Kate está escrevendo num frenesi há dias. Desde que voltou de nossa cidade natal, ela praticamente não dormiu. Passa o dia inteiro na frente do computador, tomando café e fumando, sequer atende o telefone. Ryan Owen tem enviado algumas notas e ela as incorpora em seu livro. Vejo-a com um sentimento misto de ódio e admiração.

Quando Kate agiu como uma completa idiota e foi a trepada mais fácil da vida de Ryan Owen, quase explodi de ódio por ela. Esperava mais dela. Fiquei com nojo de vê-la bancar a puta com ele e desejei poder cortá-la. Esse é exatamente o tipo de mulher que sempre desencadeou os meus mais profundos pensamentos de raiva.

Por dias, eu a observei, querendo gritar com ela, querendo tomar uma forma corpórea só para poder enchê-la de porrada. E não parou por aí. Ela ficou pensando sobre aquele filho da puta do Owen com sorrisinhos estúpidos e patéticos quando recebia seus *e-mails*.

Como a odiei naqueles dias. Detestava como ela se sentia quando pensava na foda ridícula dos dois. Mas ela estava escrevendo, e a história me fez ficar por perto. E escrevendo muito bem:

"Nathan deve ter perseguido Karen Wakefield por dias, porque já havia decorado sua rotina na noite do ataque. Era uma noite quente e Karen fechou a loja às oito, como sempre fazia. O que ela estava pensando naquela noite? Talvez sobre rituais triviais, como o jantar e um banho quente. Talvez sobre sua nova sobrinha, que havia nascido dois dias antes e que ela tinha visitado no hospital no dia anterior. Fosse o que fosse, Karen estava distraída demais para ver o homem dentro da caminhonete estacionada, a observá-la, antecipando o momento em que ele pudesse ficar sozinho com ela e saciar seus apetites obscuros. Ela estava caminhando para casa e pegou a mesma rua, aquela que era ladeada por árvores e casas baixas, aquela em que Nathan parou e pediu-lhe indicações. Ela deve ter sido amigável com ele, porque uma testemunha estava fechando as cortinas da sala de estar quando os viu conversando. Mas a vizinha virou-se, e Karen nunca mais foi vista viva.

Ele disse algo e ela entrou no veículo. Foi morta uma hora depois."

Estou apaixonado por Kate e sua maneira de escrever sobre a minha vida. Leio o livro que ela escreve e que se tornou nada menos do que sua obsessão. Ela respira fundo e continua, praticamente sem olhar para suas anotações:

"Karen foi estuprada duas vezes. Ninguém ouviu seus gritos, talvez ela nem tenha gritado. Era típico de Bardel prometer às vítimas a sua libertação, se elas colaborassem. Em momentos como esses, nossos velhos instintos assumem o controle, e ela queria viver. Depois dos estupros, foi estrangulada. Nathan brincou com seu corpo, esculpindo o mamilo esquerdo e deixando sua assinatura em X sobre o outro. Ele a esfaqueou sete vezes, sendo cinco no estômago e duas na vagina. Ele pegou uma corrente que ela costumava usar, de valor monetário insignificante, e fugiu. O corpo de Karen não foi coberto, ficou exposto para servir de banquete para insetos até ser encontrado, treze horas mais tarde, por um estudante de dezoito anos.

Fotos de Karen foram posteriormente obtidas pelo agente do FBI Ryan Owen, no apartamento de Nathan. Ele tirou três delas, todas depois da morte. Em um mês de interrogatórios com Ryan, Nathan disse: '*Karen era doce e inocente. Eu queria ensiná-la sobre o mundo real. Ela manteve a esperança até o último momento, enquanto eu apertava sua vida, a respiração dela, enquanto seu rosto ficava vermelho, seus lábios abriam em busca de ar, as veias e seus olhos saltaram. Karen morreu inocente, eu acredito. Sim, realmente acredito nisso. Tirei fotos dela. Eu me masturbei com elas durante semanas. Pesquisei as lojas pelo perfume floral e doce que ela usava naquela noite, mas nunca o encontrei.*'

Nathan escolheu Lullaby, de Brahms, para ser a música de Karen. A escolha é fria e sádica.

Sua irmã e sobrinha moram no Colorado agora. Eu me pergunto quantas vezes por dia pensam nela."

Eu sorrio com a forma como ela torna tudo melodramático. Mas ela é inteligente. Isso é o que vende. Mesmo que meu carinho por Kate cresça a cada vez que se senta para escrever sobre mim, pergunto-me por que ela está fazendo isso, se a sua editora não tem intenção alguma de publicar o livro.

Durante duas semanas, Kate escreve. Ela sai para viagens longas de carro e faz anotações mentais sobre as ruas, as pessoas nelas, as árvores, os carros. Ela come sozinha em lanchonetes enquanto lê as transcrições de Ryan de nossas conversas. Gosto de ficar sentado à sua frente e fingir que somos namorados. Há momentos em que desejo que Kate pudesse me ver, falar comigo, me perguntar como foram os crimes. E tenho a sensação de que ela também adoraria isso.

Kate não se cortou novamente. Ela para de escrever, por vezes, para assistir à TV. Duas vezes, masturba-se antes de ir dormir. Gosto de ver isso, o jeito como ela toca nos peitos e apenas contrai os quadris por um tempo, até saber que está pronta, então afasta suas coxas e massageia a si mesma. As merdas que ela imagina variam de "leve", como suas noites na faculdade, para "obscuras", como estar amarrada enquanto vários tipos de pessoas – e até mesmo animais – a acariciam, com a finalidade de descobrir a melhor maneira de dar prazer a uma mulher. Eu detesto admitir, mas às vezes ela pensa em Ryan Owen.

E então eu faço algo interessante. Decido visitá-lo.

Tudo o que tenho que fazer é desejar e estou na sua sala de estar.

Ryan está organizando seus livros. De muitas maneiras, ele e Kate são semelhantes. Ele é tão organizado quanto ela. Ryan comprou uma estante barata em um tipo de loja faça-você-mesmo que os homens americanos amam. Eu o vejo com sua chave de fenda, suado, ouvindo Led Zeppelin, bebendo cerveja, montando essa coisa até estar pronta para seus livros. Ele limpa o suor da testa e tira a camisa. Começa a fixar pequenas etiquetas nas prateleiras e organiza, meticulosamente, os livros por assunto e em ordem alfabética de título.

Ler seus pensamentos não é tão fácil.

Ele só pensa sobre os livros e seus conteúdos, por muito tempo, mas às vezes sua mente divaga. Ele está pensando sobre Selena Martinez com pesar. Eu não sei quem ela é no início, mas logo entendo que é uma colega de trabalho que ele pegava pelas costas da esposa. Algo aconteceu com Selena e ela está morta agora. Gostaria de saber se eu poderia encontrá-la por aqui se procurasse o suficiente.

Ryan pensa pouco sobre a ex-esposa, Melissa. Ele sente falta de seu filho. Falta real, dolorida.

Ele pensa em mim também. E eu gosto disso.

No fim da tarde, há uma batida na porta.

Ryan levanta-se e geme porque suas costas doem. Este desgraçado sabe que está ficando velho.

Ao abrir a porta, ele fica surpreso ao ver o colega do FBI, Douglas Bertelli. O homem tem quase a mesma idade de Ryan, está vestindo um terno que tem federal praticamente escrito nele, e esboça um sorriso.

— Ryan.

— Doug — ele resmunga. — Confesso que não previ isso.

— Eu sei. Posso?

Ryan dá um passo para o lado e há dúvida e apreensão nele. Gosto disso. Pergunto-me como eles falam, o que eles têm a dizer. Queria muito que falassem de mim.

Douglas Bertelli estuda a casa com os olhos experientes de um companheiro *profiler*. Eles caminham para a sala e Ryan oferece:

— Organizando minhas coisas.

Douglas concorda com a cabeça. Ryan remove alguns livros do sofá e convida seu colega para sentar-se sobre o plástico. Ryan senta-se no chão e bebe a cerveja. Percebo que ele não oferece uma para Douglas, e o homem percebe a mesma coisa.

— Então, como tem passado? — Bertelli pergunta.

— Tudo bem. Como está o trabalho?

Ele sente falta. Demais. Chega a doer.

— O mesmo. Estão cortando verbas aqui e ali, o café ainda é uma merda.

Ryan fala enquanto o observa.

— Você está aqui por quê?

Douglas suspira.

— Temos que conversar. Tem uma mulher que está escrevendo um livro sobre Nathan Bardel. Ela entrou em contato com o detetive da Miami-Dade, Gambatto, e pegou um pouco de material dele, incluindo transcrições das entrevistas e as confissões.

Ryan permanece calmo.

— Sério?

— Sim. Houve algumas conversas e tive uma reunião com o chefe Moore. Ele está preocupado com o livro e a investigação dessa mulher.

— Interessante. E você está aqui por quê?

Douglas está desconfortável. Sabe que não é bem-vindo.

— Recebi ordens para te pedir que não revele nada sobre o caso se esta mulher, seu nome é Dwyer, bater na sua porta.

— O que eu poderia revelar que incomodaria tanto o FBI?

— Eu honestamente não sei. Recebo ordens, Ryan.

Ryan estuda-o.

— Qual é o nome dela?

— Dwyer. Kathleen. — Então ele para. — Não, Katherine.

— Tudo bem. Se ela passar por aqui, vou falar que tenho amnésia e não me lembro de uma única coisa sequer sobre a investigação Bardel. Acabamos?

— Ryan... você não pode agir como um coitado. Você fez besteira.

Ele está sentindo raiva. Esconde bem.

— Sim, suponho que fiz.

Douglas levanta-se.

— Espero que lembre onde sua lealdade deve estar.

Ryan abre a porta.

— Com o *bureau*, é claro.

Douglas sorri e enfia as mãos nos bolsos.

— Vamos almoçar um dia desses.

— Vamos. — E uma vez que Douglas está fora da casa, Ryan fecha a porta e morde o lábio. Uma veia salta em seu pescoço.

Ele esquece o que estava fazendo antes e abre o seu notebook. Faz uma pesquisa rápida e descobre que Kate publicou seus dois primeiros livros pela Editora Sahara. Ele faz uma verificação sobre Kate e Sahara. Lê alguns comentários sobre seus livros anteriores. Sobe e toma um banho. Quando está vestido, pega as chaves e entra no carro. Ele é meticuloso nisso: verifica os bancos de trás, coloca o cinto de segurança, ajusta o espelho e, em seguida, liga o veículo. Dirige até uma livraria. Vou com ele, balançando minha cabeça com a música animada que toca no carro.

Na livraria, o ar-condicionado incomoda-o um pouco e ele caminha até um funcionário. Pergunta onde pode encontrar os dois romances de Katherine, e o rapaz leva-o até a seção correta.

Ryan compra ambos. Inspeciona-os. A foto dela na parte de trás, o logotipo da Sahara, e os títulos: Anseio de Morte e A Sala de Espera.

Quando já está em casa, pega o telefone e disca um número por memória.

— Helen? Ryan Owen — diz. Ele sorri um pouco. — Igualmente. Como estão as coisas?

Observo isso com curiosidade crescente. O que esse cara tá aprontando? Ele ouve Helen falar por um tempo. Então diz:

— Touché. É Katherine Dwyer, aqui da Flórida. Ela mora em Miami. Nasceu em Blessfield. Sim, tudo o que você conseguir. Obrigado, te amo. — Ele ri um pouco da resposta e desliga o telefone.

Ryan está preocupado com Kate, mas parte disso também vem da raiva que ele sente pelo colega do FBI.

Estou começando a gostar dele.

São oito horas da noite quando Ryan termina de organizar seus livros. Está cansado e com fome. O silêncio da casa, sem os sons de uma esposa e um moleque, ainda o incomoda. Pede comida chinesa e abre outra lata de cerveja, de olho nos romances de Kate, embora não toque neles ainda. Desliga o rock, desta vez é Blue Öyster Cult, e liga a TV. Senta-se no sofá, levanta novamente e arranca o plástico, deixando-o no chão. Finalmente confortável, ele liga o notebook e abre a caixa de entrada, onde há um *e-mail* de Helen com informações sobre Kate.

Esse puto é sorrateiro.

Kate nasceu em Blessfield, no Hospital Good Hope, em 7 de setembro de 1985, filha de Roberta McGregor e Joseph Dwyer. Frequentou o jardim de infância Little Fingers e, mais tarde, o Ensino Fundamental e Médio Blessfield, onde teve excelentes notas até seu oitavo ano. Durante dois anos, suas notas foram terríveis, depois melhoraram. Kate juntou-se ao clube de debate e ao clube de literatura e conseguiu formar-se. Ela fez faculdade de Letras na Flórida.

Ryan pensa sobre tudo isso. Lê um pouco mais, sobre seus pais e seus empregos, e até mesmo a pouca informação que Helen conseguiu sobre Amanda Dwyer. Quando termina, pega o telefone e disca um número que vê na tela do computador.

Estou surpreso quando ele diz:

— Ei, Katherine. É Ryan Owen. — E ele coloca o telefone no viva-voz e apoia-o em seu colo. Enquanto conversam, ele olha para a foto dela que abriu no Google Imagens. Um autêntico stalker.

— Ryan. Oi. Como vai?

— Estou bem. E você?

— Tudo bem. Como conseguiu meu número?

Ele sorri um pouco.

— Eu tenho os meus meios.

— Sinistro. Respeito isso. Então…

— Então, escute, lembra que eu te disse para ter cuidado com quem fala sobre o livro?

— Sim, eu tive.

— Bem, recebi uma visita de um federal, um colega meu, hoje. Algumas pessoas sabem o que você está escrevendo e isso está incomodando por algum motivo. Eu só quero que você me prometa que vai ser cuidadosa. Não abra a porta para quem não conhece, mesmo que seja um policial. Fica esperta quando estiver na rua, tá? E me liga se achar que alguém está te observando.

— Você tá me assustando.

— Ótimo.

— Escuta… a Sahara não quer publicar o livro. Estão me forçando a sair do projeto, me dando dinheiro para escrever outro romance.

Ryan fica quieto por um tempo.

— Kate… talvez você deva mesmo parar.

Não há uma resposta de Kate por um tempo. Ela finalmente diz:

— Talvez eu pare.

Ryan ouve a mentira em sua voz. Então murmura:

— Tudo bem. Tchau.

— Tchau. — É a resposta dela, e ela desliga o telefone.

Ryan leva os livros de Kate para cima com ele. Lê o primeiro, Anseio de Morte, na cama. É a história de uma mulher que perde uma filha e é atraída para um culto com promessas de que será capaz de comunicar-se com a menina morta. Segue a jornada da mulher nos rituais obscuros e secretos, relações dentro da seita e como, no final, ela é capaz de escapar de um destino terrível nas mãos dos seguidores. Ryan não gosta da história, mas gosta da narrativa, do estilo da escrita e do conteúdo sexual do livro. Eu o vejo fazer o que faz de melhor: tomar anotações mentais sobre a psicologia de Kate.

Ele vai dormir pensando sobre a nossa querida e perturbada Katherine Dwyer.

KATE

A preguiça me envolve hoje. Estou de pijama, assistindo ao filme *Seven – Os Sete Crimes Capitais* no sofá, comendo macarrão instantâneo.

Não consigo evitar de me lembrar do telefonema de Ryan Owen ontem. Ele conseguiu me apavorar. É possível que eu não esteja escrevendo hoje por causa disso. Pensar que alguém do FBI sabe o que estou escrevendo e está tomando medidas para me impedir... é desconcertante. Talvez seja isso o que aconteceu. Talvez eles pressionaram a Sahara para não publicar nada sobre Bardel. Por que fariam isso? Eu já passei por todas as vítimas da história de Nathan e por todos os crimes e não há nada que possa destruir a reputação de alguém ou algo assim.

Olho para minha parede. Talvez eu devesse desmanchá-la. Mas a megera em mim me diz para não fazer isso.

Batidas na minha porta.

Não me mexo por um tempo, mas então escuto:

— Sou eu, gata, abra.

Não sei o que sentir. Dale.

Eu me levanto e abro a porta. Ele usa *jeans* e uma camiseta Polo Ralph Lauren que é apertada no peito e bíceps. Estranhamente, não estou comovida por vê-lo ali. Ele tem um sorriso no rosto, cheio de dentes perfeitos.

— Vai me deixar entrar?

Dou um passo para o lado e observo-o entrar e dar uma olhada ao redor. Ele está fitando minha parede.

— Posso ajudá-lo?

Ele olha para mim.

— Senti sua falta. Quer ir a algum lugar almoçar?

Cruzo os braços e balanço a cabeça.

— Não. Já almocei.

— Você tá bonita.

Eu sinto ódio por ele.

— Obrigada. Você também. Eu não entendo por que está aqui.

Seu rosto mostra que ele está surpreso com a minha atitude. Ele de fato está bonito, mas agora sua presença me irrita.

— Queria falar contigo. A Alice e eu estamos passando por uma fase difícil e tô começando a perceber que cometi um erro.

Eu respiro profundamente, esperando que o ar venha com um pouco de paciência. Está ficando mais claro para mim o que ele é.

— Sai do meu apartamento.

— Você ainda tá magoada, eu entendo. — Ele balança a cabeça. — E tem todo o direito de estar. O que mais você quer que eu diga, Kate? Eu sinto sua falta, de verdade.

Estou prestes a mandá-lo se foder quando ele diz:

— Eu falei com a Savvy. Ela tá preocupada, diz que você tá obcecada com essa história sobre a biografia do assassino e queria que eu viesse aqui te ver. Você costumava confiar em mim, lembra? Vamos conversar? Quero entender o que tá acontecendo com você.

Minha raiva é tão intensa que me dá calor. Quero telefonar para Savannah e gritar com ela até ela chorar. Eu me orgulho de saber que posso fazer isso, sei quais palavras usar, conheço os pontos fracos dela.

— Não estou mais escrevendo sobre o *serial killer*. Comecei um novo livro, Fantasma da Rainha. É sobre uma adolescente que tem sonhos sobre estar na corte de Henrique VIII. Ela acha que foi Ana Bolena em outra vida. — Eu quase dou risada enquanto falo isso. Realmente soa idiota.

Ele aponta para a parede.

— Por que isso está aqui? Por que está assistindo *Seven*?

— O Brad Pitt me excita.

Ele faz uma careta para mim. Eu gosto de foder com ele. O que vi em um homem como Dale?

— Quero a minha camiseta do Frankenstein de volta, por sinal.

Ele se aproxima.

— Kate, você é incrível. E eu não falo isso há um tempo, mas eu te amo. Continuo te amando, temos um histórico e tanto.

Aquelas palavras me mudam. Sei que não são verdadeiras. O lado ruim dele está mexendo comigo, puxando os fios como se eu fosse uma marionete. Entendo que Dale gosta de me machucar, é o tipo de cara que ele é. Fica excitado em sentir o poder que tem sobre as mulheres que conquista desde muito jovem. Sinto novamente a sensação que não consigo explicar, o desejo de ser ferida. É nesse momento que percebo que vou deixá-lo me comer. E sei disso com tanta certeza que dói.

Eu o faço comigo mesma, deliberadamente. Eu lembro de Ryan me dizer para ter cuidado, mas não quero ter cuidado. Eu tiro minha camiseta e Dale não fica surpreso, olhando para os meus peitos por um tempo, avaliando se eu valho o esforço de ejacular. Então eu abaixo as minhas calças de pijama e fico lá, de pé, com minhas meias macias.

Dale me beija e é nojo o que sinto. Eu me afasto do beijo porque o desprezo. Apoio-me no sofá, de costas para ele, e, como da última vez, ele abre o zíper do *jeans*, entra em mim e me fode por um tempo. Eu fecho meus olhos e isso me excita. Então os abro e olho para minha parede. E eu faço uma coisa estranha. Eu finjo que isso é estupro.

Fito as fotos no mural e levo-me para a floresta, para onde eles foram, e meu corpo para de sentir prazer, fechando-se. Faço isso comigo mesma sem saber o motivo. É vergonha, talvez, por ser tão fraca quando se trata de Dale. Eu não sinto nada quando ele mete dentro de mim. Então ele se afasta e fala comigo. Eu sequer ouço.

Vou ao banheiro e limpo-me.

Eu não olho no espelho e volto para a sala de estar, onde Dale me observa colocar meu pijama e me sentar em frente à TV, como se ele não estivesse lá, como se nada tivesse acontecido.

— O que há de errado com você?

— Muito — é a minha resposta. — Por favor, sai daqui.

Dale olha para mim por alguns segundos.

— Kate...

— Sai, porra.

Mas então eu o encaro. Ele parece genuinamente ferido.

— Fomos felizes por um tempo.

Nós fomos. Sei que isso é verdade. Não me sentia sozinha quando éramos namorados. Eu me sentia tão normal naquela época, frequentando festas com amigos.

— Você estragou tudo, não eu. — É tudo o que sou capaz de responder.

Ele balança a cabeça.

— Eu sei. Me desculpa.

— Tá tudo bem.

Na tela, Brad Pitt está chorando.

— O que há na caixa? — ele grita.

— A cabeça de sua esposa — eu respondo em voz alta.

Isso faz com que Dale fique lá, olhando para mim como se eu fosse louca.

— Katherine.

Eu olho para ele de novo, prestes a chorar.

— Eu não vou voltar mais.

— Ótimo… — eu me forço a dizer. — Não volte.

Ele está quieto, então sai, fechando a porta suavemente. O silêncio é bem-vindo.

Eu quero me cortar. Eu quero ver sangue. Meu sangue.

Minha depressão está me dominando. É como uma presença em torno de mim, como uma sombra que se esconde e fica me observando por trás dos móveis.

Penso sobre as festas com Dale e os nossos velhos amigos. Para onde aquelas pessoas foram? Por que não ligaram? Entristecida, telefono para Savannah. A vadia atende no terceiro toque.

— Olá?

— Você é uma amiga de merda, sabia disso?

— Kate?

— Quem mais?

— O que está acontecendo?

— Você falou com Dale? Está preocupada comigo?

— Estou. Eu já te disse isso antes. Me manda o que você tem do novo livro, eu quero dar uma olhada.

Eu cerro os dentes. Desligo o telefone e arremesso-o contra a parede. O som é distante, quase inexistente, quando ele é destruído.

Eu a odeio. Será que sempre a odiei? Não era estar perto dela, íntima, outra manifestação da minha natureza autodestrutiva?

E agora a campainha toca novamente.

Sem pensar, eu me levanto para abri-la. Talvez seja a desgraçada, Savannah. Quero gritar com ela.

Mas quando abro, só vejo uma caixa. Espio o corredor e não vejo ninguém. Eu jogo um olhar por cima do meu ombro e *Seven* está em seus créditos finais.

Penso em Brad Pitt. O que há na ca-i-xaaa?

Porra, o que é isso?

Ela é surpreendentemente leve.

Nervosa, fecho a porta com o pé, pousando o cubo de papelão no balcão da cozinha e volto para trancar a porta.

Coloco um cigarro entre os lábios e fumo, olhando para ela. Não há nada que indique de onde veio, mas meu nome está escrito no topo: Katherine Dwyer.

Pego uma faca de cozinha e, com o meu Marlboro equilibrado em meus lábios, corto a fita marrom.

Quando abro a caixa, não há nada além de um envelope. Por que uma caixa, se é um envelope? Não faz sentido.

Eu o abro. É grosso.

Espalho o conteúdo pelo balcão. Fotografias, mas vejo a carta primeiro. É digitada, em papel branco comum.

Você não tem ideia de onde está se metendo.
Ninguém tem que se machucar. Basta parar com sua pesquisa e voltar à sua vida normal.
Algumas coisas são melhores quando esquecidas, Katherine. Esqueça Bardel.

Estou sendo ameaçada. Ryan está certo.

Com medo do que verei, seguro as fotos coloridas e brilhantes. Já vi muitas dessas antes. Elas estão nuas, mutiladas, mulheres mortas. Vítimas de Bardel.

Antes, as fotos não me chocavam porque eu não estava no contexto. Depois de sete dessas, deparo-me com uma coisa que não entendo a princípio. Quando compreendo, meu coração dispara.

As últimas cinco fotos são de Ryan Owen.

Elas têm um ângulo para baixo, como se tiradas de câmeras de vigilância. Estão em sequência dentro de um escritório impessoal. Nelas, Ryan usa um terno e está fazendo sexo com uma mulher de cabelo preto e pele morena.

Eu umedeço meus lábios e deixo as fotos em cima do balcão. Afasto-me delas.

Acho que vou vomitar.

RYAN

É o telefone que me acorda. Estendo meu braço, esbarrando em algumas coisas na mesa de cabeceira, e pressiono talk.

— Oi?

— Eu não entendo o que está tentando fazer.

É ela, sei disso imediatamente. Meu coração dispara.

— Kate?

— Olha... eu não sei a quem recorrer. Talvez seja você brincando comigo. Talvez seja outra pessoa. Eu não sei. Estou com medo.

— O que aconteceu? Pode confiar em mim.

Ela ri, nervosa.

— Será que posso?

— Sim. Fala.

— Recebi uma carta me dizendo para parar a pesquisa sobre Nathan Bardel. E fotos de suas vítimas.

— Não toca em nada. Estou indo.

— Ryan...? Você jura que não é a pessoa que a enviou?

— Kate, vamos lá... Eu não sei o que dizer a você para confiar em mim. Então, eu só estou pedindo, tá?

Sei que algo grave está acontecendo. Eu odeio que esteja apavorada. Por outro lado, tenho orgulho dela por duvidar de mim. Ela desliga o telefone.

Eu encho uma sacola de ginástica com um par extra de calças *jeans* e três camisetas, assim como a minha escova de dentes, pente, barbeador e algumas cuecas e meias. A adrenalina já se espalhou pelo meu sangue, chego a sentir seu gosto.

Estou no meu carro dez minutos depois, com o endereço dela no GPS, perguntando-me o que está acontecendo.

São oito da noite quando chego ao prédio de Kate, em Miami. Sinto o bafo quente da noite ao sair do carro. É um edifício baixo, de três andares, no qual entro direto porque a porta está aberta.

Toco a campainha, olhando em volta, e ela abre. Vejo o medo no seu rosto.

É estranho que esta é apenas a segunda vez que a vejo, a primeira foi há mais de um mês. É estranho que já fizemos sexo. Eu sinto que já a conheço.

Ela dá um passo para o lado e entro num apartamento limpo. É um pouco impessoal e isso nunca é um bom sinal, muitas vezes indica depressão.

A TV está ligada e vejo um seriado com muita gente bonita e risadas gravadas.

O cabelo de Kate está molhado e penteado. Ela veste uma regata preta e calças *jeans* e está descalça. Senti o cheiro do sabonete na pele dela assim que entrei. Sem maquiagem, ela é bonita para mim.

— Ei. Está bem? — é o que pergunto enquanto ela fecha a porta e tranca-a.

— Aham. — Ela aponta com o queixo e viro-me para ver a carta e as fotografias no balcão.

Aproximo-me com cautela. Um bilhete digitado e fotos das vítimas de Bardel. Reconheço Karen Wakefield, Martha Smithson, Cate Hills e Joan Coates. Há duas de Coates.

Leio a nota sem tocá-la. É uma ameaça evidente. Meu instinto me diz que a pessoa que fez isso nunca escreveu uma carta como esta antes e ele (não tenho dúvidas de que é um homem) usou as ameaças habituais de cinema para compô-la. Não há nada de pessoal nisso. É quase como se o tivessem mandado escrevê-la.

— Você tocou nela?

Ela só balança a cabeça e fuma com os braços cruzados.

Viro-me para Kate e agora penso sobre o meu próximo passo. Tomo a minha decisão.

— Preciso tirar o meu carro do estacionamento. Ninguém pode saber que estou aqui, tudo bem?

Kate assente novamente.

— Tranca a porta quando eu sair. Já volto.

Saio e a escuto trancar.

Nos próximos vinte minutos, estaciono meu carro na rua, a cinco blocos do prédio de Kate. Tiro minha Glock do porta-luvas e enfio-a no *jeans*. Agarro minha sacola de ginástica e caminho enquanto olho em volta para identificar qualquer idiota que poderia estar me seguindo. Kate abre a porta quando bato. O apartamento tem cheiro de fumaça de cigarro, mas não me incomoda.

Ela olha minha bolsa de ginástica. Coloco minha arma no balcão da cozinha. Também olha para ela. Eu não quero assustá-la.

— A melhor coisa é ir para a polícia. Eu sei que neste momento não temos nenhuma ideia de quem é confiável, mas não podemos fazer as coisas fora da lei. Então, amanhã você vai até a delegacia pedir para falar com Mark Gambatto e contar tudo para ele.

— Digo que conversei com você? Que você está aqui?

Eu penso sobre isso. Acho que posso confiar em Mark, mas não tenho certeza.

— Fala que me viu, sim, mas não menciona que estou aqui.

Kate concorda, o medo no rosto dela.

— Vai ficar tudo bem. — Não tenho certeza se estou mentindo para ela.

— Então você vai ficar aqui?

— Se você não se sente à vontade...

— Sinto sim — ela assente. — Quero que fique.

É uma coisa boa de ouvir. Fico feliz que ela confia em mim, porque isso vai ser muito mais difícil se não o fizer. Agora estou ciente de que estou aqui no apartamento dela, e que ela está linda, e... eu vejo a parede.

Vou até lá e me parece ser algo que não deveria estar aqui na casa desta garota. É Bardel e seu trabalho, uma representação física de sua vida.

Vejo as fotos que já vi um milhão de vezes, as datas e os nomes e as anotações sobre *modus operandi*. Eu vejo tudo e temo que Kate tenha ultrapassado um limite, uma linha que a mudou, assim como fez comigo. Ela está fazendo o que eu costumava fazer, mergulhando de cabeça na piscina de horror que é a vida fora do ciclo restaurante-trabalho-cama-TV-shopping.

Eu balanço a cabeça, temendo que seja tarde demais para ela, com medo de soar condescendente ou diminuí-la se expressar meu receio. Quando olho para Kate, ela se move um pouco, erguendo o queixo para me desafiar.

— Você vai tirar isso daí — digo antes que possa controlar-me.

Vejo-a apertar sua mandíbula. Ela está uma fera.

— Kate... — prossigo. — Para todo mundo, você não deveria estar mais interessada em Nathan Bardel. Você já memorizou tudo isso. Tira isso daí.

Não há resposta dela.

— Você vai me dizer o que está acontecendo? — ela finalmente pergunta.

Eu esfrego minha testa. Cacete, estou tão cansado. Meu corpo dói, a fome está me açoitando e minha cabeça está pulsando de dor. Não sei se estou contente por estar sendo arrastado de volta para a única merda que conheço, ou se estou perdendo a minha chance de paz e descanso.

— Eu quero. Eu vou. — Suspiro. Sei que isso é verdade. Sei que é perigoso, mas preciso jogar limpo com ela. — Tem alguma coisa para comer aqui?

Ela balança a cabeça.

— Não podemos simplesmente ir a um restaurante juntos. Vamos pedir. Do que você gosta?

Kate senta-se em seu sofá cinza escuro.

— Tanto faz. Pede cerveja também. Eles me conhecem e entregam.

Uma rápida investigação dos ímãs na geladeira basta: peço uma pizza e cerveja. Então encontro alguns sacos plásticos e enfio a carta e as fotos, assim como o envelope, dentro deles sem tocá-los. Quando volto para a pequena sala de estar, ela está recolhendo as fotos da parede.

Durante nossa refeição tímida, ela fala baixo:

— É estranho ver você aqui.

Sim, sinto o mesmo. Eu não tenho ideia de onde Kate e eu nos metemos. Um mês atrás, ela era uma estranha que bateu na minha porta e nós compartilhamos uma refeição e orgasmos. Então, durante nossos *e-mails*, parecíamos amigos tímidos. Agora, ela está atolada na merda que conheço bem demais, e estou aqui.

— Temos que conversar.

— Sim. — Ela suspira. — Mas preciso que me conte o que aconteceu com você.

— Eu nunca falei com ninguém sobre o FBI.

— Sinto muito, mas tem que me contar. Preciso confiar em você.

Ela está certa.

— Tudo bem — eu começo, enquanto como. — Três coisas aconteceram cerca de um ano atrás. A primeira foi que a minha mulher me deixou. Éramos estranhos com um filho e ela já tinha chegado no limite com meu trabalho e os meus... métodos. — Faço uma pausa. Eu estava no processo de esquecimento e agora tudo voltou para me morder na bunda. Eu suspiro e continuo. — Estava tendo um caso antes disso, e Melissa sabia, mas ela simplesmente não se importava o suficiente para me confrontar. Esse caso foi com uma colega, Selena Martinez. — Eu balanço minha cabeça, pensando nela. — Selena não estava bem psicologicamente. O trabalho era demais para ela. Tinha problemas conjugais e estava tentando engravidar há muitos anos. Eu deveria ter visto o estado dela, mas acho que... — Eu acho que o quê? A verdade vem à tona: —Acho que eu não quis. Nos descuidamos, erramos e transamos no escritório dela algumas vezes. Estávamos sob vigilância interna e eu não sabia. Recebi um tapinha na mão. Ela também, mas estava vulnerável na época, e o caso errado foi parar na mesa dela, crianças abusadas, e ela não conseguiu lidar, porque sabia quem era o cara, mas não tinha provas para prendê-lo. Ela cometeu suicídio dois meses depois.

— Caralho... — Kate suspira.

Eu faço uma pausa e mordo minha pizza. É doloroso falar sobre Selena. Não havia amor entre nós, mas é doloroso.

— Então — eu continuo —, um pouco antes disso, eu estava ocupado com a investigação do Bardel. Nós o pegamos uns meses depois e, quando foi condenado, conseguimos que ele continuasse concedendo-me entrevistas. Foi durante a última conversa que ele disse algo que chamou minha atenção. Ele estava me provocando, como sempre fazia. E falou: "Se você realmente quer saber como elas se sentiram, é só falar com ela". Eu nunca vou esquecer essas palavras. Quando lhe perguntei quem "ela" era, ele sorriu. Foi nesse momento que eu percebi que havia uma sobrevivente e eu não tinha ideia de quem era. Bardel não falou mais nada e nosso tempo esgotou. Eu nunca mais o entrevistei e alguns meses depois ele foi executado. Mas… —Suspiro novamente e faço uma pequena bola com meu guardanapo de papel. — Três dias depois daquela entrevista, quando comecei a investigar, eles jogaram o suicídio de Selena em mim como se eu o tivesse causado. Enfiaram as merdas das fotos do escritório na minha cara e fui forçado a sair. E aqui estou eu.

Kate me observa.

— Então ele deixou alguém viver. Ou… ela fugiu dele. E, aparentemente, ninguém pode saber quem ela é. Quando você tentou descobrir, te ferraram. Agora que estou ficando curiosa e falando com você, estão me ferrando também. Duas perguntas: quem é ela e quem são eles?

— Sim, foi isso que pensei também.

Por um bom tempo, não soubemos o que dizer. Finalmente, Kate levanta-se e vai até o interior do apartamento. Quando volta, desliza algumas fotografias sobre a superfície da mesa e eu as reconheço instantaneamente.

— Elas vieram com a carta — ela confessa.

Isso me emputece ao extremo. Eles estão tentando manipulá-la, fazê-la pensar que não sou confiável. Fico aliviado por ter sido sincero com ela, que agora sabe que não estou mentindo. Eu odeio ver Selena assim, na mesa, pernas abertas para mim. Eu lamento agora, arrependo-me do caso.

Olho para Kate.

— Isso faz você me odiar?

Ela balança a cabeça.

— Não.

NATHAN

Estou verdadeiramente em estado de choque à medida que isso se desenrola diante dos meus olhos. Aqui temos o bom e velho detetive Ryan Owen, o homem com quem passei longas tardes falando sobre minha vida e meus assassinatos. E aqui está a minha vítima favorita de todas, aquela que eu nunca vou ser capaz de foder e retalhar, Kate. E os fofinhos sentam-se juntos, comem pizza e têm uma teoria da conspiração.

Eu nunca a teria deixado viva. Ela escapou. E como ela fugiu, nunca soube seu nome. Foi uma noite estranha e tudo deu errado. Eu fui desorganizado, como eles diriam.

Estou distraído, porque Ryan está tomando uma ducha no banheiro de Kate e ela está desfazendo a parede. Está desmontando minha história! Não consigo descrever como me sinto. Tenho vontade de gritar com ela e chego a tentar, mas Kate não me ouve, está descolando todos os papéis e jogando tudo dentro de uma caixa de sapatos. Estou tão puto que me imagino retalhando seus peitos enquanto ela berra para eu parar e pede desculpas. Quem ela pensa que é?

Não é culpa dela, digo a mim mesmo, tentando me acalmar. Ryan é quem quis isso. Penso em incendiar o apartamento e prendê-los aqui para assarem.

Leva muito tempo para eu ficar frio, e estranhamente é a curiosidade que me faz seguir em frente, para onde Ryan toma banho. Posso vê-lo claramente agora. Ele se arrepende de ter contado sobre Selena, a vaca louca que ele comia no escritório. Ryan receia estar colocando Kate em perigo e tem medo de que ela vá sacar o idiota que ele é. A maneira como ele pensa sobre Kate é patética. Ryan não vê e não consegue enxergá-la do jeito que eu consigo. Acha que se importa com ela. Cara, eu tenho pena desses dois.

Kate entra, carregando a caixa. Ela a coloca sob sua cama e para de se mexer quando ouve Ryan no chuveiro. Típico da puta que é, como as cadelas no cio que todas elas são, Kate pensa em entrar no chuveiro e fazer sexo com Ryan, mas desiste. Vai para a cozinha, limpa tudo e lava os pratos, para dar a impressão de que é tão limpinha quanto ele.

Ele a encontra na cozinha um tempo depois e, embora não diga, está aliviado que ela tenha desmontado a parede. Tem medo de que ela enlouqueça como ele.

Não sabem o que dizer um ao outro, então ele quebra o gelo:

— Estou lendo o seu romance, Anseio de Morte.

Kate sente-se envergonhada.

— Não é tão bom.

— É legal, gostei dele, é bem escrito. Você é boa com detalhes, teria dado uma ótima *profiler*.

Kate esboça um sorriso fraco, mas acha que ele está mentindo.

— Você visitou a casa de Nathan.

Ela assente.

— Foi horrível lá, sujo, sabe?

Sim, eu estava com Kate quando ela fez aquela coisa ridiculamente estúpida. A casa não me fez bem. Estar lá foi doloroso e trouxe muitas sensações esquecidas para a superfície.

Senti algo que só posso descrever como dor física quando estava lá, ouvi vozes do passado, e era como se todos os acontecimentos da minha infância estivessem ao meu redor, tudo de uma vez. Saí da casa antes de Kate. Mas, mesmo assim, memórias vinham até mim. O dia em que vi acontecer, o dia em que ele chegou em casa no período da tarde, porque tinha sido demitido. No dia em que deixou a porta entreaberta. Lembro-me de estar ali, no corredor. Lembro que havia alguma janela aberta e eu estava com frio, mas não saí dali. Minha mãe não estava em casa.

Natalie permaneceu quieta, não ofereceu resistência alguma quando ele puxou o short dela e fez o que quis. Natalie não disse nada. Só fechou os olhos.

Eu vi tudo.

—Imagino que sim — Ryan está dizendo. Ele quer dizer a ela que sabe o que é ir longe demais. Mas se disser, ela fará perguntas que ele não está pronto para responder.

Ryan está dormindo no sofá.

Kate estava cansada e quando lhe entregou uma pilha de roupa de cama, ele entendeu que não iam transar esta noite. O que é interessante sobre isso é que ficou ligeiramente aliviado. Não está pronto para trepar com Kate após os últimos acontecimentos. Estou achando que, como casal, são ridículos.

Ambos levam um tempo para dormir. Kate está preocupada e ansiosa, mas feliz que há um homem na casa para que ela se sinta segura, o que só prova como é fraca.

Ryan pensa no passado que o atormenta. Pensa em mim e em nossas conversas. Eventualmente, ele adormece também.

E é aí que coisas horríveis acontecem e nossa história de fato começa. Porque, esta noite, um *serial killer* está no prédio.

RYAN

Quando acordo, meu primeiro pensamento é o de que preciso me mexer. Tenho medo de escorregar para o mesmo estado de tédio e depressão que agarrou Kate. Saio da casa e levo as chaves.

Em uma loja de conveniência próxima, compro um monte de comida. Olho em volta de vez em quando, mas não acredito que estou sendo seguido.

No apartamento, vejo Kate ainda dormindo; a imagem dela na cama desperta-me e enche-me de pensamentos. Vou para a cozinha e faço torradas, dois copos de suco de laranja gelado, organizo uma mesa convidativa com tudo que acho necessário. Kate precisa recuperar uns sete quilos para voltar a ser a deliciosa mulher que sei que foi antes de começar a entrar na mente de Nathan Bardel.

Volto para o quarto e dou-lhe uma sacudida leve.

— Café da manhã.

Ela me olha, sonolenta, mas se levanta. Vai até o banheiro e começa a escovar os dentes. Eu lhe dou privacidade e ando até a cozinha, onde abro as janelas para ventilar o lugar. Também borrifo um pouco de purificador de ar para tirar o cheiro de fumaça do apartamento. Ela entra com uma camiseta comprida e meias.

Acho erótico, mas não digo nada.

Kate senta-se com um sorriso para mim.

— Querido, não precisava.

— Eu sempre tomo café da manhã.

— Todo certinho, hein? — Ela bebe o suco.

— Vou levá-la para a delegacia e esperá-la.

Ela concorda com a cabeça.

— Preciso te perguntar algumas coisas.

— Pode perguntar. — Ela está comendo como se não visse comida há semanas.

— Alguém tem acesso fácil a este lugar? Amigos com as chaves, namorado...

Ela me encara.

— Tenho uma amiga que vem muito aqui, mas não tem a chave. Meu namorado... e eu não estamos mais juntos. Se estivéssemos, não teria dormido com você.

— Tudo bem. — Eu suspiro, tentando manter a objetividade. — Mas um ex-namorado é geralmente um suspeito.

— Pensei que tínhamos uma teoria da conspiração.

— Mas isso é tudo que ela é. Podemos estar errados. Como o ex-namorado se sente em relação ao seu livro?

Ela parece insegura.

— Ele não gostou, e realmente detestou a parede. Olha, ele é um babaca, mas nunca faria algo assim. E de onde teria tirado essas fotos?

— Qual foi a última vez que o viu? — Eu ignoro sua pergunta, porque ainda não tenho resposta.

— Ontem.

Eu fico olhando para ela.

— Ontem.

— Ele veio para conversar. — Ela evita os meus olhos, vejo dor e vergonha no seu rosto. — Uns minutos antes da caixa chegar.

— O que ele queria? Você tem que me dizer.

— Ele queria me comer, Ryan.

— Conseguiu?

Ela está puta, mas não me importo.

— Sim, conseguiu, então se mandou, como sempre.

— Ele sabe alguma coisa sobre mim?

— Não. Como eu disse, ele é um babaca, mas não tem nada a ver com isso.

— Por que transa com ele se acabou?

— Porque sou burra, Ryan.

— Ele é um atleta, não é?

Ela estreita os olhos para mim.

— Ele é fortinho, bonitão… — prossigo, observando-a. — O tipo de cara que pegava todas as meninas na escola. E ele a trata como lixo e você adora.

Kate tenta esconder sua raiva de mim, mas não é o tipo de pessoa que consegue esconder seus sentimentos. Eu mastigo calmamente. Ela não tem nada a dizer, então coloca uma torrada na boca. Sinto que deveria pedir desculpas, mas não estou no clima. Eu já saquei quem ela é, e isso diminui em nada o que sinto por ela.

É nesse momento que ouvimos as sirenes.

Trocamos um olhar.

O som está crescendo, chegando a um ponto quase intolerável antes de parar. Portas de carros abrindo-se. Meu coração dispara e pergunto-me o que está acontecendo e se a polícia está aqui por mim ou por ela, que parece alarmada enquanto levanto-me e estendo minha mão num comando para que fique quieta.

Logo ouvimos passos no corredor.

Depois de um tempo, percebo que os policiais estão indo para o apartamento ao lado.

— Ryan…

— Fica aqui. Sério. — E abro a porta e vou até o corredor.

A porta do próximo apartamento, número 18, está aberta e vejo três policiais lá dentro. Um deles se levanta assim que me aproximo e estende uma mão.

— Você não pode entrar aqui, senhor, por favor, volte para o seu apartamento.

— Sou do FBI — atrevo-me a dizer, embora as palavras soem ácidas para mim.

O policial olha para mim por um tempo e tenho um vislumbre de uma jovem mulher chorando, conversando com outro policial.

Outras pessoas estão saindo para o corredor.

O policial macho alfa fala para mim:

— Mostra o distintivo, por favor.

— Não está comigo — eu digo, mas lentamente coloco minha mão dentro do bolso e retiro meu celular. Num silêncio estranho, ele observa enquanto acesso a intranet da agência facilmente e encontro a minha própria foto na página. Ofereço-lhe o meu telefone e ele o pega. Devolve.

— Tudo bem, Owen, venha aqui.

Entro e vejo que eles estão agitados. A garota está sentada no sofá e soluça enquanto tenta dizer ao policial o que está fazendo aqui e sua relação com a vítima. Macho alfa está conversando com outro policial sobre mim, mas não escuto. Eu sinto aquilo novamente, sinto em meus ossos.

Algo ruim de verdade aconteceu aqui. Sei que foi no quarto. Como o policial não faz nada para impedir-me, desço o corredor e olho para os lados. Há um banheiro, as luzes estão apagadas. Há uma sala com roupas femininas bagunçadas, um cesto de roupa suja, CDs. Macho alfa está quase em cima de mim:

— Mulher, 24 anos, D. O. A, múltiplas facadas no estômago e genitais. A colega de quarto fez a chamada.

A descrição deixa-me com vertigem. Vou até o cômodo e é déjà vu; a garota está no chão, a cama ensopada de sangue. Ela é um pedaço de carne retalhada, e preparo-me enquanto me aproximo e olho seu rosto.

Seus olhos estão fechados, o pescoço com hematomas e arranhões de unhas que ela deve ter feito enquanto tentava livrar-se das mãos que a estrangulavam. Seu rosto está voltado para o lado, sem vida. Sinto um tremor quando vejo o X que lacerou seu mamilo direito. Eu me afasto e encaro o macho alfa.

— Você é o especialista, Federal. Que tipo de pessoa faz isso com outro ser humano?

Nathan Bardel.

Reprimo uma risada amarga e penso que alguém vai, mais cedo ou mais tarde, perceber que eu não deveria estar aqui. Preciso desse tempo com a cena do crime. Eu olho para ela e ao redor do quarto típico de uma jovem. É bagunceira. As cortinas estão bem fechadas e a cama, revirada. Há ódio nessa cena, mas é contido.

— Já encontraram uma arma? — pergunto.

Ele balança a cabeça.

— Não tocamos em nada, e você também não vai, até a unidade de ciência chegar.

Eu me aproximo do corpo e ajoelho, sob a supervisão do cuzão número um. Ela foi estrangulada, sem dúvida. Conto cerca de seis facadas na barriga. É impossível saber quantas na genitália. Estudo o cabelo, as unhas, a posição de suas mãos. Nenhum móvel parece ter sido movido ou usado no crime. A cena é tão familiar que meus pelos arrepiam-se. Ela era linda.

Não posso fazer mais nada sem um relatório do laboratório, mas ouso abrir o olho dela. A córnea não está nebulosa. Vejo a leve coloração roxa na parte inferior do corpo. Encosto um dedo e pressiono. A cor não muda. Estudo o sangue no quarto. Vou precisar de acesso ao relatório da autópsia, mas meu palpite é de que isso foi feito nas primeiras horas desta madrugada.

Fico olhando para o X em seu seio e ele me assusta. Mais uma vez, olho em volta, para as paredes, os quadros. Nada parece ter sido mexido. Preciso falar com a companheira de quarto. Saio de lá e tomo ar fresco quando chego à sala de estar, aliviado. É como estar no apartamento de Kate, com uma decoração e energia totalmente diferentes. Os policiais fecham a porta porque os vizinhos estão curiosos.

Eu me ajoelho perto da colega de quarto.

— Ei, qual é seu nome, querida?

Recebo um olhar reprovador de um policial, e depois o macho alfa começa a explicar quem eu sou, quase orgulhoso.

Ela me olha com a maquiagem manchada por lágrimas.

— Sou Brenda — diz ela em voz baixa.

— Brenda, sou Ryan, do FBI. Sei que você contou a estes senhores tudo o que sabe, mas posso fazer algumas perguntas sobre sua companheira de quarto?

Ela assente com a cabeça.

— Qual o nome dela?

— Jen.

— E vocês eram muito amigas?

Ela concorda com a cabeça e morde o lábio.

— Você saiu ontem à noite?

Ela hesita, depois assente.

— Ela ia encontrar alguém? Um rapaz, talvez?

— Não, ia estudar. — Ela soluça.

— Ela tem um namorado?

— Eu já falei para eles, não. Ela era... certinha.

— Tudo bem, ninguém está acusando ela, nem você, de qualquer coisa, tá? Você acabou de chegar?

Ela acena com a cabeça, envergonhada.

O que me fode é saber que isso aconteceu enquanto eu estava bem ao lado. Meu rosto está quente de raiva.

— Que horas você saiu ontem à noite?

— Onze.

— Tudo bem. Eu preciso que faça algo que vai ser um pouco doloroso. Mas preciso de você, se vamos pegar a pessoa que fez isso. Preciso que me diga se há alguma coisa de diferente no quarto dela.

Ela começa a chorar.

— Não me faça voltar lá.

Merda.

Os policiais estão me encarando agora.

— Tudo bem... não vou fazer isso, tudo bem. — Eu me levanto e penso sobre o meu próximo passo.

Preciso falar com Kate, mas não consigo me forçar a sair daqui.

A unidade científica chega, com os seus kits e suas expressões sóbrias. Os policiais começam o briefing.

E então vejo um rosto familiar e sei que estou fodido até o osso. É Paula Abner, e ela está feliz em me ver, embora confusa. Douglas está com ela.

— Owen. — Paula sorri.

— Eu estava no prédio. — Levanto minhas mãos quando olho para Bertelli. — Sério.

Ele não está feliz.

— Onde está o corpo?

— Por que estão aqui? Essa é uma investigação federal?

— É um homicídio sexual e estamos na área há três meses — ela responde.

— Se você está aqui é porque não é o primeiro crime.

— Você se acha tão espertinho — murmura Douglas, vestindo as luvas. — E tá errado. — Ele fala com o bundão número um e eles desaparecem no corredor.

Paula está me encarando.

— Vai se encrencar por estar aqui.

— Por que você está aqui, Paula?

— Sério, estamos treinando a polícia local em análise comportamental, e assassinatos sexuais assim não aparecem todos os dias. O chefe pediu a nossa ajuda na investigação, mas o caso não é nosso, é deles. — Ela aponta o queixo para um detetive da polícia. — Por que você está aqui?

Douglas volta, seu rosto mostrando irritação.

— Vem aqui. — A voz dele é áspera enquanto ele anda até a porta. Eu o sigo para fora do apartamento, onde os vizinhos estão sussurrando.

Douglas desconta neles:

— Entrem nos seus apartamentos, por favor.

Eles nos olham assustados e depois somem.

Ele me encara.

— Que merda está acontecendo?

— Eu estava no prédio.

— Fazendo o quê? Você mora em Fort Lauderdale.

— Estou com uma amiga.

Ele faz uma careta para mim.

— Você viu o corpo.

— Sim, eu vi o corpo. Vi a assinatura.

— Bardel está morto. Você já está na merda. Conta a verdade.

— Já falei, estou com uma amiga. Ouvimos as sirenes e vim dar uma olhada. Estou tão surpreso quanto você.

— Onde está essa sua amiga?

— Na porta ao lado.

— Quem é?

Eu sei que não posso mentir.

— Katherine Dwyer.

Leva um momento, mas quando a memória bate, ele trinca os dentes.

— Você... — Ele balança a cabeça.

— Ela entrou em contato, tomamos café e tivemos um lance, não contei nada para ela, como você instruiu. Houve outro crime como este?

— Não, estamos treinando esses caras, dando a nossa opinião sobre a cena e só isso. O caso é deles, mas... agora...

— Agora é nosso.

Ele levanta o dedo para mim.

— Não existe nosso.

— Eu vou até o chefe de seção, sou o especialista em Bardel e esta é uma cena de crime "Bardel".

— O Bardel tá morto! Não entende o quanto está ferrado? Você aqui é o suficiente para ser colocado em uma lista de suspeitos! Quando descobrirem que a vizinha desta menina está escrevendo uma biografia sobre Bardel, ela se torna uma suspeita também, Ryan!

— Suspeita. — Meu coração acelera. — O que ela pode ter...

— Passou a noite com ela? Aqui no apartamento dela?

— Sim.

— Bom álibi, idiota.

Ele se afasta de mim e caminha de volta para a cena do crime, deixando-me ali, tentando organizar meus pensamentos. Estamos em apuros, Kate e eu, e sei disso com uma certeza que é aterrorizante. Sei que Douglas foi comprado e que ele vai me ferrar. Estou prestes a voltar para o apartamento de Katherine quando ele e Paula reencontram-me no corredor.

— Onde ela está? — Douglas pergunta.

— De quem...

— Ryan, corta o papo furado, onde tá a Dwyer?

Eu aponto para a porta ao lado. Os dois começam a andar em direção a ela, e vou atrás deles. Douglas bate na porta.

— Senhorita Dwyer? FBI!

Kate abre, com medo.

Trocamos um olhar, mas não é o suficiente para eu dizer-lhe para ter calma. Ela vestiu calças de moletom.

Douglas exibe o distintivo.

— Eu sou Douglas Bertelli, essa é Paula Abner. Podemos dar uma olhada no seu apartamento?

Kate está confusa por apenas um segundo antes de dizer:

— Não, não podem, não têm um mandado para isso.

Douglas lança-me um olhar.

— Consigo um em cinco minutos.

— Vá fazer isso então — eu respondo.

Ele esbarra no meu ombro enquanto se afasta. Paula fica no corredor. Entro no apartamento e fecho a porta na cara dela.

— Ryan... — Kate começa.

Eu coloco as mãos em seus ombros.

— Fica calma.

— Por que querem investigar meu apartamento?

— Houve um crime ao lado.

Ela arregala os olhos para mim.

— Jen? Brenda?

— Você as conhece?

— Sim, são minhas vizinhas.

Isso está ficando complicado.

— Qual é o seu relacionamento com elas?

— Não existe relacionamento. — Ela encolhe os ombros. — Falamos bom dia, dei comida para o gato uma vez ou outra, mas isso foi meses, meses atrás.

— Então suas digitais podem estar no apartamento.

— O quê? — Ela me dá uma risada nervosa. — O que tá acontecendo?

— Jen está morta, Kate.

— Morta?

Agora eu percebo que não vi gato algum lá dentro. Concentro-me em Kate, que está prestes a surtar.

— Senta.

Ela balança a cabeça.

— Não me manda sentar. O que aconteceu com ela? — Vejo como ela está nervosa, os braços cruzados, afastando-se de mim. Os músculos da boca se contorcem um pouco quando tenta falar.

— Alguém... em algum momento entre as onze da noite passada e meia hora atrás, esfaqueou e estrangulou Jen.

Kate engole e recua alguns passos. Sinto como se nunca mais fosse alcançá-la. Ela se senta e começa imediatamente a roer as unhas.

— Tem mais — eu digo. — A cena do crime é completamente estilo Bardel. Até a assinatura.

Kate move a cabeça lentamente em minha direção. Eu a vejo receber isso, compreender.

— Eles vão entrar aqui em poucos minutos — prossigo. — Vão vasculhar este lugar. Existe alguma coisa da qual tem que se livrar? Drogas? Qualquer coisa?

Ela se levanta.

— Tá falando sério? Drogas?

— Só estou tentando ajudar você.

Não a convenço. Talvez eu devesse ficar quieto.

Kate encontra um cigarro e acende-o, anda de um lado para o outro enquanto fuma. — Ela foi estuprada?

— Não temos como saber ainda. — Eu minto. Sei o que aconteceu lá.

Ela fecha os olhos.

— E foi a Brenda que a encontrou?

— Isso, e ela chamou a polícia. Mas Jennifer já estava morta, eles não podiam fazer nada.

— Os pais dela moram em Michigan.

— O quanto a conhece?

— Não muito bem, já disse. Nos cumprimentávamos, elogiávamos nossas roupas, coisas desse tipo.

Batidas na porta. Douglas e Paula. Ele me entrega o celular e eu o levo à orelha.

— Owen.

— Ryan... — é a voz do chefe. Eu sinto falta do cara. — Só deixa os dois entrarem, diga à Dwyer para dar permissão. Não se enterre ainda mais na merda. Quero você aqui hoje.

— Não tenho nada a esconder, chefe, estarei aí.

— Ótimo. Deixe-os levar tudo o que quiserem. Um mandado está a caminho.

— Vocês trabalham rápido.

— Esteja aqui. — E ele desliga.

Kate está esperando.

— Fala que podem entrar e procurar, Kate.

Ela está furiosa, mas escancara a porta.

— Entrem. — Engolindo o seus filhos da puta do caralho que está preso na garganta. Paula e Douglas entram. Nesse momento, estou radiante de felicidade que ela desmanchou a parede, porque aquilo sim seria difícil de explicar.

Os dois agentes estudam o apartamento.

Kate mal consegue esconder seu ódio. Leva tudo para o lado pessoal. Quando Paula caminha para o quarto, ela tem que morder o lábio para não berrar.

Douglas aproxima-se.

— Srta. Dwyer, ouviu alguma coisa fora do normal ontem à noite ou hoje pela manhã?

— Não.

— Você saiu na noite passada?

— Não.

— A que horas Ryan Owen chegou?

Ela olha para mim, eu apenas espero sua resposta.

— Ele chegou cerca de oito horas. Não saímos mais. Ficamos aqui a noite toda.

— Você conhecia a vítima?

— Ela era minha vizinha, não éramos amigas nem nada.

— Você já esteve no apartamento dezoito?

— Algumas vezes, para alimentar o gato quando elas viajavam. A última vez deve ter sido há quase um ano.

— Ela tinha amigos que visitavam?

— Muitos.

— O que vocês estavam fazendo aqui na noite passada? Assistindo a um filme...?

— Conversando — ela responde, furiosa.

— E você não ouviu nenhum grito?

— Eu te disse, não ouvi nada...

— Por favor, sente-se.

Kate obedece. Ele se ajoelha na frente dela.

— Katherine, eu preciso da sua ajuda. Por favor, tente voltar para a noite passada. Você estava aqui, o que estava comendo?

Eu observo isso. Quantas vezes não fiz o mesmo tipo de entrevista? Olhos nos olhos, apelando pelo sensorial, os sons, os cheiros? Sempre deu resultados.

— Pizza. Ryan e eu conversamos.

— Do que falavam?

Ela não hesita e diz:

— Falávamos em descer para as Keys juntos e passar alguns dias na praia bebendo e trepando.

Douglas franze os lábios.

— Que horas foi dormir?

— Cedo, estávamos cansados. Às onze estávamos na cama.

— Mas vejo lençóis e um travesseiro no sofá.

— Sim, Ryan dormiu aqui.

— Isso não parece a rotina de um casal que está morrendo de vontade de ir para as Keys trepar.

— Ele ronca.

Douglas está com raiva, está perdendo a compostura.

— Então, você dormia no quarto e ele aqui. Isso significa que ele poderia facilmente ter saído do apartamento, sem você perceber, não?

Ela não responde.

— Uau. — Eu sorrio. — Douglas, você deveria ter sido advogado, como seu pai.

Ele se levanta.

— Você é um suspeito, Ryan.

— Isso é ridículo.

— Eu concordo. — Ele sorri e olha para o computador portátil na mesa de centro. Kate olha para mim com medo. Com a mão enluvada, Douglas abre-o, mas a tela permanece preta. Ele o fecha novamente.

— Vamos levar isso.

— Não, não vão! — Kate pira.

— Observe, querida. — E ele o coloca numa sacola plástica.

Kate está respirando fogo. Tenho medo de que perca o controle.

Paula volta do quarto.

No corredor, mais policiais caminham até o apartamento da vítima. Dá para ouvir a multidão lá dentro, a unidade de ciência tirando fotos e coletando material, o conflito entre policiais uniformizados, os detetives da Miami-Dade e o FBI. Outro CSI para na nossa porta e, sob a supervisão de Douglas, entra no apartamento. Kate afirma que sua casa não é uma cena de crime, mas Paula diz que eles têm um mandado para o que estão fazendo, e não somente eu, mas também Kate, somos parte de uma lista inicial de suspeitos.

Kate está prestes a explodir. Ela vem até onde estou e sussurra:

— Eles não podem levar o meu computador! Toda a minha vida está lá, meus livros, toda a minha pesquisa!

— Mais alguma coisa?

Ela engole em seco.

— Alguns *e-mails*. E alguns vídeos.

Eu a pego pelo braço e puxo para perto de uma janela. Não quero esses idiotas ouvindo.

— Muito ruins?

Kate está à beira de lágrimas.

— Alguns vídeos de pesquisa, pornografia. *E-mails* pessoais que troquei com Dale, meu ex, e alguns que troquei com minha editora, Savannah.

— O que mais?

— Ryan, os meus livros! Eu não fiz *backup* das coisas de Bardel e eles vão apagar tudo!

Eu abaixo a minha voz.

— Tá tudo bem, tenho uma cópia no meu *e-mail*.

Ela mostra um pouco de alívio.

— Os vídeos...

— São muito pesados? Quantos?

— Quatro ou cinco, pesados.

— Kate...

— Alguns *hardcore*, de *bondage*, sadomasoquismo.

— Seus livros têm conteúdo sexual forte, é pesquisa, eles não podem usar isso contra você.

Não a faço sentir-se melhor. Ela tem medo de julgamento, do que vão pensar dela.

— Eles vão levá-la para a delegacia, para prestar depoimento, mas lá estará segura. Preciso ir para Quantico.

— Quando volta?

— Assim que puder. É um voo de duas horas. Volto ao anoitecer.

Ela concorda com a cabeça. A preocupação no rosto dela me deixa em alarme.

KATE

Passei a tarde inteira na delegacia, respondendo às mesmas perguntas um milhão de vezes enquanto gravavam o que eu dizia. Como Ryan instruiu, entreguei as fotografias das vítimas e a carta enviada a mim. Não falei das fotos de Ryan. Trataram-me com desconfiança. Um policial foi amigável, no entanto, e me disse para ir para casa, que iriam analisar o material enviado a mim e que eu deveria descansar um pouco. Meu lado objetivo me diz que há dois lados neste caso: em um deles, sou uma suspeita; no outro, a próxima vítima.

Estou em casa.

Não me atrevo a dar um passo adiante no corredor, não me atrevo a olhar para a porta delas. Pensar em Jennifer morta é insano. E pensar que eu estava dormindo enquanto, a poucos metros, ela era estrangulada e esfaqueada... é assustador e intimidante.

Meus pensamentos correm soltos. Uma pequena parte de mim receia o que o agente federal insinuou – que Ryan teve a oportunidade de cometer este crime. E talvez os motivos – foder com o FBI, chamar a atenção, forçá-los a consultá-lo porque ninguém conhece Bardel como ele – não sejam tão fantasiosos. Mas este é Ryan Owen, o homem que dedicou a sua vida e sacrificou o casamento para prender caras como Bardel. Eu penso sobre o que ele disse, sobre sua esposa ter medo dele, medo de seus métodos. Isso me faz perguntar se não estou cometendo um erro fatal em ficar tão próxima dele. E, novamente, minha mente grita: *mas este é Ryan! Você confia nele! E você está começando a... a o que, Kate? Apaixonar-se por ele? Você não passa de uma puta idiota, sua otária. Sim, isso é o que você é.*

Ryan falou sobre Dale ser suspeito. Não consigo imaginar Dale fazendo isso... e por que faria? Sim, estou com medo de ficar sozinha. Quero Ryan, isso é tudo que sei.

Sinto falta do meu computador, que tem sido o meu melhor e talvez único verdadeiro amigo nos últimos anos.

Estou começando a desejar nunca ter me interessado por Nathan Bardel.

NATHAN

Isto é verdadeiramente interessante.

Estou na sede do FBI, olhando para Ryan sentado cara a cara com o chefe de seção Anderson Moore, um cara com uma barriga de chope e cabelos brancos que parece ser o pai de alguém.

Há agitação neste lugar. As pessoas estão olhando para Ryan e perguntando-se o que ele está fazendo aqui. A maioria está feliz em vê-lo, gostam dele e admiram-no. Outros não têm tanta certeza.

Ryan gosta desse cara, Moore, sempre gostou, é fácil de sentir. Esse é o cara que recebeu ordens de alguém no alto escalão e despediu Ryan. Ele se odeia por isso.

Estamos num escritório que nos separa das muitas mesas do andar, onde pessoas falam ao telefone ou mexem no computador. Este escritório parece sóbrio e entediante para mim. Vejo uma foto de Anderson Moore e sua esposa loira sorridente e gordinha. Vejo fotos de uma vadia gostosa com um suéter rosa apertado e suponho que é sua filha. Ela está segurando um cachorro e beijando-o. Quero espancá-la, vê-la chorar, forçá-la a engolir o sêmen de seu bichinho de estimação.

Concentro-me, porque eles estão conversando agora.

—Conta tudo, nem ouse mentir para mim. — Essa é a forma como Moore começa a conversa.

Ryan não tem intenção alguma de mentir.

— Nós dois sabemos que Bardel deixou alguns segredos. Como você pediu e ordenou, não tentei descobrir a verdade. Como você me aconselhou, comprei uma casa e estou seguindo em frente com a minha vida longe da única coisa que realmente importava para mim — ele encosta a ponta do indicador na mesa de Moore —, este departamento. Esta organização. Este trabalho. — Ele suspira. — Mas então Katherine Dwyer decide escrever um livro sobre Bardel. Ela me encontra, batemos papo. Eu nunca contei a ela sobre essa porcaria, sobre essa mulher que sobreviveu. Na verdade, acabei falando pouco que ela já não sabia. Mas nos demos bem.

— E você dormiu com ela.

— Sim. Então ela foi para casa e acabou. Acontece que sua editora mandou-a parar de escrever o livro e estão tão desesperados para ela interromper sua pesquisa que depositaram trezentos mil em sua conta bancária como um adiantamento para um romance. Aí Kate recebe uma caixa com uma carta ameaçando-a para que pare de escrever o livro ou sairá machucada.

— Onde está a carta?

— Nas mãos da polícia de Miami-Dade. Ela me telefona porque está com medo, vou para o apartamento dela e conversamos. Passo a noite lá. Na manhã seguinte, hoje, sua vizinha é encontrada morta, eu entro na cena do crime e vejo o trabalho de Bardel.

Moore coça a cabeça.

— O que seu instinto te diz?

— Parece ele. Mas ele tá morto.

— E você tá na merda. É simplesmente coincidência demais, você e ela e uma cena de crime *à la* Bardel.

— Estão armando para mim. Ou para ela. Eu não sei.

— Então nós temos um imitador, um *copycat*. Ou...

— Alguém que quer foder Katherine Dwyer por enfiar o nariz onde não é chamada.

— Acha mesmo que essa mulher está em perigo?

— Ela foi ameaçada e sua vizinha foi assassinada. Sim, acho que ela está em perigo.

— Podemos oferecer vigilância.

— Não é o suficiente.

— Ryan...

— Chefe, eu tenho que fazer isso.

— Você não trabalha mais para o FBI.

— Pois me torne consultor neste caso. Vamos.

— Se não estivesse tão próximo da cena do crime.

— Coincidência circunstancial.

Anderson pensa um pouco.

— Receio que esta menina vai se machucar.

— Eu também. Eu gosto dela, chefe.

— Você gostava de Selena e olha o que aconteceu com ela.

Ryan engole sua raiva por essas palavras. Ele é sensível com a história dessa vagabunda. Realmente acha que foi responsável por sua morte precoce. Ryan não é de todo o homem que eu pensei que fosse. Esse cara virou um herói por ter me capturado... Eu mereço mais do que isso.

— Olha, vou tornar você um consultor neste caso...

Ryan está subitamente radiante.

— Mas você vai trabalhar com Bertelli e a polícia local.

— Por que Bertelli e Abner estavam lá?

— Sei que é difícil acreditar, mas, desta vez, foi mesmo coincidência. Mandei um pessoal da unidade 4 para a Flórida para treinamento e consultoria em crimes sexuais, faz parte de um programa de cursos intensivos em *profiling* geográfico e *VICAP*. Bertelli e Abner deveriam estar em Miami só por mais três dias.

— Bertelli foi até minha casa e me disse para não abrir a boca para Dwyer sobre Bardel.

Anderson fica surpreso.

— Então não posso confiar nele — Ryan complementa.

— Não, não pode, mas não posso tirá-lo da equipe, o caso também é dele.

— Faça uma verificação completa. Veja com quem está falando. Investigue esse desgraçado.

— Vou ver o que posso fazer. Não crie problema para mim, por favor. Eu já vou levar um esporro daqueles por colocar você nisso.

— Valeu, chefe. — Ele sorri.

Anderson suspira. Ele está pensando em aposentar-se. Queria que Ryan ainda estivesse no FBI.

— Só faça o que faz de melhor e encontre esse cara.

RYAN

O relógio marca nove horas quando chego ao apartamento de Kate. Bato na porta e espero ela abrir. Começo a me preocupar à medida que o momento se arrasta, mas finalmente ela abre e fico surpreso pela minha felicidade quando ela aparece. Kate está de calça de moletom cinza, uma camiseta preta e meias quentinhas. Seu cabelo está puxado para trás. Quero beijá-la.

— Ei — consigo dizer, enquanto ela fecha a porta atrás de mim e tranca-a.

Ela começa a chorar. Faz isso fechando os olhos e espremendo o rosto, e a visão é de desespero e cansaço. Dou um passo em direção a ela.

— Está tudo bem?

Ela concorda com a cabeça, mas está cobrindo o rosto com as mãos.

— Desculpa. É que você demorou tanto tempo e fiquei com medo e estava... — ela suspira e tenta controlar-se — pensando sobre Jennifer... Ryan, não sou assim, não choro tão facilmente, mas estou apavorada. Pela primeira vez na minha vida eu sei o significado, o *verdadeiro* significado dessa palavra.

— Estou aqui — é o que eu digo.

Percebo que perdi minha maneira de lidar com mulheres quando choram. Quero confortá-la e não sei como. Eu a abraço e ela esfrega o rosto contra meu peito. Porra, a sensação é ótima. Eu beijo sua cabeça e gosto do cheiro do seu xampu cítrico. Quando olha para mim, não está mais chorando. E, de repente, não há nada que eu queira fazer mais do que transar com ela. Eu dou um passo quase que para dentro dela e beijo-a, e ela se abre para mim. Aqui estamos novamente: línguas e suspiros. Pressiono Kate contra a parede, com medo de que ela vá parar, mas ela é receptiva. Dá um longo suspiro e o som diz muito; que está exausta e feliz ao mesmo tempo, com medo, mas querendo contato. É ela quem tira sua camiseta desta vez e estou feliz que não há nada por baixo.

Meu corpo reage um segundo antes da minha mente e estou apertando aqueles seios pequenos. Pelos seus gemidos, ela parece gostar. Estou instantaneamente duro, mas quero ir com calma e fazer certo dessa vez. Ela está puxando a minha camisa, beijando meu peito e descendo para meus *jeans*. Abre minha calça; a expressão em seu rosto, com os lábios entreabertos, é de tesão. Kate nunca pareceu tão bonita para mim. Ela se ajoelha, lambe meu pau e é quase demais. Descanso minhas mãos na parede e fecho os olhos para sentir isso e sentir suas mãos na minha bunda enquanto ela me enfia em sua boca. Não posso deixar de fechar a mão em torno de seu cabelo. Ela está gemendo enquanto faz isso e tento segurar. Consigo, mas não vai durar muito tempo se ela continuar.

É o instinto que me faz agarrá-la, puxá-la para cima e ir para o sofá. Mas agora Kate me interrompe:

— Não, vamos fazer na cama.

Eu vou atrás dela, para o quarto onde o abajur no canto está aceso. Nós caímos na cama, eu em cima dela. Quero fazer isso devagar. Ela geme:

— Me fode, me fode.

E eu a silencio com um *shh*, movendo-me para baixo. Arranco suas calças e jogo-as no chão. Tento descer para sentir o gosto dela, não quero nada além da sua boceta contra a minha boca, mas ela me interrompe:

— Não, só me fode, vem.

Eu me movo para cima e empurro contra ela, tão molhada que deslizo facilmente para dentro. Os dedos de Kate estão agarrando minhas costas, mas ela rói as unhas e não sinto aquele arranhão que arde. Eu meto uma e outra vez, amando o quanto está apertada, observando sua cabeça para trás com os lábios entreabertos, gemendo alto, movendo os quadris para cima, para encontrar os meus. Eu amo seus peitos, seu cabelo, tudo sobre ela. Mas recuso-me a terminar rápido desta vez. Tiro meu pau dela e ela geme:

— Não, não...

Caminho a sua volta e coloco-a de quatro, e lá está ela:

— Isso, me fode com força.

E eu obedeço. Não consigo ver o rosto dela, mas adoro isso. Gosto da visão que tenho da sua bunda, gosto de puxar seus quadris para mim e ouvir seus gritos curtos agora. Sem pensar, empurro meu dedo médio em sua boca e ela o suga obscenamente. Retiro-o e, tão suavemente quanto o meu desejo permite, enfio-o em sua bunda. Kate deixa escapar um gemido, mas move seus quadris tão ferozmente que sei que gosta. Tenho que parar depois de cinco minutos disso, com medo de gozar. Afasto-me dela, e ela está virando na cama, ofegante, olhando para mim. Tudo o que consigo pensar é que quero comê-la a noite toda. Montando em mim, ela mexe os quadris em movimentos circulares e não consigo tirar os olhos dela.

Deixo que ela me cavalgue, relaxo e observo-a.

Kate está dormindo e eu ainda estou olhando para ela.

Minha preocupação fica mais profunda, assim como o meu amor por ela. Gosto da maneira como fica quando está dormindo, seu cabelo preto brilhante em seu rosto, o peito inflando e desinflando em um ritmo hipnotizante. Eu deslizo o lençol para baixo um pouco, o suficiente para ver seus seios e os mamilos, que estão intumescidos por causa do ar frio. Eu beijo seu braço, mas ela não acorda. Gostaria de saber se isso significa que ela se sente segura comigo.

Minha mente volta para a constatação de que uma jovem inocente foi assassinada a poucos metros de distância, na minha vigília. Sinto-me derrotado e velho.

Preciso saber o que fazer agora. Talvez deva tirar Kate deste apartamento. Vou sugerir que ela vá para Blessfield, passar algum tempo com a família, sabendo que ela recusará. Talvez seja melhor levá-la para minha casa. Enquanto isso, tenho que pegar os resultados do laboratório sobre o assassinato de Jennifer. Preciso comparar o *modus operandi* do assassino, sequência do ataque, perfil da vítima, com tudo o que juntei sobre Bardel. Tenho forças para isso?

De repente, um fluxo de *fodão* toma conta de mim. Quero crucificar os filhos da puta que se atreveram a colocar Katherine e eu nessa confusão. Chego a me prometer que vou pegá-los, mesmo que tenha que morrer fazendo isso. Não é um sentimento novo para mim, mas não o sinto há muito tempo.

Eu faço a coisa errada, mas não consigo me controlar.

Lentamente, abro as gavetas de sua cômoda.

Vejo organização metódica, algo quase compulsivo. A primeira tem roupas de baixo. Ela tem muitas que parecem largas e confortáveis, em cores diferentes, algo que ela comprou em grande quantidade, por um ótimo preço. Ela tem as safadas também, que variam de *esposa gostosa* a *atriz pornô*, e isso me faz sorrir. Poucos sutiãs, com bojo. Ela tem uma coleção de meias macias e quentinhas. A próxima gaveta tem as confortáveis camisetas de que ela gosta. Outra tem roupas mais quentes, outra, *jeans* e calças, e a última, pijamas e roupas esportivas.

Em cima da cômoda, há uma foto emoldurada dela com uma amiga. A única outra foto é de uma criança no início da adolescência. Pelo queixo e olhos, é o sobrinho.

Vasculho sua caixa de joias, vejo algumas coisas interessantes, incluindo um antigo anel que tem cara de presente da avó. Kate ainda está dormindo quando abro o armário. Sapatos dentro de caixas, caixas de papelão com documentos, alguns livros, algumas velas aromáticas e coisas do tipo. Em uma das caixas, encontro cartas, cartões e fotos. Levo isso para a sala de estar, onde posso bisbilhotar sem acordá-la.

Ela tem fotos do babaca do Dale. Os dois parecem felizes em todas, e a linguagem corporal confirma meus temores de que ela estava mesmo apaixonada por ele. Este é do tipo atleta bonitão, do tipo que eu amo odiar, vestindo a jaqueta do time do colégio. Gosto de vê-la nesses contextos, na praia com uma flor no cabelo e um sorriso largo, em um clube com tantos amigos. Deus, Kate é bonita de uma forma... comum.

Passo os olhos rapidamente pelas cartas, mas não vejo nada de mais; coisas de mulher. Um guardanapo tem um coração desenhado com uma caneta esferográfica, é de um lugar chamado The Pineapple Club. Um CD. Eu o coloco no volume mínimo do sistema de som e ouço músicas comuns de *mixtapes*, como *With or Without You*, do U2.

E então encontro um diário. Fico olhando para a capa de unicórnio por um tempo. Sei que não tenho o direito, então o coloco de volta. Fecho a caixa e devolvo-a ao armário.

Ela ainda está dormindo e decido deixá-la. Saio e fecho a porta e caminho pelo corredor, lentamente, até estar olhando para uma porta fechada com o número "18" dourado, fita amarela CENA DE CRIME NÃO ULTRAPASSAR atravessada por toda parte.

É claro que vou ultrapassar.

Não está trancada. Viro a maçaneta com minha camisa cobrindo minhas mãos e entro, deixando a fita amarela cair solta atrás de mim. Fecho a porta e acendo as luzes.

O apartamento dá a sensação de vazio.

Dou passos lentos, absorvendo a atmosfera. Fecho meus olhos e imagino ser *ele*. Não havia sinais de invasão, ela provavelmente abriu a porta para o criminoso. Será que Jen o conhecia? Ela era uma jovem sozinha e não abriria a porta para um cara qualquer.

A menos que...

A menos que ela o conhecesse. A menos que ele usasse um uniforme da polícia ou de bombeiro, ou algo dessa espécie. A menos que ele... Eu olho em volta. Há um prato cheio de comida de gato. Há água. Há areia para felinos. Onde está a porra do gato?

Não havia sinais de luta na cozinha. Vou para a pequena sala de estar. Elas têm cartazes nas paredes, umas babaquices *New Age*, blusas e sutiãs rosa espalhados. Uma parede com dezenas de fotos de festas, amigos e família, é como o oposto da parede Nathan Bardel de Kate. É um passado feliz e a promessa de um futuro abençoado.

Vejo pelos de gato. Seguro alguns. O sofá está coberto por eles. Um gato branco e amarelo de pelo curto. Será que ele está escondido em algum lugar, esperando eu abrir uma porta para que possa pular em mim e me causar uma parada cardíaca?

No banheiro, acendo a luz. Ali espalharam pó para impressões, fotografaram, analisaram através de óculos especiais, luminol e luzes negras, a coisa toda. Abro o armário de remédios. Algumas coisas foram levadas pelos peritos; há círculos sem pó nas prateleiras de vidro.

Então eu vou para o quarto, onde as manchas de sangue são marrom-escuras no colchão e tapete. A unidade de ciência levou os lençóis.

Olho para onde o corpo estava.

Penso no básico: este é um bom bairro de classe média, havia risco para o assassino, andando tarde da noite, entrando em um prédio como este. Jen era uma vítima de baixo risco. Esta área em particular é de muito baixo risco para crimes como este. Ele provavelmente é caucasiano, organizado e confiante. Foi atrás dela por uma razão específica. Quanto tempo permaneceu aqui? Como ele sabia que Brenda não ia voltar? Ele simplesmente deduziu que não o faria? Ou será que sabia?

Eu tenho que saber se ele a estuprou, e como.

Nathan esfaqueava suas vítimas nos órgãos genitais, mas para ele não era substituição sexual, porque não era sexualmente incompetente. Nathan estuprava, em alguns casos, até três vezes antes do esfaqueamento. Era raiva, pura raiva com ele. O que era para esse cara?

Quando volto, Kate ainda está dormindo.

Quero acordá-la, então a beijo, com mais força dessa vez. Ela geme e vira-se, e eu fecho minha boca em seu mamilo e chupo-o. Ela me empurra, mas está sorrindo.

— Oi.

— Vamos comer. Temos uma boa viagem pela frente.

Kate está sentando-se, cobrindo-se com os lençóis.

— O quê? Para onde vamos?

— Para minha casa. Não posso deixar você ficar aqui enquanto eu estiver neste caso, e amanhã tudo começa. Não estarei por perto e quero você segura.

Ela está pensando, uma ruga na testa.

— Estou preocupado com você. Vamos, terá acesso ao meu computador lá.

Isso a faz sorrir um pouco.

— E tenho um sistema de alarme sofisticado. Você estará mais segura.

— Mas longe de você.

— Sim, por um tempo.

Ela concorda com a cabeça.

NATHAN

Estou no carro com eles.

É uma típica noite na Flórida, o céu escuro e calor sufocante, Kate está no banco do passageiro e Ryan dirige com cuidado, pensando no que dizer. Ela tem o olhar perdido, para fora da janela, confusa, chateada consigo mesma por ter chorado na frente dele. Gostou do sexo e antecipa mais. Como todas elas, Kate sabe que é uma vagabunda.

Ela quebra o silêncio quando diz:

— Eu invadi sua história ou você invadiu a minha?

Ele olha para ela.

— Não sei... Talvez nós dois tenhamos invadido a de Bardel.

Seu telefone está tocando. Ela atende.

— Alô?

E é o seu querido namorado, Dale.

— *Kate, acabei de ouvir a notícia. Sobre sua vizinha.*

Ryan está encarando-a.

— Coloque no viva-voz — diz baixinho.

Kate tem um momento de relutância, mas obedece.

— *Kate, você tá aí? Você tá bem?* — A voz de Dale sai robótica por telefone.

— Sim, estou bem. Um pouco assustada, mas tudo bem.

— *Isso é loucura.*

— Não posso falar com você agora.

— *Só quero que saiba que não quis falar o que falei, que nunca mais voltaria, isso não é verdade. Você sabe o que quero dizer? Fiquei pensando em você.*

Kate suspira. Ela está pensando em Dale e Ryan sabe disso.

— Sim, vou ficar longe por um tempo, conversamos quando eu voltar, quando isso acabar.

— *Para onde você vai?*

Ryan balança a cabeça. Ele está fervendo de ciúme daquele filho da puta. Eu acho isso hilário. Fantasio sobre Ryan colocando um travesseiro contra o rosto de Dale e atirando duas vezes.

— Eu não posso dizer. Tenho que desligar. Tchau. — Ela desliga e aperta seu telefone com mão suada. Olha pela janela e o silêncio no carro fala por si. Eu os observo com atenção.

— Por que você se importa com esse cara? — Ryan pergunta.

Ela encolhe os ombros.

— Eu costumava amá-lo.

— Ele é um babaca.

Ela olha para Ryan.

— Você não o conhece.

— Sim, conheço.

— Certo. Você conhece todo mundo — ela murmura.

Ryan dirige em silêncio por um tempo.

— Eu sei o que você tá fazendo.

— Você não sabe de nada — é a resposta TPM de Kate.

— Você ainda acha que não foi estupro.

Kate olha para ele, sobrancelhas franzidas. Ryan sabe que vai magoá-la, mas não se importa.

— O que você acha que foi? *Um encontro ruim?* Ele era provavelmente um atleta, um filhinho da mamãe como esse puto do Dale. Estavam no carro, deram uns amassos, mas você não estava pronta para sexo e ele a empurrou para o banco de trás. Ele não bateu em você, por isso não foi estupro? Você estava no carro, excitada por causa dos beijos, por isso não foi estupro. Certo? — Ele olha para ela.

Kate está tão emputecida que acho que vai dar com o celular na cabeça dele. Seu passado volta a ela com força e nitidez cruéis. Ele continua:

— Você se sentiu um lixo, mas estava disposta a sair com ele, o cara mais *popular, mais gato e mais legal* da escola… por isso é apenas um *encontro ruim*, não estupro. Quantos anos você tinha? Treze? Quatorze? Não era virgem, por isso não foi estupro? Então você cala a boca sobre o assunto e para de preocupar-se com suas notas. Vê o cara todos os dias e isso é a pior parte, não é? Ele sorria para você, Kate? Foi quando começou a se cortar?

Ela cerra os dentes. Está segurando as lágrimas.

Acho isso muito interessante, porra. Admito que estava errado sobre Ryan; ele conhece, *sim*, Kate melhor do que eu. Ele continua, porque não consegue evitar:

— Sim, você começa a se cortar e isso ajuda. Seus pais nem percebem e é aí que você começa a odiá-los. Perde o interesse em caras e festas. Quando vai para a faculdade, transa com meninas. É mais fácil. Elas não a machucam.

Kate faz algo que surpreende até a mim. Ela bate em Ryan. Enfia a mão na cabeça dele enquanto ele está dirigindo, e isso cala sua boca.

Estou rindo disso. Gargalhando em *mute*.

Ela vira o rosto e olha para fora da janela, para que ele não veja que está chorando.

Vaca orgulhosa, perdida, confusa. Essa é a minha Kate!

O silêncio dura dez minutos inteiros.

Ryan odeia que ela esteja sofrendo. Mas ele não parou, parou?

— Foi estupro — ele finalmente diz. — E você está se punindo porque agora sabe disso.

Ela chora em silêncio, do jeito que eu costumava fazer quando era menino.

— Você se pergunta onde ele está agora? — indaga ele, de olho nela. — Com quantas garotas ele fez isso?

Ela está mordendo o lábio e olhando para baixo.

— Por favor, cala a boca — sussurra.

— Seu *encontro ruim*... — diz ele. — Onde ele está agora, Katherine?

Ela chora.

Ryan está olhando para ela.

— É o Dale — ela fala, numa voz baixa.

Ryan joga um olhar para Kate.

— Você só pode estar brincando.

Ela está muito envergonhada de si mesma. Kate foge de julgamentos como eu costumava fugir de policiais. E ninguém é um juiz melhor do que Ryan, o *profiler*.

Ele balança a cabeça.

Ela tenta explicar e soa ridículo quando diz:

— Durante a faculdade, eu o encontrei em uma festa. Ele me tratou tão bem, foi tão legal comigo. Então eu pensei...

— Que podia corrigir tudo se você e ele tivessem um encontro bom. — Ele suspira. — Que conseguiria apagar o estupro se virassem namorados.

Ela assente com a cabeça.

— E eu consegui — ela sussurra. — Eu apaguei por um tempo.

Ryan faz uma curva abrupta para a direita e estaciona em uma loja de conveniência. Ele faz isso de forma bastante agressiva.

— Preciso ficar longe de você ou vou te bater — diz e sai, batendo a porta atrás de si. Kate está chorando, enquanto o vê entrar na loja.

Somos só nós dois agora, e olho para ela, desejando que recupere essas memórias e que sejam fortes o suficiente para que eu as sinta. Eu adoraria vê-la ser fodida no carro tão novinha.

Ela desliza a janela para baixo e acende um cigarro, não se importando se vai deixar Ryan nervoso; é o carro dele, afinal de contas.

Quando Ryan retorna, fica sentado lá um tempo. Ele quer pedir desculpas pelo que acabou de dizer. Então entrega, sem palavras, uma sacola para ela, com refrigerante e chocolate. Liga o motor e volta para a estrada.

Ficam em silêncio pelo resto da viagem.

RYAN

A primeira coisa que faço é ensiná-la a mexer no alarme. Dou-lhe o código, "2839", e garanto que se disparar, a polícia local chegará em dois minutos. Ela permanece em silêncio enquanto isso. Sei que falei demais, sei que a lembrei de coisas ruins.

Nós só temos esta noite antes de eu ir embora e já estraguei tudo.

Deveria ensiná-la a usar a minha arma? Mas muitas coisas poderiam dar errado, então opto por não fazer isso.

Ela quer tomar um banho e eu mostro onde fica o banheiro.

Enquanto ela está no chuveiro, deito-me no meu sofá e fecho os olhos. Preciso pensar sobre a situação, sobre o caso de Jennifer, mas não consigo. Minha mente fica voltando para a mulher no andar de cima e como eu gostaria que as coisas que aconteceram com ela não tivessem acontecido. Eu odeio Dale e pergunto-me o que faria com ele se o encontrasse. Um desejo de colocá-lo na prisão me preenche. Eu adoraria fazer isso, enfiar esse menino-bonitinho-almofadinha em uma cela com outro estuprador com um pau grande.

Mas isso não vai acontecer, não é?

Eu sorrio quando penso, cansado, na imagem que os filmes e livros tentam pintar de nós, agentes e *profilers*. Indivíduos frios, reservados, intelectuais e éticos que são capazes de fazer este trabalho e ainda serem tão corretos e bons pais e maridos. Eu queria que o mundo soubesse que não é nada assim. Que pegamos esses caras depois de horas batendo de porta em porta, horas de trabalho de polícia, ajuda do laboratório, do banco de dados. Nós os pegamos quando é tarde demais para tantas vítimas, os pegamos, na maioria das vezes, porque cometem erros, não porque deciframos sua psicologia com nossos métodos. Na maioria das vezes, estamos cegos, nadando em uma piscina do que não sabemos sobre eles. O perfil só serve para restringir as opções de suspeitos, para nos dizer que tipo de pessoa procurar. Nós somos humanos, ficamos abalados com o que vemos, choramos em nossas camas e, ao mesmo tempo, somos viciados no sangue e terror do trabalho. Nós somos, em parte, *serial killers* também quando se trata do que está acontecendo em nossas mentes.

Kate desce as escadas com o cabelo pingando.

Eu olho para ela por um tempo.

— Eu não estou com sono — ela diz suavemente.

— Você dormiu até tarde — é a minha resposta. — O que quer fazer?

— Me desculpa por ter batido em você, no carro. Eu passei dos limites.

Abro um sorriso curto para ela.

— Eu aguento.

Kate está olhando para seus pés.

— Eu não sou a pessoa que você acha que sou.

Sento-me e estudo-a.

— Desde que você me conheceu — ela começa —, tudo o que viu é uma megera chorona que está apaixonada por um idiota machista. Essa não sou eu, Ryan.

— Eu nunca a vi dessa forma — digo. — Fiquei com o pior de você, sei disso. Não importa. Estou começando a gostar do pior de você.

Ela está calma.

— Só não fala isso de novo na minha frente, certo? — eu digo.

— O quê?

— Que você é apaixonada por esse filho da puta do Dale. Nunca diga isso de novo na minha frente.

Ela respira profundamente.

— Eu não sou. Já superei, não o quero mais na minha vida. Já me puni o suficiente. Acabou.

— Ótimo.

Ela está olhando para mim com olhos tristes.

— Ryan, estou apaixonada por você.

Isso é tudo que quero ouvir. Mas não posso ser irresponsável com Kate.

— Não quero que se machuque.

— O que isso significa? Seja homem e me diga como se sente.

Eu me levanto. Aproximo-me dela e sinto o cheiro do sabonete. Toco a mão de Kate e olho em seus olhos.

— Estou apaixonado por você, Katherine. Mas este não é um bom momento para nos apaixonarmos.

Ela apenas se inclina para mim, de uma forma que sua testa está tocando meu queixo.

— Eu não me importo.

Fecho meus braços em volta de Kate. Queria saber se esta é outra mulher que terei que enterrar, ver morrer. Não acho que tenho forças para passar por isso. Alguém a quer silenciada, e não há melhor maneira de calar uma mulher do que colocá-la embaixo da terra. De repente, o medo toma conta de mim.

— Você não vai sair de casa — eu digo.

— Talvez precise.

— Você não vai. A não ser que esteja pegando fogo, você tá me ouvindo? Tem comida aqui, tem tudo.

— Tudo bem. — Ela só diz isso para me calar.

Kate e eu não fazemos amor esta noite. Mas dormimos juntos, nos braços um do outro, pensando em coisas que não estamos prontos para verbalizar.

Quando amanhece, sei que preciso ir. Ela está num sono profundo. Eu separo suas coxas e começo a lambê-la até que ela acorda, geme e goza sem abrir os olhos. Daí flutua de volta para o sono.

Arrumo minhas coisas, observo-a dormir por alguns minutos e depois saio.

No carro, coloco meus óculos escuros quando o sol bate no meu para-brisa com força total. Coloco um CD que conheço bem, mas não ouço há algum tempo:

EU: *Você foi até o final, na sua educação, quero dizer. É interessante.*

BARDEL: *Não até o final, eu só terminei o ensino médio.*

EU: *Mas você gosta de livros.*

BARDEL: *Sim, eu gosto de livros. Suponho que você vai me perguntar se o meu favorito é O Apanhador no Campo de Centeio.*

EU: *(risos) Não, Nathan, eu não ia perguntar isso… mas qual é, estou curioso.*

BARDEL: *As pessoas que leem muito raramente têm um livro preferido, agente Owen. Tem diversos que li muitas vezes ao longo dos anos. Eu gosto de Crime e Castigo.*

EU: *Então, você conseguiu o emprego na biblioteca de Blessfield? Foi difícil?*

BARDEL: *Não, me parecia um trabalho constante, das nove às cinco. Gosto da tranquilidade da biblioteca, das pessoas que ela atrai. Preenchi um formulário. Pelo salário, não havia uma grande quantidade de pessoas dispostas a assumir um trabalho como aquele, isso foi bem antes da recessão. Mas eles me chamaram e eu fui. Colocava os livros de volta onde pertenciam, durante o dia inteiro, preenchia as informações no sistema, catalogava. Eu amava aquele trabalho.*

EU: *E foi lá que você conheceu algumas de suas vítimas. Os livros que elas pegavam emprestado influenciavam suas escolhas?*

BARDEL: *Às vezes, influenciavam, sim.*

EU: *Você se lembra de alguma coisa assim?*

BARDEL: *Joan curtia eróticos. É por isso que eu sabia que ela queria o que eu tinha para dar. Eu a via ali, lendo algumas coisas, e me perguntava o quanto estava molhada. Eu não ia aguentar aquilo por muito tempo. Pensei sobre Joan por tantos meses. Então, simplesmente não consegui mais me conter. Comecei a segui-la.*

EU: *Você tinha acesso ao endereço da casa dela.*

BARDEL: *Sim. E então eu a peguei.*

EU: *Como isso aconteceu?*

BARDEL: *Você sabe.*

EU: *Sim, eu sei, mas eu realmente gostaria de ouvir o seu lado da história, se não for problema.*

BARDEL: *Ela morava sozinha. Bati uma noite. Ela não abriu. Eu sei que ela me viu pelo olho mágico. Foi quando eu soube que teria que arrombar.*

EU: *Isso foi arriscado para você.*

BARDEL: *Mas ela valeu a pena. Esperei e quebrei uma janela. Ela estava lá, mas não tinha chamado a polícia. Eu disse que se ela cooperasse, ia viver. Joan me reconheceu. Chorou e implorou, então a amordacei e amarrei e falei com ela. Olha, eu queria que aquela noite durasse. Eu estava com muito tesão, mas queria ir devagar. Então disse que sabia o que ela queria, que a tinha visto ler a porcaria que ela costumava ler. Ela chorou, sabe? Pude ver a vergonha na cara dela. Então tirei a mordaça e pedi a ela para dizer, e ela disse.*

EU: *Dizer o que, exatamente?*

BARDEL: *Que ela era uma puta e merecia. Eu a fiz dizer isso durante os estupros. Eu a fiz falar: sou uma puta, eu quero isso. Me estupre. Me fode e me machuca porque eu gosto. Ela disse isso tantas vezes. Ela sabia que era verdade.*

EU: *Quanto tempo você ficou com ela?*

BARDEL: *Umas duas horas. Queria ter ficado mais tempo, mas, como você disse, agente Owen, era um grande risco. Então a estrangulei e a vi morrer. Aí fodi ela pela última vez e a esfaqueei.*

EU: *O que você sentiu depois?*

BARDEL: *Fiquei triste que ela estivesse morta. Eu queria um lugar onde pudesse mantê-la por dias, até semanas, como aqueles caipiras assassinos que construíram um galpão na floresta.*

EU: *Você a teria mantido? Como uma companheira? Como uma escrava?*

BARDEL: *Uma escrava, sim. Ela faria qualquer coisa que eu mandasse. Cozinhar, limpar, chupar o meu pau enquanto eu lia livros. Mesmo… talvez até me ajudar com outras vítimas.*

***EU:** Isso é uma fantasia para você.*

***BARDEL:** Bem, para ser sincero, pensei nisso algumas vezes. Pensei sério sobre essa possibilidade depois da última. Se você não tivesse me pegado, talvez eu tivesse feito isso. Construir um lugar, sabe?*

***EU:** Se Coates estivesse indo para a biblioteca para ler, digamos… a Bíblia… teria chamado sua atenção?*

***BARDEL:** Bem, sim, agente Owen. Mas, certamente, a noite teria sido diferente, compreende? Eu não teria feito ela dizer tudo o que disse.*

***EU:** Mas você a teria estuprado e assassinado.*

***BARDEL:** Certamente. Ler a Bíblia não faz de uma mulher uma santa.*

***EU:** O que faz?*

***BARDEL:** Nada, elas são animais como nós. Cadelas para cães.*

Escuto atentamente enquanto dirijo. Já ouvi isso inúmeras vezes antes. Ouço a entrevista da tarde seguinte:

***EU:** Conte-me sobre sua irmã, Nathan.*

***BARDEL:** Eu não quero, Ryan. Você está risonho hoje. Comeu sua esposa?*

***EU:** Me desculpe se eu te ofendi, Nathan. Eu não sabia que era doloroso falar sobre Natalie.*

***BARDEL:** Não é doloroso.*

***EU:** Bem, você reagiu. Você nunca foi agressivo comigo antes.*

***BARDEL:** Não é? Aposto que sua esposa é loira.*

***EU:** Minha esposa não lhe diz respeito. Nem a minha vida pessoal. Então, acredito que você e eu não vamos discutir Natalie hoje.*

***BARDEL:** Vou parar de falar com você se disser o nome dela mais uma vez.*

***EU:** Então por que não mudamos a dinâmica? Você decide sobre o que quer falar.*

***BARDEL:** Por que não falamos sobre você?*

***EU:** O que você gostaria de saber?*

***BARDEL:** Alguma vez já matou alguém?*

***EU:** Devido à natureza do meu trabalho, fui diretamente responsável por dois óbitos, embora a maioria dos profilers nunca chegue a matar alguém. Não havia outra maneira de proceder naquelas situações.*

***BARDEL:** Mentira. Você gostou. Quem eram eles?*

***EU:** O primeiro era um viciado em drogas que tinha sido responsável por quatro mortes. Ele estava em uma killing spree, era um esquizofrênico paranoico e* *tinha assassinado sua esposa e seu bebê. Disse que o bebê não era seu filho. Em seguida, dirigiu a uma pré-escola e atirou em duas crianças. Nós o cercamos, na época eu era da Unidade 1, e tentamos negociar a libertação dos reféns, mas ele não estava em condições de negociar. Conseguimos entrar na escola e o cara estava armado. Ele não respondeu ao meu pedido para largar a arma, então atirei no peito dele. Ele morreu no caminho para o hospital.*

***BARDEL:** O bebê era dele?*

***EU:** Sim.*

***BARDEL:** Você gostou.*

***EU:** Quem sabe?*

***BARDEL:** Você sabe. Me conta.*

***EU:** Fiquei aliviado por ele não ser mais uma ameaça. Ao mesmo tempo, triste que as coisas tivessem chegado até aquele ponto. Ele só atingiu aquele estado mental porque estava doente e não foi ajudado.*

Eu penso sobre isso. Estou mentindo. Fiquei feliz que o matei.

***BARDEL:** E o outro que você matou, Ryan?*

***EU:** Não, primeiro vamos falar sobre você. Conte-me sobre Natalie.*

***BARDEL:** Ela gostava do que meu padrasto fazia com ela. Acho que no início não, então ela começou a gostar.*

***EU:** Eu não acho que gostava, Nathan. Ela foi abusada.*

***BARDEL:** Por que ela não o matou enquanto ele dormia?*

***EU:** Nem todo mundo reage dessa forma. Ela provavelmente sentia muito medo. Pensou em você e sua mãe e aguentou a dor em silêncio, porque achava que era melhor para sua família.*

***BARDEL:** Como sabe que ela não gostou? Perguntou para ela?*

***EU:** Se eu perguntei a uma mulher se ela gostava de ser abusada? Não, não perguntei.*

***BARDEL:** Então você não sabe com certeza.*

***EU:** Eu sei, com certeza, Nathan.*

***BARDEL:** Você não é mulher. Você não foi abusado. Você não sabe com certeza.*

***EU:** Eu sei, com certeza, Nathan. Você a odeia por causa disso?*

***BARDEL:** Não a odeio. Eu só não sinto nada por ela.*

KATE

É solitário aqui.

Sim, estou fuçando as coisas dele. Tudo.

Os livros todos têm anotações e parece um presente para mim. Abro-os e leio essas notas, a maioria referências a outras citações, outros livros, outros autores.

Encontro caixas que dizem *"bureau"*. Eu as abro e vejo documentos com a insígnia do FBI. Encontro dois troféus. Me deparo com um arquivo que diz AGENTE SELENA MARTINEZ: INVESTIGAÇÃO E RELATÓRIO FINAL, e pergunto-me se posso ler isso. Folheio e pulo para o relatório final, escrito por um cara chamado Chefe de Seção Anderson Moore. É datado de onze meses atrás:

Este relatório foi elaborado pelo Chefe da Seção do BAU4 Anderson Moore sob a supervisão e requerimento da Vice-Diretora Barbara Sanders.

Sobre o óbito de Selena Martinez: Após uma investigação de quatro meses, concluo que o falecimento da agente especial Selena Martinez não pode ser atribuído a qualquer força ou pessoa além de si mesma. Martinez estava sob tratamento leve para a depressão grave (ANEXO 16: AVALIAÇÕES PSIQUIÁTRICAS) quando tirou a própria vida, em 7 de maio de 2012, com a ajuda de soníferos adquiridos por seus próprios meios e não prescritos por psiquiatras do bureau.

Sobre o envolvimento de Ryan Owen com Selena Martinez: Ambos os agentes foram colocados sob vigilância interna, em 23 de fevereiro de 2012, devido a rumores acerca de seu envolvimento. Agente Owen ainda era legalmente casado na época. A vigilância confirmou uma relação, de natureza sexual, entre os dois agentes. Quando confrontado, o agente Ryan Owen admitiu a essa relação. Ele foi aconselhado a interromper qualquer contato pessoal com a agente Martinez.

A Agente Especial Martinez também foi questionada sobre o relacionamento e admitiu a natureza deste. Ela foi temporariamente retirada do trabalho de campo e forçada a trinta dias de férias pagas.

Sobre o progresso psiquiátrico de Selena Martinez: ao retornar de férias, a condição de Martinez piorou e ela foi submetida a todos os compromissos psiquiátricos e avaliações no âmbito da regulamentação vigente. Durante uma dessas sessões, apresentou sinais de depressão clínica.

O Agente Ryan Owen também foi entrevistado pela Dra. Annatil Fowler. Na entrevista, ele mostrou preocupação com o bem-estar emocional de Martinez e confessou práticas preocupantes executadas pelos agentes, em que Selena Martinez pediu a Ryan Owen a simulação de atos violentos de estupro. Agente Ryan Owen confessou ter participado de tais atos sete vezes, em que ele desempenhou o papel de agressor e Martinez, o papel de vítima. Após o confronto, Ryan relatou (ANEXO 17) ter pedido a Martinez para pôr fim a tais práticas, pedido negado por ela. Ele relatou uma troca de **e-mails** pessoais com Martinez, e esses **e-mails** foram estudados e arquivados por mim (ANEXO 27). Selena Martinez corroborou os relatos de Ryan Owen dessas atividades sexuais. Ela expressou que era a pessoa que insistira em tais práticas (ANEXO 19). Também expressou que o agente Ryan Owen não era culpado de quaisquer atos feitos contra sua pessoa e ela o considerava um amigo querido.

Após o suicídio de Selena Martinez, apenas 11 dias após esta última entrevista com a Dra. Fowler, outra investigação foi realizada por Janet Lewis, do Escritório de Integridade e Conformidade, David Crowley, da Divisão de Fiscalização, e eu. Nossa conclusão final é que, embora as ações do agente Ryan Owen tenham sido irresponsáveis, não constituem crime, nem foram diretamente responsáveis pelos problemas psicológicos de Selena Martinez, ou seu suicídio.

O Agente Ryan Owen encontra-se, portanto, em condições de continuar seu trabalho com o Federal Bureau of Investigation, sob minha supervisão.

Eu abaixo o arquivo e mordo meu lábio enquanto penso sobre isso. Pensar sobre a merda na qual Ryan envolveu-se está me incomodando. Pergunto-me se estou certa em confiar nele, dormir com ele... e estar envolvida com ele.

Penso sobre estas simulações. Penso nele, nessa porra de mulher, e sinto ciúmes e fico entristecida. Procuro no relatório pelas palavras usadas por eles: simulação de atos violentos de estupro, no qual ele interpretou o papel do agressor, e Martinez, o papel da vítima. O que havia de errado com essa mulher? Será que o trabalho mexeu tanto com ela que tinha essas fantasias? Ou era mais como pesquisa? Será que Ryan gostou? Deve ter gostado, se fez sete vezes. Mas ele também a delatou, estava preocupado com ela.

Pulo para o Anexo 17 e leio a transcrição:

DRA. FOWLER: Quando você a confrontou e pediu-lhe que parassem?

AGENTE OWEN: Depois da terceira vez. Eu não gostava mais daquilo. Estava começando a entender que ela estava passando por algo emocionalmente que eu não compreendia. Pedi para pararmos. Ela disse que não queria parar.

DRA. FOWLER: Por que acha que ela precisava disso?

AGENTE OWEN: Ela queria conhecer a sensação. Ela me disse que, se eu parasse, iria atrás da coisa real, que faria algo burro como andar na rua sozinha, tarde da noite, em áreas arborizadas, pegar caronas, coisas assim. Acreditei nela e simulei mais estupro com ela.

DRA. FOWLER: O quanto a machucou?

AGENTE OWEN: Ela ficava com raiva, dizia que eu era mole demais. Dei uns tapas nela algumas vezes, esse tipo de coisa. Nunca a fiz sangrar, nunca a queimei, não conseguiria fazer isso.

DRA. FOWLER: Na sua opinião, ela está apta para o serviço?

AGENTE OWEN: Não, na minha opinião, não está mais.

Eu pulo para o anexo 27, para ler o *e-mail* que eles trocaram. Foram impressos em uma folha de papel comum.

De: *Ryan Owen*

Para: *Selena Martinez*

Assunto: *RE: Olá*

Selena, eu não estou tentando te foder. Estou preocupado com você e não relatei nada além da verdade. Eles podem ajudá-la e fazer o que é melhor para você. Você está errada, eu não acho que esteja doente. Mas não acho que o que estamos fazendo é bom para nenhum de nós. Acredito que da última vez fomos longe demais. Não gosto de fazer isso, entrar de fininho na sua casa e ser brutal com você. Me preocupa que você queira que eu verbalize aquelas coisas, vá mais além e machuque-a. Essa não é minha ideia de sexo saudável. Não posso mais fazer isso.

Estou mastigando minhas unhas enquanto leio isso. A resposta dela:

De: *Selena Martinez*

Para: *Ryan Owen*

Assunto: *RE: RE: Olá*

Se eles me tirarem desse caso, você sabe o que vai acontecer. Estou perto. Não faça isso comigo agora.

Você gostava de me foder nos seus termos, Ryan. Não vejo por que não consegue se entregar pra isso. É o agente em você que fica no caminho. Porque, no final, você goza. Nós dois sabemos disso. Eu odeio seu lado bonzinho. Onde está o Ryan que conheci?

Faça o que quiser, só não deixe que me tirem do caso Richardson.

Meus dedos seguram os papéis com tanta força que ficam brancos. Opto por ler o último anexo e acabar logo com minha tortura.

ANEXO 19

(AVALIAÇÕES PSIQUIÁTRICAS)

DRA. FOWLER: Fale-me sobre o agente Owen e as simulações de estupro.

AGENTE E. MARTINEZ: Sei que está se perguntando se Ryan me pressionou. Não. Estávamos nos dando bem, o sexo era bom. As coisas entre ele e Melissa estão uma merda há muito tempo. Ela sabe que ele tá transando com alguém e não se importa. Percebi que podia confiar nele e pedi para simular estupro comigo. Ryan concordou, mas estava relutante.

DRA. FOWLER: Quando começaram a fazer isso?

AGENTE E. MARTINEZ: Eu não me lembro da data. Cerca de cinco meses atrás ou mais. Eu queria a coisa toda, então pedi para não me contar quando ia acontecer. Disse a ele para usar uma máscara e ser agressivo, que havia algumas coisas que eu queria que ele fizesse, como me dar um tapa, usar palavras vulgares, falar que ia me mostrar quem era o chefe, coisas assim.

DRA. FOWLER: Ele cumpriu esses requerimentos?

AGENTE E. MARTINEZ: Sim. Ele tinha a chave, e cerca de quatro dias depois, entrou na minha casa às três da manhã. Eu estava dormindo e ele me acordou levantando minha camisola. Quando percebi o que estava acontecendo, fiquei excitada. Não conseguia vê-lo, ele estava usando a máscara que pedi para usar e me comeu.

DRA. FOWLER: Houve alguma coisa na experiência de que você não gostou?

AGENTE E. MARTINEZ: Quando ele me deu um tapa, doeu, mas não posso dizer que não foi agradável. Ryan não nasceu para isso. Pegou leve demais.

DRA. FOWLER: Ele gostou?

AGENTE E. MARTINEZ: Sim, gostou. No começo, ele realmente gostava.

Guardo o arquivo de volta na caixa; preciso desesperadamente de um cigarro. Na cozinha, fumo e penso sobre o que li.

NATHAN

Ryan é todo sorrisos quando entra na pequena sala de conferências no Departamento de Polícia de Miami-Dade. Há três homens e uma mulher aqui. Ele estende a mão e o ruivo que já vimos antes, detetive Gambatto, sorri e aperta a mão dele.

— Como andam as coisas, Owen?

— Não tão boas — é a sua resposta. — Mas é bom vê-lo de novo.

— Então, os federais ainda não roubaram meu caso, e você é nosso consultor, estou certo até agora?

— Sim, é isso.

Gambatto aponta ao redor da sala.

— Pessoal, este é o agente federal que vai nos dar uma mão neste caso, Ryan Owen, ex-Unidade de Ciência Comportamental. Ele trabalhou comigo no caso Nathan Bardel. Ryan, esta é Gina Woods, Philip Hendersen, e este é Jay Torres.

Ryan aperta suas mãos. A mulher, Gina, está feliz por ele estar no caso. Tem uma pinta de descendente de italianos, está longe da beleza de uma capa de revista, mas gostosa o suficiente para que eu imagine seu rosto contorcido de dor, os olhos aterrorizados mostrando completo respeito por mim. Gina seria uma boa vítima, lutaria até o final e perderia toda a sua dignidade de policial quando fosse posada de pernas abertas por mim, depois de morta. Eu até diria isso a ela, com a certeza de que a deixaria horrorizada saber que seus colegas de trabalho, os machistas que ela tanto odeia, estariam fotografando seu corpo rasgado e nu para analisar cada centímetro dele. Ah, Gina, se eu tivesse conhecido você antes.

Phil Hendersen não tem tanta certeza, ele não é fã do *bureau*. Jay Torres não se importa, desde que os resultados venham rapidamente.

Todos se sentam, com exceção de Gambatto, que começa:

— Vamos falar sobre o que temos a princípio. A partir de agora, temos dois casos separados que podem ou não estar relacionados. Temos uma carta de ameaça a uma escritora chamada Katherine Dwyer, que estava escrevendo uma biografia sobre o nosso *serial killer* celebridade Nathan Bardel. Sahara, sua editora, pediu para ela interromper a escrita. Algumas semanas depois, ela recebeu uma carta de ameaça, que já mostro para vocês. Nesse mesmo dia, houve um estupro seguido de assassinato no apartamento da vizinha de porta de Katherine Dwyer. O agente Owen está aqui porque ele foi o primeiro na cena e também porque há muitas semelhanças entre este *M.O.* e o de Nathan Bardel, até a assinatura é a mesma, o que faz com que seja seguro afirmar que temos um *copycat*, um imitador. No material, encontrarão cópias das declarações da companheira de quarto de Jennifer Adkins, Brenda, o relatório do laboratório e as declarações de Katherine Dwyer também.

Ryan observa-os. Torres fala primeiro.

— Então, acho que podemos dizer que a carta de ameaça e o assassinato são obras de alguém que, por algum motivo, está tentando intimidar a escritora.

— Não podemos dizer com certeza — diz Gambatto. — Pode ser coincidência.

— Realmente uma grande coincidência — murmura Hendersen.

Ryan fala pela primeira vez:

— A pessoa que escreveu a carta não matou Jennifer. Não estou dizendo que não há conexão, porque seria uma grande coincidência, e isso não existe em casos assim, mas tenho certeza de que não é o mesmo cara.

— O que o faz ter certeza, *profiler*? — é Woods que fala agora. O tom é provocativo, mas ela gosta de Ryan. Aposto que já está molhada.

Ryan sorri para ela.

— Vamos olhar para a carta. — E ele se vira para Gambatto.

O detetive mexe com o computador e uma imagem da carta é projetada no quadro branco.

Eles levam um momento para lê-la.

Ryan fala:

— Não há raiva aqui. É impessoal, quase indiferente. Um cara que naquela mesma noite iria estuprar, estrangular e esfaquear uma jovem escreveria de forma diferente, usaria palavras vulgares, ameaçaria de forma mais detalhada, demonstraria raiva. Só lembrando que não há um traço de evidência nessa carta, no envelope ou na caixa.

— Pra que uma caixa se a carta veio dentro de um envelope? Isso não pode sugerir algum tipo de brincadeira de mau gosto? Tipo quando você coloca um presente dentro de uma caixa dentro de outra caixa dentro de outra caixa?

Ryan vira-se para Torres, que fez a pergunta.

— Ele estava fingindo ser um entregador para entrar no prédio sem suspeitas e talvez até conseguir que alguém abrisse a porta para ele.

— Então, são duas pessoas diferentes trabalhando juntas, ou duas pessoas diferentes que não têm nada a ver uma com a outra? — pergunta Hendersen.

— Isso é o que nós temos que descobrir — suspira Gambatto.

— O primeiro cara. — Woods inclina-se para a frente. — Que envia a carta, qual é a sua motivação? Por que incomoda tanto que ela esteja escrevendo sobre Bardel? Ele pode ter a ver com a editora?

Torres concorda.

— E o segundo é um assassino serial típico.

— Nós só temos um assassinato — diz Ryan. — Não podemos chamá-lo de *serial.*

Eles estão em silêncio.

— A primeira pergunta... — fala Gambatto. — Houve outros assassinatos com este *M.O.* no estado? Usem o banco de dados. Segunda pergunta: conversando com os colegas de Jennifer Adkins, temos namorados ou outros homens com motivação? Terceira pergunta: por que Sahara está tão interessada em impedir que a senhorita Dwyer escreva sobre Nathan Bardel?

— O que o laboratório diz? — É Ryan.

— O laboratório diz que a menina foi estuprada, o agressor usou preservativo: há típicos vestígios de lubrificante de preservativo dentro dela e nenhum vestígio de ejaculação. A causa da morte foi estrangulamento, e embora não tenhamos digitais, foram mãos grandes. Seis facadas, profundas, no seu abdome, e oito na genitália, feitas pouco antes do estrangulamento, que não a mataram, mas seriam a causa de morte se ele tivesse esperado alguns minutos. Ele definitivamente precisava matá-la da forma mais pessoal possível. Encontramos algumas fibras de lã preta no corpo, mas nada de DNA até agora.

— Quem fez isso estava com raiva e confiante, quase… arrogante — diz Ryan.

Gambatto fala agora:

— Então, Woods, quero você no comando da prospecção. Henderson, preciso de você para conversar com editores da senhorita Dwyer. E Torres, o banco de dados por crimes semelhantes. Voltaremos a falar em cinco horas, pode ser?

Eles concordam e levantam-se.

Ryan aproxima-se de Gambatto.

— Eu vou com Torres.

— Você que sabe.

Estou interessado em tudo isso, quero ver como funciona.

Torres, um latino baixinho nos seus trinta anos, está na frente de um computador, e Ryan atrás dele. Eles estão digitando termos de triagem no sistema para descobrir se meu querido imitador matou antes. Usam um sistema que entrega os cem crimes mais parecidos com o investigado e, entre esses cem, os cinco mais semelhantes.

Em *Modus Operandi*, eles digitam apenas *estrangulamento, múltiplas facadas* e *abdome e vagina*. Ryan fala para Torres ignorar a forma de entrada no apartamento, o uso de preservativo e outros detalhes. Não entendo o motivo, mas ele explica para Torres que são fatores que podem variar de um crime para o outro, coisas que o assassino aprende a cada novo evento.

Em *Área*, digitam o endereço da vítima.

Em *Tipo de Vítima*, selecionam as opções como *mulher de 24*, mas Ryan diz a ele para ignorar os filtros relacionados à aparência física e ocupação. Todos os outros campos são ignorados por eles. O computador recupera os cem casos. Ryan pede para Torres imprimi-los.

Eles recolhem todos os papeis e, depois de pegar mais café, fecham-se em um pequeno escritório para estudá-los.

Juntos, começam a passar pelos resultados e colocá-los em duas pilhas: *talvez* e *não*.

KATE

Apesar da minha ansiedade, consegui almoçar e não sinto fome agora à noite. Detesto, talvez pela primeira vez na minha vida, estar sozinha. Queria que Ryan telefonasse ou voltasse para casa. Preciso conversar sobre Selena. Quero ouvi-lo falar dela.

Finalmente tenho coragem suficiente para abrir seu computador. Abro a caixa de entrada e encontro os *e-mails* que enviei a ele. Abro e vejo meu livro. Tenho que continuar escrevendo e nem sei o que me motiva.

Meu telefone toca e meu coração dispara de susto. Espero que seja Ryan, mas é Savannah. Atendo contra minha vontade.

— Alô.

— *Kate, onde está?*

— Por quê?

— *Qual é a sua? O que eu fiz para você? Sou sua amiga, sinto sua falta e precisamos conversar. Eu passei no seu apartamento.*

— Vou ficar algum tempo longe de lá, suponho que saiba por quê.

— *Sim, e estou apavorada. Mataram uma garota. O que está acontecendo?*

— Estou puta com você. Por falar com Dale sobre mim, por tudo. E preciso que me conte a verdade sobre a Sahara e por que interromperam o meu projeto do Bardel.

Savannah fica em silêncio por um tempo.

— *Eu não sei, Kate, essa é a verdade. Eles me disseram que esse não é o tipo de material que estão interessados em publicar agora. Eles querem outro romance seu e pagaram por ele. Você já começou? Estão me perguntando e não sei o que responder.*

— Sim, já comecei. — Eu minto sem culpa ou remorso.

— *Bom, daqui a quanto tempo posso ver o que você tem?*

— Uma semana, talvez.

— *Tudo bem, apressa isso, me manda o que tiver. Me diga onde você está.*

— Não posso.

— *Sinto muito por Dale. Ele me telefona. O que quer que eu faça? Ele me liga para falar sobre você e também é meu amigo, então eu respondo.*

— Ele te liga para ouvir que estou sofrendo sem ele, tem tesão com isso. Preciso que pare.

— *Eu paro, prometo. Mas estou preocupada e quero te ver.*

— Eu não quero te ver agora. — Sinto falta dela, essa é a verdade. Ela sempre foi a pessoa com quem eu podia conversar sobre tudo. Parte minha quer explicar a ela o que está acontecendo, mas meu instinto me pede para não o fazer.

— *Kate, eu te amo. Sou sua amiga.*

— Eu sei. — É tudo o que eu digo a princípio. — Tenho que ir, te ligo em breve. — E desligo antes que eu fale demais. De todos que me cercam, quem são meus inimigos?

RYAN

Gambatto está no escritório quando Torres e eu nos sentamos, aguardando os outros.

Estou morrendo de vontade de falar com Kate e surpreso com o quanto sinto falta dela. Quero ouvir sua voz, quero ver se está bem. Ela já deve ter vasculhado minha casa e pode ter encontrado algumas coisas sobre Selena, mas estou aliviado. Quero que ela saiba de tudo e secretamente desejo que seja madura o suficiente para entender, para ver o verdadeiro eu por trás de toda aquela sujeira. Não quero que Kate pense que sou perfeito, mas também não quero que se confunda com o que leu, que tenha medo de mim.

Woods e Henderson entram com xícaras de café e sentam-se. Gambatto fica quieto, exausto, e acena para Woods, que começa:

— Conversei com todos os vizinhos. Ninguém lembra de ter visto ou ouvido qualquer coisa diferente na noite em que Jennifer foi assassinada, com exceção da vizinha da porta da frente, a senhora James, que afirma que estava assistindo à TV quando ouviu um miado e conversas no corredor. Ela não se levantou para ver o que era, mas disse que poderia ter sido um homem e uma mulher conversando, possivelmente Jennifer e seu agressor, pouco antes de ele entrar no apartamento.

— Jennifer e Brenda tinham um gato — eu digo. — Que definitivamente não estava no apartamento.

Gambatto parece considerar isso por uns momentos. Ele olha para mim.

— O que acha?

— Acho que Jennifer não teria aberto a porta para um homem que não conhecia, sozinha e naquele horário. Talvez o agressor tenha usado seu gato, de alguma forma, para conseguir entrar, dizendo que o encontrou ou algo assim.

— Bem, eu perguntei se alguém tinha falado com Jennifer ou Brenda recentemente — diz Woods. — Se tivessem perdido o gato, quer dizer… teriam perguntado aos vizinhos, certo?

— Então, talvez não tenha sido necessariamente o gato delas — diz Torres. — Talvez o cara pegou outro bicho, qualquer gato, e quando Jennifer viu uma pessoa com ele, pode ter esperado algo bom e aberto a porta. Talvez o cara tenha dito que tinha encontrado um gatinho e estava procurando o proprietário.

— Pessoas que gostam de gatos *amam* gatos — diz Woods. — É fácil imaginá-la abrindo a porta.

— Então o infrator a observava — diz Gambatto. — Ou a conhecia.

— Sim. — Concordo com a cabeça. — Então, estamos lidando com um homem caucasiano, com certeza.

— Com certeza? — indaga Woods.

— Não sou racista, Gina — suspiro —, mas, neste país, as pessoas são, e é altamente improvável que ela abrisse a porta para um homem negro naquele bairro. Estupros e assassinatos inter-raciais desse tipo não são tão comuns. Já aconteceram e podem acontecer, mas sei que foi um homem branco.

Gambatto vira para Hendersen.

— Você, o que conseguiu?

— Conversei com uma mulher chamada Savannah, uma bonitona, amiga e editora de Dwyer. Ela me disse que a Sahara não quer que Dwyer escreva sobre Bardel porque é inexperiente neste tipo de trabalho e já criou uma base de leitores dos seus romances anteriores que não entenderiam o novo estilo dela. Falou que não há outra razão, além dessas, para ter pedido que ela parasse o projeto. Perguntei se há alguém com quem Kate trabalhou na Sahara, ou em qualquer outro lugar, que tenha motivos para não gostar dela, um ex-colega rejeitado ou algo assim. A mulher me disse que Kate não é fácil de gostar, mas que não tem inimigos. Perguntei se Dwyer tem algum namorado ou flerte; segundo Savannah, ela acabou de terminar um relacionamento com um cara legal chamado... — Ele procura suas notas. Antes que encontre o nome, eu digo:

— Dale. Seu nome é Dale. Eles se separaram há alguns meses e de legal ele não tem nada. Ele esteve no apartamento dela no dia do crime.

Eu sinto todos os olhos em mim.

— Ryan. — Woods está girando em sua cadeira para encarar-me. — O que está acontecendo entre você e Dwyer? Temos o direito de saber. Você estava no apartamento dela, às oito da manhã, quando o corpo de Jennifer foi encontrado. Jogue limpo com a gente.

— Eu nunca escondi de ninguém minha relação com Kate — eu digo. — Estamos juntos.

— Espere. — Gambatto põe a mão para cima. — Ryan, o ex é um suspeito para você?

Eu odeio o desgraçado do Dale com tanta força que quero matá-lo com minhas próprias mãos.

— Acho que ele é capaz de escrever o bilhete, mas não acho que seja capaz de matar daquele jeito. Estupro, sim, assassinato... não.

— Você conheceu o cara? — Hendersen levanta a sobrancelha para mim.

— Não. Conversei com Kate sobre ele.

Eles trocam olhares. Não sei o que pensam sobre mim.

— Por que ele escreveria a carta? — Torres pergunta.

— Dale sabia do projeto, estão num relacionamento complicado, ele está bravo com ela.

— E sua melhor amiga diz que ele é um cara legal. — Woods suspira. — Talvez estejam juntos nessa.

— Não vejo nenhuma verdadeira motivação aqui — diz Gambatto. — Torres, você?

— Encontramos três crimes semelhantes nesta área — ele responde. — O primeiro é Ashley Pierson, 22 anos, universitária, assassinada em 7 de abril de 2007. Foi estrangulada, estuprada e esfaqueada no peito. Sem conexão com Brenda ou Jen. Ela vivia com uma companheira de quarto que estava fora do estado na noite do crime. Não há outras semelhanças. O caso ficou frio e foi arquivado.

Gambatto olha para mim:

— Parece nosso cara?

— Conheci esse caso durante a investigação de Bardel. Havia elementos na cena do crime que descartavam a possibilidade de ter sido ele: móveis revirados, objetos furtados e a presença de sêmen. Quando Bardel confessou, alegou ignorância a este caso, e a amostra de sêmen não correspondia ao seu DNA, por isso descartamos. Só que não estamos lidando com Bardel agora. Eu diria que é um talvez.

— O que mais? — Gambatto está esgotado.

Torres continua.

— O outro talvez é Stephanie Lynn Caverton, 27 anos, trabalhava como secretária em um escritório de advocacia. Foi atacada no estacionamento da empresa, forçada a entrar no carro. Eles dirigiram para uma área arborizada, onde foi estuprada, e a causa da morte foi traumatismo craniano. Foi esfaqueada uma vez, no estômago, antes de morrer. Sem conexão com a nossa vítima. Isso foi em novembro de 2009.

— Eu acho que esse é um forte talvez. Eu sei que há diferenças, e sei que esta mulher foi mais uma vítima de oportunidade do que planejada. Pode ter sido sua primeira. Se for, haverá um caso antes de Jennifer com certeza. Esse cara não passou cinco anos sem matar. Se houver outro caso, ele vai ter passado mais tempo com o corpo e mostrado mais agressividade e controle. Mas ainda são muitos "ses". E só lembrando que haverá um fator estressante na vida desse assassino poucos meses, semanas ou dias antes de ele ter cometido esse crime.

Divórcio, problemas financeiros graves, nascimento de alguma criança, briga com pais ou cônjuge, perda de trabalho...

— Encontraram DNA no corpo? — pergunta Woods.

— Não. Lubrificante de preservativo.

Eles ficam em silêncio por um tempo.

Torres fala sobre o nosso último talvez.

— Esta é Teresa Córdoba, 30 anos. Dona de casa, o marido estava no Afeganistão. Foi atacada em casa, com sinais de arrombamento. O bebê não foi tocado, mas ela foi estuprada e estrangulada com os lençóis. Foi esfaqueada três vezes com a própria faca de cozinha, nos órgãos genitais, *post mortem*. Sem conexão com a nossa vítima ou sua companheira de quarto. Encontraram sêmen na garganta. Isso foi em fevereiro de 2011.

Eu me inclino para a frente.

— Em relação à aparência física, não há semelhanças gritantes entre essas três vítimas. Geograficamente falando — eu olho para Torres e ele espalha o mapa de Miami sobre a mesa, os outros levantam-se para visualizar melhor, pego uma caneta vermelha e começo a circular os locais —, nossos três assassinatos: Número 1, Coral Gables, número 2, Hialeah Gardens, e número 3, North Miami Beach. Eles estão longe um do outro.

Woods está balançando a cabeça.

— O que significa isso, vamos precisar de outro assassinato para montar um perfil sólido? — pergunta Hendersen.

Eu não quero pensar nessa possibilidade.

— Pode levar anos até que ele mate novamente. Meses, na melhor das hipóteses — diz Torres.

— *Se* ele matar novamente. Se for um *serial killer* e não alguém tentando assustar Katherine — eu complemento.

É hora de falar com Natalie Bardel novamente. É hora de rever aquele caso. Eu não posso afastar a sensação de que ele é a chave para este. E já passou da hora de arrochar Savannah.

Ela mora em uma luxuosa casa no subúrbio, e é hora do jantar.

Há dois carros estacionados na garagem, um Volvo SUV e um Lexus sedã.

Um cara alto e bonito abre a porta para mim, ainda vestindo seu terno. Ele franze a testa.

— Posso ajudar?

— Ryan Owen, do FBI. — Observo sua reação. — É aqui que Savannah Buchanan mora?

Ele está alarmado.

— Sim, é minha esposa.

— Preciso de algumas palavras com ela.

— Do que se trata? — Ele cruza os braços.

— Ela está?

Ele está intimidado. Dá um passo para o lado e, como um cavalheiro, gesticula para eu entrar. Nem pediu para ver o distintivo.

A casa exibe dinheiro e bom gosto. O Belo Marido estende a mão:

— Sou Jim Buchanan. Vou chamar Savvy, só um momento.

Eu espero. Ouço a voz de uma mulher falando com crianças. Nas paredes há fotos de família em molduras caras. Savannah é linda, assim como seus dois filhos.

Ela entra na sala e olha para mim, trajando calças escuras elegantes, saltos bege e uma blusa laranja de seda.

— Oi?

— Agente Ryan Owen. — Eu estendo minha mão.

Ela sabe quem sou. Ela a aperta, então cruza os braços.

— Por que está na minha casa?

— Para falar com você sobre Katherine Dwyer.

— Ela está bem?

— Sim, ela está bem, Savannah. Pode ser uma conversa demorada, devemos nos sentar.

Ela faz uma cara.

— Certo. Vamos para o escritório.

Eu a sigo por um corredor escuro até um escritório, onde ela fecha a porta. É tudo carvalho e couro aqui. Noto um globo feito de pedras semipreciosas numa mesa gigante. Ela se senta em uma poltrona de couro verde-escuro e gesticula para que eu tome a oposta, o que faço. Ela cruza as pernas.

— Em que posso ajudar?

— Fale sobre seu relacionamento com Kate. Há quanto tempo se conhecem?

— Dez ou onze anos.

— E você a conheceu na faculdade? Você é muito mais velha do que ela.

Isso a desagrada.

— Sim, foi a minha segunda faculdade.

— Qual foi a primeira?

— História da Arte.

— Duas faculdades, então tinha dinheiro. O que seu pai fazia?

— Ele é cardiologista.

— Como foi a faculdade com Kate? Como ela era naquela época?

— Festeira. Estudava muito, mas gostava de ficar com os amigos, sair, beber... era bem louca naquela época.

— Você era igual?

Ela aperta os lábios.

— Sim, nós saímos muito.

— Quanto tempo depois de conhecê-la vocês começam a fazer sexo?

Savannah está olhando para mim como se fosse pular no meu pescoço.

— Quatro meses. Não sei o que ela te contou, mas foi só uma fase para mim.

— O que mais? Usavam drogas?

— Pode ser que tenhamos fumado maconha, como todo mundo. Mas só isso.

— O que acha de Dale?

— Dale é um cara legal, mas Kate não é fácil. Ele acabou se cansando dela e seguiu com a vida dele.

— Você deve ser a pior amiga na história, Savannah.

— Porque estou sendo sincera?

— Porque é uma traidora.

Ela se levanta.

— Me desagrada que esteja na minha casa para me ofender.

— Senta, não terminamos.

Ela se senta. A desgraçada está furiosa. Não me importo. Eu a vejo pelo que ela é.

— Você vai me dizer exatamente o porquê da Sahara não querer Kate investigando a vida de Bardel.

— Eu já disse um milhão de vezes, não sei. Apenas recebi ordens e as encaminhei.

— Sem questionamento?

— Claro que questionei. Eles inventaram desculpas e não me contaram a verdade.

Eu me levanto e inclino-me para ela, sentindo o cheiro do seu perfume caro. Está intimidada. Ótimo.

— De onde veio a ordem?

— Do meu chefe.

— Última chance. De onde veio a ordem?

Ela suspira. Hesita. Mas entrega.

— Ouvi-os conversando antes de entrar no escritório. Estavam falando alguma coisa sobre o governador. Foi tudo o que ouvi. Eu juro.

— O governador Mathias Rogers?

— Sim.

Eu me afasto e dou espaço para ela respirar. Isso é tudo que vou conseguir dela.

— Fica longe da Katherine. Ela merece uma amiga melhor do que você.

— Sou sua editora. E cabe a Kate decidir se me quer.

— Ela sabe que você é uma amiga de merda, assim como sabe que Dale é um babaca. É por isso que mantém vocês por perto. Ela é autodestrutiva.

Savannah apenas me observa.

— Adeus. — Eu saio de sua casa sem falar com o marido. Não me orgulho do meu comportamento, mas alguém tinha que dizer aquilo a ela. Quase sinto dor física ao pensar em Kate. Preciso vê-la, e meus dedos estão apertando o celular mesmo antes de ligar o motor do carro.

— *Alô? Ryan?*

— Ei. Como está?

— *Bem, bisbilhotei sua casa.*

— Eu sei. O que descobriu? — Eu fecho meus olhos.

— *Sobre Selena. Está tudo bem.*

— Kate, estou com saudades.

Ela não responde por um tempo.

— *Então volte para casa.*

Pensei em ficar num pequeno motel em Miami por alguns dias, mas estar longe de Kate é demais e decido ir para casa. Quando chego, as luzes estão acesas. Pressiono as teclas para o alarme de segurança e o desligo. Ela está em minha sala de estar quando entro, vestindo minha camiseta de dormir e meias brancas.

Cumprimenta-me com um beijo, que devolvo, e nos abraçamos por um tempo. Queremos fazer amor, mas há muito para dizer.

— Conversei com sua amiga Savannah hoje — digo.

Ela me olha.

— E...?

— Eu a tratei meio mal, Kate. Desculpa. Ela me irritou.

Ela sorri.

— Há muitas coisas que temos que conversar.

— Eu sei. Mas talvez... talvez devamos falar sobre elas mais tarde.

— Eu quero você — sussurro em seu ouvido.

Kate me beija como resposta. Então, subimos as escadas.

Ela está dormindo e vou até o meu computador.

Eu digito "Mathias Rogers + Nathan Bardel". Os resultados servem para confirmar o que já sei sobre ele: republicano com traços de fanatismo, sua campanha foi muito orientada para valores cristãos. Ele é do tipo ame ou odeie, com seus discursos contra homossexuais, contra o aborto, pregando com fervor sobre o caminho de perdição que a "América" está tomando e apontando os culpados sem remorso. Procuro o que ele pode ter dito em relação à execução de Nathan Bardel. Demora um pouco, mas encontro a seguinte citação:

"O grande Estado da Flórida não vai tolerar o tipo de criminoso que o Sr. Bardel é. Que fique claro que nenhum homem ou mulher que age contra a família, a honestidade, o progresso e a decência neste Estado ficará impune. Fizemos a nossa parte como homens e agora deixemos que Deus tenha piedade da alma do Sr. Bardel. Deixe-O fazer a Sua justiça agora."

Então ele odeia o cara. Mas se envolver com a publicação de sua biografia parece um pouco demais para mim.

Assusto-me quando sinto braços me envolvendo.

Kate beija minha cabeça.

— O que está fazendo?

— Savannah disse que o governador pode estar envolvido com a Sahara querer enterrar seu livro. Tem alguma ideia do porquê?

— O quê? Isso não faz sentido.

— Sim, bem, é só o que tenho por enquanto.

Ela beija o meu pescoço novamente. Eu toco suas mãos com carinho. Por um tempo, não dizemos nada. Então eu faço uma coisa idiota:

— Vou encontrar o homem que matou Jennifer.

Ela me beija novamente.

— Eu sei que vai.

Eu não sei se vou. Viro-me e olho para ela. Seu cabelo está caindo suavemente em torno de seu rosto e ela está sorrindo.

— Kate…

— Ryan.

— Quero falar com Natalie Bardel.

— Deixa eu ir com você.

Tenho tanto medo que ela se machuque, mas não posso tratá-la como menos do que ela é.

— Tudo bem.

— Conta sobre a Selena.

— É o que você leu. Eu estraguei tudo com ela.

— Como foram as simulações? Você gostava?

— No começo, eu gostava, sim.

— Então…

— Então parei de gostar, Kate. É simples assim. Hoje eu sei que não deveria nem ter começado, mas a verdade é que queria a experiência. A verdade é que, em algum nível, todos os homens fantasiam com estupro, controle e dominação. Mas o jeito que ela queria as coisas era demais para mim.

Eu me levanto e sento no meu sofá. Kate senta-se no chão, a luz da TV brilhando sobre ela.

— Você a amava?

— Não. Eu gostava muito dela e a admirava, mas não posso chamar aquilo de amor. Eu ferrei com ela, sei disso agora. Não há um só dia em que não penso nisso.

— Por quê?

— Foi por causa das coisas que eu disse que a tiraram do caso Richardson, o caso no qual ela estava trabalhando. Selena era da Unidade 3, investigava crimes contra crianças e estava atrás de um sequestrador chamado David Richardson. Ela estava chegando perto quando a tiraram do caso. A equipe que assumiu simplesmente não sabia o suficiente e ele matou mais uma vez, uma menina de quatro anos chamada Gretchen McKenzie. No dia seguinte, Selena colocou uma foto de seus pais, sua arma e seu distintivo na cama e tomou aqueles comprimidos.

Katherine está olhando para mim. Por mais aliviado que esteja de ter contado para ela, é difícil demais lembrar dessa história.

— Ryan…

— Eu sei. Mas me pergunto o que teria acontecido se eu tivesse ficado de boca fechada. A menina estaria viva hoje? Selena talvez não, mas Gretchen…

— Porra, isso é alimento para insanidade.

— Sim, eu sei.

Ela faz uma respiração profunda e fica em silêncio por alguns momentos, antes de perguntar:

— Por que Melissa foi embora? A verdade, agora.

Posso contar a Kate? Pergunto-me se não vou assustá-la. Talvez não. Talvez ela seja mais durona do que penso.

— Eu costumava ir fundo na minha pesquisa. Isso acabou me dando uma reputação estranha, mas nunca me importei. É por isso que eu era bom. Passava horas nas cenas de crime, ouvia o tipo de música que o suspeito ouvia, seguia todos os seus passos, montava paredes como a que você montou. E ajudava. Quanto mais próximo deles, mais fácil era pensar como eles… nós conversamos sobre isso no seu apartamento. Melissa não gostava. Eu passava horas em silêncio, olhando fotos das vítimas. Via vídeos de mortes reais, assassinatos reais, estupros reais. Tudo. Então, um dia eu estava procurando um cara que estuprou e matou uma mulher que tinha um bebê. Os vizinhos disseram que ouviram o choro do bebê por três horas seguidas. Eles não chamaram a polícia ou qualquer coisa porque era esse tipo de bairro, sabe? Bem… eu soube que ele ficou com o corpo da mãe por duas horas. Isso significa que ouviu o bebê chorar por duas horas inteiras. E ainda assim, foi capaz de masturbar-se em seu corpo, cortá-la e molestá-la. Eu precisava entender isso, Kate. Nossos instintos não nos deixam suportar o som de um bebê chorando. A gente quer calar a boca dele, ver o que há de errado, do que ele precisa para que possa estar em paz. Consegui uma gravação e deitei no sofá em casa… e fechei meus olhos e escutei o choro de um bebê por duas horas. Não posso começar a lhe explicar a sensação de desespero. Só que a Melissa arrancou meus fones de ouvido e ouviu… naquela época, Aidan só tinha dois anos.

— Aidan é o seu filho?

— É. Melissa ficou assustada. Ela já estava cansada de mim e do meu trabalho, mas desta vez ela se apavorou. E foi embora.

Kate parece tranquila. Eu lhe dou tempo para pensar no que ouviu. Ela pergunta:

— É por isso que você queria que eu desfizesse a parede?

— Sim. Eu nunca vou voltar a ser pessoa que era, mas você não precisa ir tão longe. Você não tem que mudar. Não tem que perder sua doçura e inocência.

Ela esboça um sorriso.

— Ninguém nunca me chamou de doce e inocente antes.

— Isso é porque eles não sabem o que significa.

Ela está olhando para mim e quero beijá-la novamente.

— Eu não me importo — ela finalmente diz. — Se este é o seu pior, não me importo, não me assusta.

— Kate, o que eu disse... no carro ontem, sobre Dale... eu estava com raiva e nunca faria nada do tipo. Eu não deveria ter...

— Mas você estava certo, Ryan. — Ela suspira.

— Você merece muito mais do que isso. E eu. Você merece mais do que eu.

— Cala a boca. Vá se foder.

Eu calo a boca porque não quero que ela me deixe.

NATHAN

Eu vejo Kate e Ryan. Algo estranho está acontecendo com eles. Não estou falando sobre seu envolvimento com esta história e sua conexão comigo. É com os seus corpos. Kate está um pouco diferente para mim. Na maioria das vezes, enxergo pessoas da mesma maneira que enxergava quando estava vivo, apesar de algumas pessoas parecerem um pouco embaçadas. Isso é raro, mas acontece. Agora é Kate que mudou.

Comecei a observar que, quando ela e Ryan estão juntos, há algo, algo como uma sombra de uma cor rosada muito leve, que se estende de um para o outro. Como chiclete fantasma.

Agora Kate está muito diferente, e tem estado assim há mais de uma semana; está cercada por cores em tons pastel.

Agora que os dois estão na cama trepando de novo, o chiclete pálido está lá. Isso me irrita profundamente e tento concentrar-me em coisas mais importantes.

A verdade é: algo real está acontecendo aqui. Geralmente, eu não daria a mínima, mas é *sobre mim*. É sobre mim. Algum idiota achou que poderia imitar meus assassinatos, copiar o meu jeitinho de matar e minha assinatura. A arrogância e a pura audácia desse bosta me irritam.

Eu não estava lá quando aconteceu. Comecei a perceber há algum tempo que a minha consciência não está sempre *ligada*. Às vezes, é como se eu tivesse acordado de um sonho. Eu de repente *sou*. E se eu não lutar e me concentrar em permanecer aqui, vou embora de novo. Não tenho nenhuma ideia de quem matou a vagabundinha no prédio de Kate. Mas nem fodendo que vou permitir que um idiota qualquer fique com toda a atenção.

Tenho medo porque o meu atual estado de não ser, embora ainda sinta e veja, está me deixando mais e mais confuso. Sinto medo porque não posso alterar nada. Eu me tornei passivo e estou apenas começando a perceber que não tenho controle.

Porque estou morto.

E, de alguma forma, ainda aqui, testemunhando tudo, talvez só para contar para você.

Estou sentado na cama e Kate está deitada sob Ryan. Eles estão se beijando enquanto ele se empurra devagar para dentro dela, e isso não tem nenhum apelo para mim, o que é estranho, porque sexo sempre foi a coisa que guiava meus pensamentos. Agora é diferente. Sou avesso a esse tipo de sexo. É o chiclete pálido, ele está mudando tudo.

Tento odiá-los e quase sempre consigo. Mas, às vezes, eu desejo estar vivo, e não para machucar os dois. Eu gostaria que eles pudessem me ver, ouvir, compreender. Porra, quero falar com eles.

Então decido fazer algo para testar os meus limites, porque qualquer coisa é melhor do que ficar aqui com os dois.

Concentro-me no assassino de Jennifer. Desejo, com tudo o que sou, estar onde ele está.

De repente, estou lá.

Eu sinto dor.

Quando você está vivo e sente dor, você se deita, vomita, caga e acaba, ou pelo menos alivia. Quando você está morto, não é assim que funciona, porque a dor é o que você é.

Mas eu consigo me concentrar no meu ambiente; estou numa casa pequena, sem graça e comum. Vejo o sofá cafona que está gasto e mais escuro no lugar onde o traseiro de alguém tem estado há anos. Há uma televisão, e bem na frente dela, está o assassino de Jennifer.

Ele está bebendo cerveja e assistindo à televisão. O assassino não pensa em nada além de matar. Desde que isso aconteceu, está perdido em pensamentos de carnificina, nadando no prazer que isso proporcionou. O assassino está olhando para a tela, mas não vê nada. É Jennifer, e apenas Jennifer. E Kate.

Eu o observo e conheço bem demais esse sentimento. A emoção de saber que conseguiu safar-se dessa vez, o prazer em ver as notícias e ver o seu trabalho descrito com choque e medo. Por dias você não pensa em nada além da matança, prende-se aos seus momentos, fica passando-a na sua mente como um filme. Seu pau fica duro o dia todo. Você carrega o tesouro que pegou. Toca-o. Este assassino pegou uma calcinha de Jennifer. Está no bolso dele agora.

Eu absorvo isso com desânimo. A mente do assassino está concentrada em Kate. *Kate é a próxima*, é tudo o que ele pensa.

E agora que sei quem ele é, eu sei que Kate não tem a menor chance.

Porque ela o conhece e nem desconfia dele.

RYAN

Estou mais uma vez olhando para Kate enquanto ela dorme. Beijo seu ombro e ela sorri, sem abrir os olhos. É hora de ir, mas não quero deixá-la sozinha. O quarto está claro com a luz solar e a casa cheira a lar pela primeira vez.

Enquanto dirijo para Miami, penso nas coisas que ficaram para trás. Os brinquedos que Aidan não levou, a promessa da Melissa de uma cura, um lar para o qual voltar depois de um dia olhando para aquelas fotos, conversando com aquelas pessoas. Selena deixou tristeza e arrependimento, nada mais.

Enquanto dirijo, me vêm à cabeça os momentos que tive no trabalho. Os pais das vítimas, com os seus corpos encolhidos e olhos vermelhos, os assassinos com quem conversei cara a cara. Eu penso sobre Bardel e sinto a exaustão nos meus ossos.

Isso tem cara de última perseguição.

O celular toca.

— Estou quase lá — é o que digo.

— Ryan, vá para Blessfield. Houve um assassinato.

É cedo demais, é tudo que consigo pensar. Ainda é cedo demais.

— Ryan, você está aí?

— Sim, Mark, estou aqui.

— É... feio. Estou enviando o endereço para o seu telefone. Woods e Torres já estão a caminho.

— Tudo bem. — Eu desligo.

Cacete.

O sentimento afunda em mim.

E eu piso no acelerador, com medo do que vou encontrar.

É uma área arborizada. A polícia isolou o acesso. Pessoas espiam, curiosas. Os *giroflex* das viaturas piscam em silêncio. Saio do meu carro e meus pés arrastam-me para a frente, pesados.

Woods está andando em minha direção, pálida, a pele parecendo feita de cera.

— Ryan... — ela murmura.

Eu tenho medo de perguntar. Estudo a área, mas os espectadores não correspondem ao perfil do assassino. Digo a ela de qualquer maneira:

— Tire fotos de todos por aqui. — E não espero por sua resposta enquanto desço a trilha. Alguns policiais olham para mim com expectativa. Tudo é mato e árvores baixas e densas.

Caminho cerca de trinta passos antes de ver Torres tomando notas, um CSI recolhendo amostras e outro tirando fotografias. Olho para o corpo e cerro os dentes.

As moscas pousando e decolando de sua pele não tornam isso mais fácil.

Ela é jovem, talvez dezenove anos. O rosto está roxo, o corpo rasgado e ensanguentado. Através de lábios entreabertos, vejo um abismo criado pela falta de dentes. Seus olhos são cor de avelã, grandes, acusatórios e mostram que ela está morta há mais de sete horas. Odeio que ela tenha cabelo preto, do mesmo comprimento do de Kate. Odeio que sua pele é clara como a dela.

Ela está completamente nua, exceto por meias.

Seus seios foram abertos, sem assinatura.

Foi morta no local, pelo sangue no mato.

Foi posicionada com as pernas abertas, e foi esfaqueada não sei quantas vezes na vagina. A faca ainda está saindo dela.

Eu me viro e fecho os olhos. Tudo sobre esta cena está errado. É cedo demais. Não há *X*. O *M.O.* mudou, o ritual mudou. Então, por que não consigo afastar a sensação de que é o mesmo cara? Enquanto meu instinto diz que é ele, meus vinte e quatro anos de experiência, toda a literatura, tudo o que sei, estão me dizendo que não é.

Torres caminha até mim.

— Não é nosso cara, né? Mark queria que verificássemos, de qualquer maneira. Woods e eu daremos uma ajuda para esses caras.

Concordo com a cabeça. Eu não vou dizer a ele.

Torres tenta soar calmo, mas está abalado.

— Jesus, eu não consigo olhar para algo assim por muito tempo.

Eu consigo. Não gosto, mas consigo e devo.

Aproximo-me dela. A filha de alguém, talvez a mãe de alguém um dia se isso não tivesse acontecido. Estudo tudo. Ela lutou. Há feridas de defesa em seus antebraços e mãos. Foi estrangulada.

Mais uma vez, o meu instinto me diz que é ele. Que é novo nisso, acabou de despertar para a emoção de matar e tem ódio suficiente para continuar até que morra. Mas estamos longe de Miami.

Viro-me para uma CSI:

— Achou marcas de pneus? De sapatos?

Ela balança a cabeça.

— Marcas parciais de sapatos.

Eu quero sair de lá, mas, ao invés disso, vou mais fundo na floresta, para longe deles. Em silêncio, fecho meus olhos e tomo o ar em torno de mim, os sons da floresta, os pássaros, o vento através das árvores.

Ele é daqui. É de Blessfield. Conhece essa mata, sabia que não seria perturbado. Então Jennifer foi pessoal, ele saiu do seu caminho para ela.

Isso tem a ver com Kate. Ela é de Blessfield, assim como ele, assim como Bardel.

Ela o conhece, isso é tudo que posso pensar.

Eu só preciso de algo, alguma coisa para fazer a ligação, a conexão.

KATE

Acendo um cigarro e leio minhas próprias palavras na biografia de Nathan:

"Sua vida agora são suas fantasias, sua mente. Ele trabalha na Biblioteca Pública de Blessfield, em silêncio, rodeado por conhecimento. Enquanto empurra carrinhos de livros de um lado para o outro, Nathan Bardel está pensando em mulheres, de quanta dor e sofrimento esses indivíduos patéticos e fracos podem causar ao mundo. Ele pensa, dia e noite, em feri-las. Vê algumas na biblioteca quando passam. Uma adolescente que procura um livro para terminar seu trabalho de conclusão de curso. Pode estar com uma amiga e elas riem. Ele acha que estão rindo dele e as observa e despe com olhos odiosos, pensando no quanto são patéticas, desagradáveis e fúteis. E pensa em ver o terror nos olhos delas, terror infligido por ele. Elas vão temê-lo e ele terá o poder de suas vidas ou mortes em suas mãos. Ele vai fazê-las implorar por misericórdia e vai espremer a vida para fora delas. Vai deixá-las nuas e sangrentas para as suas famílias encontrarem. Ele terá tudo.

E consegue. Nathan planeja seus sequestros, tem tempo à noite para vigiá-las. Não é difícil. Blessfield é um lugar seguro e amigável. Então Nathan aproxima-se das mulheres e, de repente, a fantasia é real."

Eu suspiro quando termino. Quero continuar, mas meus olhos estão doloridos, minhas costas doem. Sinto náuseas hoje e, embora esteja com fome, não tenho vontade de comer.

Por alguma razão que não compreendo, digito "Nathan Bardel" no Google Imagens e vejo o seu rosto diante de mim, em diferentes tamanhos e cores. E porque sou menininha, digito "Ryan Owen" e recebo alguns resultados sobre ele. Tudo que dizem sobre ele é bom, é elogio. Eu o amo, cedo demais.

Preciso sair dessa casa.

Dê uma caminhada, vá a uma loja ou algo assim. Ele me disse para não sair, mas não acho que estou em perigo.

Ou estou?

Eu pulo quando o telefone toca. Balanço a cabeça para mim mesma quando corro para atender. O telefone de Ryan tem o som agudo mais irritante que já ouvi.

— Alô?

— *Ei, sou eu.*

Eu sorrio.

— Oi.

— *Olha, houve um assassinato, estou aqui em Blessfield.*

Não é possível.

— Já?

— *Sim, já. Tudo sobre ele me incomoda. Preciso que me fale sobre os homens que conhece aqui. Os homens com quem ainda mantém contato, amigos da escola, todo mundo.*

— Bem, tem muita gente, mas não falo com eles há bastante tempo.

Ele não responde.

— Você acha que isso tem a ver comigo — eu finalmente verbalizo.

— *Sim, acho que tem.*

— O que vamos fazer, então?

— *Com quem falou sobre Bardel e o livro que está escrevendo?*

— Só o Dale e a Savannah e minha família.

Ele está quieto novamente.

— *Ninguém mais?*

— Não… — Eu busco em minha mente, mas sei que não há mais ninguém.

— *Conversamos mais tarde.* — Ele desliga.

Por muito tempo, eu pesquiso na internet por notícias do crime. Finalmente encontro uma no *site* do G'Day Flórida. Foi escrita por alguém chamado George Ahmad:

"Algum de nós está seguro?

Uma onda de crimes bárbaros, violentos, parece estar espalhando-se pelo nosso Estado.

Aqui estão os fatos: Em treze de setembro, uma mulher de vinte e quatro anos foi encontrada em seu apartamento simples em Miami após ser brutalmente estuprada, mutilada e estrangulada. Apenas dois dias depois, na tranquila cidade de Blessfield – que sempre foi desconhecida até os assassinatos do Esfaqueador de Damas –, uma mulher de vinte, Shana Hayes, também foi descoberta na região da Floresta Angelsong, vítima de um ataque chocante. Shana, uma garçonete de bar, foi violentada e esfaqueada. O FBI está envolvido na investigação e minha pergunta para você é: estamos lidando com outro serial killer?"

Eu faço uma careta para a sua maneira de escrever.

Então a náusea me agarra e me faz dar um impulso para a frente. Corro para o banheiro a tempo de vomitar meu café da manhã, odiando a sensação, a forma como arranha minha garganta, o aperto do estômago. Quando acaba, fecho meus olhos e respiro por um tempo. Então lavo meu rosto, minha boca e escovo os dentes.

O que está acontecendo comigo? Posso estar grávida.

Não posso nem pensar nessa possibilidade. Provavelmente é só o resultado de comer *fast-food* e nada além disso há semanas. Sentada na tampa do vaso, decido pensar no assunto. A única certeza que tenho é a de que não quero o bebê de Dale dentro de mim. É um pensamento nojento, mas é a verdade. Sinto repulsa pela ideia de que ele tenha plantado algo em meu ventre para... não para crescer, mas para apodrecer. Desde que terminamos, meses atrás, tenho sido negligente com a pílula.

Por outro lado, se eu tiver engravidado de Ryan...

É uma noção agradável, quente.

Não estou nem remotamente pronta para isso. Não agora.

Para não ter que encarar o abismo que acabou de se abrir aos meus pés, sento-me ao computador de Ryan e escrevo por quatro horas.

NATHAN

O assassino não vai caçar hoje. Mas ele quer sair, deixar as pessoas vêrem-no, lembrar do que fez e ver os outros com os olhos de um *serial killer* recém-nascido. Ele caminha com confiança, o ego de pau duro, a satisfação – nada pode tirar isso dele hoje. Então ele anda na noite e aproxima-se de um típico bar de caipira pobre, todo placas de néon de cerveja e música *country*. Ele está olhando em volta, lentamente, para todo mundo que vê, e a emoção de ter matado acompanha-o.

Ao entrar no bar, as pessoas reconhecem-no. É um cliente regular aqui, sente-se em casa. Inclinando-se sobre o balcão, ele murmura um "E aí, Suzie?" a uma mulher que um dia foi bonita. Toda cabelos descoloridos, unhas compridas e peitos caídos dentro de uma camiseta da banda *The Runaways*, essa vaca sorri para ele.

— E aí, parceiro. Miller?

Ele apenas balança a cabeça e ela desaparece. O assassino olha em volta e eu o desprezo. Ele é como a maioria deles, só um vagabundo, um filho da puta idiota sem instrução, inculto e digno de pena que pensa com seu pau e nunca foi nada na vida. Do tipo que assiste à âncora gostosa do noticiário e a odeia por seu sucesso e inteligência só porque ela é uma delícia. Eu nunca fui assim. Nunca. Aperfeiçoei meu ofício. Foi a única arte que minha vida de merda me permitiu amar.

Esse cara não é nada como eu. Cresceu frequentando uma escola de merda, mas nunca foi abusado. Tinha um pai distante que simplesmente não brincava com ele porque estava exausto de trabalhar em dois empregos. Sua mãe o amava.

Eu vejo como ele olha em volta e está pensando em matar, com orgulho de ser um dos caras agora, mas nunca, nunca vai ser como eu. Ele bebe cerveja enquanto tenta imaginar Kate sob seu controle, apavorada e tentando agradá-lo, com esperanças de ser libertada. Quero rir e dizer a ele que está completamente errado. Sim, talvez consiga pegar Kate. Pode espancá-la e estuprá-la, mas ela não ama a vida o suficiente para simplesmente receber e aceitar ordens dele. Não. A minha Kate vai dar a esse cara a luta do século, mesmo que ele acabe matando-a.

Estou ansioso para ver isso acontecer.

Surpreendentemente, estou torcendo por ela.

RYAN

Woods está esgotada quando almoçamos juntos. O restaurante está lotado e sujo, a comida é gordurosa, e bebo meu segundo refrigerante para empurrá-la goela abaixo.

Voltamos aos básicos e focamos no assassino.

— Abundância de tempo livre. — Ela suspira. — Talvez seja autônomo.

— Ou desempregado — acrescento.

— Sim, isso também. Com veículo próprio. As marcas de pneus não nos deram muito.

— Caucasiano, forte, com mãos grandes.

— Achamos que mede cerca de um metro e oitenta pela pegada na cena do crime.

Concordo com a cabeça. Não é o suficiente.

— Temos de começar a pressionar pessoas próximas a Kate. Pessoas na Sahara, seus amigos, seu ex-namorado, todos, para ver quem se encaixa nesse perfil.

— Talvez isso não tenha nada a ver com ela.

— Talvez.

— Nossa última vítima não tem ligações com ela, e mesmo assim, você acha que é o mesmo cara.

— Eu sei que é o mesmo cara. Às vezes, você tem que esquecer o que os livros o ensinaram.

Woods limpa as mãos com um guardanapo de papel.

— O que aprendi nos livros é a única base que tenho, Ryan.

— Então, se eu te contar que uma vítima de estupro e assassinato foi encontrada com objetos estranhos introduzidos em sua cavidade vaginal, você me diria?...

— Um assassino inexperiente, mais jovem.

— Sim, mas então eu te digo que Ted Bundy, que definitivamente não era um jovem inexperiente assassino, penetrou uma de suas últimas vítimas com uma lata de *spray* de cabelo.

Ela abre os lábios.

— Isso é verdade?

Eu apenas aceno.

Woods suspira.

— Ele não estava curioso, estava apenas sendo um babaca. Mas calma, no quadro deve haver uma explicação para ter agido assim. Ele não era sexualmente incompetente, então por quê?

Eu dou um sorriso de admiração.

— Sim, verdade. Ele estuprou outras vítimas no mesmo local, então é possível que com essa não conseguiu ir até o final por cansaço físico e atacou-a dessa maneira.

— Saquei. Nenhuma indicação por si só é definitiva. Só conseguimos algo sólido com uma análise completa do crime e das ações do assassino.

— Exatamente. Vamos encarar a verdade. Nós não sabemos tanto quanto o mundo pensa que sabemos. No final, nosso perfil só serve para afunilar a lista de suspeitos.

— Você é um *profiler*. Como pode dizer isso?

Estou cansado demais para mentir.

— Se sou o *profiler* que todo mundo acha que sou, eu deveria ter percebido que minha amante estava prestes a cometer suicídio, que minha esposa levaria meu filho para longe de mim, que talvez um *serial killer* fosse destruir uma vida no apartamento ao lado de onde eu estava dormindo profundamente.

— Então está me dizendo que deveria ter sido inteligente o suficiente para prever que um assassino que você nem sabia que existia atacaria, quem, onde e que horas.

— Estou envolvido demais, Woods. Minhas emoções estão nublando meu julgamento.

— Certo. Você *deu um jeito* de se apaixonar pela escritora.

— Quando você diz deu um jeito, soa como se eu tivesse escolha.

Ela sorri, cansada, para mim.

— Para onde vamos daqui?

— Acho que alguém deveria investigar Kate. — As palavras ardem na minha garganta. — Não pode ser eu.

Woods me dá um aceno de cabeça.

— Eu posso fazer isso. E ser imparcial.

Sei que eu não deveria, mas vou fazê-lo mesmo assim. Meu carro está estacionado em frente ao escritório de contabilidade onde Dale Chase trabalha. Estou passando por relatórios preliminares da autópsia nas duas últimas vítimas. Não há nada que me diz que foi o mesmo assassino, exceto meu instinto. Meu telefone toca e é Kate, da minha casa.

— Ei — eu digo, surpreso por estar quase em lágrimas ao ouvir a voz dela. Droga, a culpa que sinto.

— *Saudades.*

— Conheço a sensação.

— *Tenho trabalhado sem parar, Ryan. Eu acho que o livro está praticamente pronto.*

Não sei o que responder.

— *É assustador.* — Sua voz sai entre risos nervosos. — *É como se ele estivesse ao meu lado, me ajudando, me dizendo o que escrever.*

— Tenho certeza de que muitos escritores sentem-se assim, num frenesi. Como está?

— *Bem. Solitária.*

Vejo Dale sair do edifício.

— Volto à noite, Kate.

— *Está bem.*

— Tenho que ir. — Quero acrescentar *eu te amo*. Decido falar. — Te amo.

Eu posso ouvir seu sorriso, de alguma forma.

— *Que bom.* — Ela desliga o telefone.

Eu dirijo, de olho em Dale enquanto ele caminha um quarteirão e, em seguida, entra em uma lanchonete chamada *Almoço Serenata*. Encontro um lugar para estacionar, enfio os relatórios sob meu braço e entro no restaurante.

É um lugar acolhedor e está lotado. Vejo Dale sentado em um canto, perto de uma janela, onde dois homens chineses estavam sentados alguns segundos atrás e agora estão saindo pela porta. Dale conversa com um garoto magro que anota os pedidos. É um negócio de família e acho que o garoto, com cerca de vinte anos, não tem muita escolha. Ele anota o pedido *old school*: com lápis e bloco de papel.

Caminho até ele, tentando dizer a mim mesmo para me acalmar. Dale olha para cima.

Ele é loiro-escuro como eu, mas não poderia ser mais diferente fisicamente. Ele parece mais jovem do que é, tem olhos azuis, dentes branquinhos e alinhados e está bem barbeado e limpinho. Tem o jeitinho de jogador de futebol americano e posso facilmente vê-lo na capa da revista Men's Health, levantando uma camiseta branca para revelar um abdome tanquinho raspado. Quando sorri, o merdinha tem covinhas.

Sento-me de frente para ele. Revelo meu falso distintivo do FBI, já que o verdadeiro conseguiu um carimbo enorme de APOSENTADO nele. Não, eu não sou o único agente aposentado que tem um distintivo falso. E sim, é bem realista.

— Ryan Owen, FBI — é tudo o que eu digo, observando sua reação. Comum: um pouco de apreensão, curiosidade. Mas não com medo.

— Sim? — é tudo o que ele diz.

— Você é Dale Chase?

Ele balança a cabeça.

— Sim, como posso ajudá-lo? — Ele realmente não sabe por que estou ali.

Estou decepcionado. Sei que quero que seja ele.

— Onde você estava na noite de 13 de setembro, entre onze da noite e oito da manhã do dia seguinte?

Ele abaixa o rosto um pouco e pensa sobre isso.

Eu o imagino com Kate. Meu coração faz um salto mortal e eu engulo em seco para manter a calma.

— Bem, nesse dia eu vi*site*i a minha namorada no apartamento dela. Ela confirmará isso. Depois...

— Quanto tempo ficou lá? — Estou com raiva de mim mesmo por isso.

Dale sorri.

— Meia hora no máximo.

Até agora estou conseguindo esconder meus sentimentos, habilidade lapidada pelo trabalho. Encaro seus olhinhos azuis de bebê e finjo que sua observação não me fodeu completamente por dentro.

— Você é rápido.

Ele ri um pouco. Mas há algo mais lá.

— Bem... depois que saí...

— Que horas saiu?

— Deve ter sido quatro e meia ou algo assim. Uma maneira que eu poderia verificar é que Kate, minha garota, estava assistindo *Seven*, no canal cinco. — Uma sombra de apreensão cruza o rosto dele. — Enfim, fui embora umas quatro e meia e depois fui à praia para um jogo de vôlei com alguns amigos. Tinha um monte de gente lá, e eles podem confirmar isso também. Fui para casa por volta das oito e fiquei lá com a minha... outra amiga até as onze no dia seguinte.

— Então, você tem bons álibis.

— Sim, mas para quê? Estou sendo acusado de alguma coisa?

O jovem garçom interrompe, colocando um copo de suco de laranja e um hambúrguer em cima da mesa. Ele se vira para mim, mas o dispenso com um gesto. Ele sai rápido e Dale começa a comer.

— Houve um assassinato no prédio de Katherine Dwyer no dia 13 de setembro.

Ele não demonstra surpresa.

— Eu li. Brenda.

— Jennifer.

— Sim. Isso é horrível. — Ele parece estar sendo sincero.

— Você a conhecia?

— Jen? Brenda? Kate? Você não está sendo direto.

Eu me inclino para a frente.

— Nós dois sabemos que eu sei que você é o ex-namorado de Katherine.

— Bom, então você está me perguntando se eu conhecia a vítima, Jennifer? Sim, a vi por aí algumas vezes. Ela era tímida, reservada. Gostava de gatos.

Eu o observo atentamente, começando a compreender as dimensões de sua arrogância.

— Conte-me sobre você e Katherine. Você me disse há poucos minutos que é o namorado dela, mas, quando eu perguntei, ela disse que vocês terminaram meses atrás.

Ele dá uma mordida grande no seu hambúrguer de soja. Engole.

— Kate é... um pouco confusa. Ainda tenho esperanças de que vamos superar nossos problemas.

— Fale sobre sua outra amiga, com quem estava na noite do crime.

— Cara, isso está ficando bem pessoal. — Ele se mexe em seu assento.

— Assassinato e estupro geralmente são pessoais, Dale.

Ele suspira e bebe um pouco de suco. Olha para o relógio.

— Olha, cara, estou resolvendo as coisas com a minha garota. Enquanto isso, estou explorando algumas possibilidades. O que você quer de mim? Eu lhe disse onde estava, pode verificar e aí me riscar da sua lista de suspeitos. Tudo bem?

— Você já estuprou alguém, Dale?

Ele quase engasga agora.

— O quê? Não.

Eu o estudo. Ele realmente acredita que não.

— Não? — pergunto novamente. — Nunca foi um pouco longe demais porque alguma vadia disse *não* quando queria dizer *sim*?

Ele está me olhando como se eu fosse uma ameaça agora.

— Não, sr. Federal, como você pode ver, eu não preciso desse tipo de coisa. — Ele está puto agora.

— Você quer dizer que as mulheres atiram-se em você, gracinha?

— Isso mesmo.

Eu sei que acabei. Mas pressiono:

— Onde você estava há duas noites?

— Em casa, com Alice. Telefone para ela e verifique. Verifique as câmeras de segurança no meu prédio, não dou a mínima, eu não fiz nada.

Eu sei que ele não fez.

Eu me levanto e, antes que possa me controlar, visto meu *policial malvado* e olho em seus olhos.

— Fica longe da Katherine Dwyer.

Estou voltando para casa. Tudo o que consigo pensar é em ver Kate, sentir sua pele contra a minha, sentir o cheiro doce do seu cabelo. Eu escuto minha conversa com Dale outra vez como se a tivesse gravado na memória, e a certeza de que ele não é o assassino me bate repetidamente.

O toque quebra o clima. Eu coloco no viva-voz.

— *Owen, é Woods.*

— Pode falar.

— *Tenho alguns pontos de reflexão para nós. Você estava certo, Deus sabe como: o laboratório encontrou um pelo felino no solo da Floresta Angelsong, onde o corpo de Shana foi encontrado. Ele corresponde aos pelos de gato encontrados no apartamento de Jennifer. É o mesmo cara.*

Eu sabia. Eu sabia. Expiro alto.

— Continua.

— *Agora estamos verificando as câmeras de vigilância, aluguel de carros, passagens de ônibus, câmeras de pedágio, tudo entre Miami e Blessfield entre um evento e outro. Vai levar um tempo.*

— Vou lhe pedir um favor: faça uma verificação completa nos perfis de Facebook de Jen, Shana e Kate. Veja se encontra alguém que é amigo das três.

— *Ótimo. Onde você está?*

— Indo para casa.

Quando chego, Kate está encolhida no meu novo sofá, assistindo à TV. Vejo a mídia em um frenesi com os assassinatos em série, porque eles já deduziram, para picos na audiência, que é com isso que estamos lidando. Ela vira o rosto da tela e essa luz molda-a em azul-claro. Kate está sorrindo para mim, e eu sorrio de volta. Ela joga as cobertas para longe e me abraça.

Eu sinto seu corpo frágil. Penso em Dale e lembro de Bardel por algum motivo. Então, a beijo. O beijo de Kate é combustão imediata e sinto a vontade queimando sua pele. Quero transar com ela. Ela ouve o meu pensamento, porque se afasta do meu beijo.

— Conversamos depois.

No meu quarto, eu como Kate com força. É o que ela quer. Nós nos agarramos um ao outro e nos mordemos, mexendo rapidamente. Ela goza primeiro, como de costume, e depois começa a sua conversa suja para me excitar, e eu gozo também. Eu tento abraçá-la assim que acaba, mas ela foge e fecha a porta do banheiro. Isso dispara um alarme em mim e pergunto-me o que poderia ter feito de errado. Mas quando ela volta, está sorrindo.

Ela me abraça, aderindo à camada fina de suor nas minhas costas e peito, e pressiona a cabeça contra mim, sobre o meu coração. Eu sei que conversar vai estragar o momento, mas não temos escolha.

— Conversei com Dale.

Ela se afasta de mim e me observa.

— Ele não fez nada de errado.

Isso me irrita. Mas me contenho.

— Eu sei. Mas tinha que ter certeza.

— E? Você falou de mim? — Kate está com raiva.

Eu toco seu cabelo.

— Não, só perguntei o habitual. Não se preocupe.

Kate acende um cigarro e fuma. O que está acontecendo em sua mente? Então, ela manda a bomba, sem hesitação:

— Estou grávida, Ryan.

As palavras, seu tom de voz. Ela falou com cuidado, como se fosse uma má notícia. Aos poucos, minha mente está funcionando, processando a informação. É uma sensação boa. De uma maneira machista, horrível, eu me sinto orgulhoso de tê-la engravidado. Vejo um pai grisalho como o meu mordendo um charuto e dando-me tapinhas nas costas pelo meu superesperma. Em outro nível, um nível puro, divino, é esmagador e surpreendente que ela tenha um bebê dentro dela. Preciso saber como ela se sente, e a única maneira é esperar.

Ela finalmente olha para mim e seu cabelo move-se de um jeito sensual quando o faz. Ela esboça um sorriso.

— Quer dizer… eu tinha *os sintomas*, então fiz um exame de sangue ontem. Diz que tem cerca de cinco semanas.

Ela diz os sintomas como se fosse uma doença, mas está sorrindo. Cinco semanas: a primeira vez em que a vi. Isso significa que fomos descuidados. Significa que é meu.

Eu a beijo e ela começa a chorar.

Tomo o cigarro da mão dela e esmago-o em um cinzeiro, então a beijo um pouco mais. Eu a deixo chorar, o que parece levar uma eternidade. Beijo sua cabeça algumas vezes e então olho em seus olhos.

— Estou feliz.

Ela sorri também, o rosto molhado, os olhos inchados. Ela lambe os lábios.

— Eu também.

Duas horas mais tarde, Kate está sentada no balcão da minha cozinha, lambendo os lábios depois da pizza que acabou de comer. Eu amo como ela está agora, usando apenas calcinhas, balançando os pés, soltando um pequeno arroto e saboreando sua Pepsi. Estou de pé, lavando a louça, enquanto conversamos.

— Tô puto que saiu da casa.

— Eu tinha que saber com certeza. Estava vomitando.

— Eu sei, entendo. Mas precisa ter cuidado.

— Então, qual é o próximo passo?

— É o mesmo cara. Eu tenho que estar na delegacia de manhã e vamos ver o que temos. Então preciso pegar todos os meus arquivos do caso Bardel e olhar tudo de novo.

— Por quê?

— Preciso descobrir quem foi essa sobrevivente. Tenho que chegar ao fundo dessa história. Tem algo estranho em tudo isso, esse caso, alguém que não quer ser encontrado. Foi o suficiente para me despedirem, o suficiente para ameaçarem você.

Kate está mordendo o lábio.

— E o que eu faço?

Dá para notar que ela odeia estar trancada aqui. Percebo que não está acostumada a fazer o que as pessoas mandam. Eu suspiro e encaro-a.

— Você tem que escrever qualquer coisa do livro da rainha para dar a Savannah. Eles precisam pensar que você desistiu do Bardel por enquanto. Consegue fazer isso?

Kate apenas balança a cabeça.

— Queria poder estar com você, que pudéssemos fazer isso juntos.

Eu me aproximo dela. Encosto minhas mãos em sua barriga e a sensação é incrível.

— Você tem coisas mais importantes para preocupar-se. Deixa eu encontrar esse cara, deixa eu resolver isso. Então, eu e você podemos nos concentrar em nós, o que me diz?

Ela assente com a cabeça novamente, e suas mãos movem-se sobre a minha.

— Estou apavorada.

— Com o quê?

— Ter um bebê.

Eu a beijo.

— Não, vai ser ótimo.

Ela sorri.

— É cedo demais, louco demais, tudo está uma loucura.

Ela está certa. E não posso admitir que também estou com medo, porque alguém está lá fora, alguém que quer nos fazer mal. A coisa é que estou com medo de não ser bom o suficiente para impedir que essa merda aconteça. Meu desejo de proteger Kate tem urgência. Não consigo me livrar dele.

NATHAN

Acompanho Ryan hoje, porque estar perto de Kate tem se tornado mais difícil. Sinto dor e tormento quando estão juntos agora. Ontem à noite, apavorei-me com o que vi; Ryan e Kate tinham sombras, como duplos de si mesmos, espectros, versões mais pálidas, que se moviam de forma diferente. Eles estavam envolvidos no chiclete fantasma e quando se afastavam um do outro, suas sombras permaneciam juntas. As cores pastel em torno da cabeça e barriga são mais visíveis agora que Kate está ciente do feto dentro dela. Eu não suporto mais olhar para eles. Mesmo quando só estavam trepando, o chiclete estava lá, aderindo a ambos.

Ela está na casa dele, dormindo, e estou aqui na delegacia, na sala de reuniões pequena com o papel na porta que diz "FORÇA-TAREFA HOMICÍDIOS MIAMI/BLESSFIELD".

Ryan está tentando concentrar-se, mas está pensando em Kate e na porra do bebê deles. Os outros – Torres, Hendersen, Woods e Gambatto – estão entrando, cafés nas mãos, e sentam-se ao redor da mesa.

— Bom dia. — Gambatto parece estar contando as horas até a aposentadoria. — Eis o que está acontecendo: é seguro deduzir que o sujeito desconhecido é responsável pelo homicídio de Jennifer Adkins na noite do décimo terceiro, e então pelo homicídio de Shana Hayes dois dias depois, a 270 km dali. Ryan, o que você tem quanto a um perfil preliminar?

Ryan leva um segundo para responder, e todos os olhos estão voltados para ele. É o único que não se preocupou em ficar bonitinho hoje. Os outros usam ternos baratos, ele está de calça *jeans* e com uma camiseta do Ozzy Osbourne, acho que para peitar as pessoas.

— Ele é branco, vem de uma família de baixa renda, provavelmente sem figura paterna, bebe, tem entre vinte e cinco e quarenta e cinco anos, talvez tenha uma parceira que é submissa a ele, tem o seu próprio veículo, provavelmente algo machão como uma caminhonete ou *van*, mas está desempregado ou trabalhando por conta própria como trabalhador manual, carpinteiro, pintor. Ele mora em Blessfield. Estudou os crimes de Bardel e achou que chamaria a atenção da mídia se copiasse a assinatura dele. Ele é sexualmente competente, passa muito tempo em casa, onde assiste ao noticiário e segue a investigação, e onde mantém material pornográfico e lembranças de suas vítimas. Acho que matou antes, há alguns anos, mas também acho que foi só uma vez. Na minha opinião, Shana foi a sua terceira vítima e ele está em escalada rápida, descobrindo-se. Ele pode matar nos próximos dias ou semanas.

Torres inclina-se na cadeira.

— Portanto, já não estamos investigando uma conexão entre a escritora Dwyer e esses assassinatos, né?

Ryan sabe que os assassinatos estão ligados, da mesma forma que eu, mas o profissional nele tem que seguir as orientações, e ele diz:

— Não, não há nada de concreto nessa parte. Por ora, temos de seguir o perfil e as vítimas.

Gambatto vira para Henderson:

— Sua vez.

Henderson brinca com a caneta.

— Não foi encontrado DNA nas vítimas. A única coisa que temos é uma pegada parcial no solo e o pelo do gato, o que indica que ele usou os mesmos sapatos para ambos os crimes. Temos algumas fibras de lã preta e só. — Ele se levanta e abre os arquivos. Cuidadosamente, pressiona uma fotografia do cadáver de Jennifer ao quadro. — Causa da morte: asfixia, mas ela já estava morrendo devido às múltiplas facadas no baço e outros órgãos. Estuprada, provavelmente mais de uma vez. Idade: vinte e quatro.

É nesse momento que a porta se abre e Bertelli, o federal que estava na casa de Ryan naquela manhã, entra e encara-o:

— Sua namorada já era, Owen.

Ryan levanta-se e os policiais observam isso com choque:

— Do que está falando? — O tom de Ryan é mais grosso do que qualquer um esperava.

— Ah, por favor! — Bertelli grita. — O computador está cheio de pornografia sádica, Ryan! Há detalhes sobre cada homicídio cometido por Nathan Bardel, artigos sobre todos os tipos bizarros de crimes em série! Ela é louca, demente, porra! Ela esperou até que estivesse dormindo e matou Jennifer! Você sabe disso!

— Ficou louco?! — Ryan berra. — Ela estava fazendo pesquisa para um livro! Isso é besteira de um bosta incompetente como você.

— Nenhum traço de sêmen nas vítimas, Ryan! Ela estuprou as duas com algum objeto, então as esfaqueou! Facas são substitutas para pintos e, na última vez que verifiquei, havia uma faca enfiada na nossa última vítima.

— Deus… — Ryan está balançando a cabeça, seu pescoço fica num tom vermelho brilhante. — Estes são crimes sexuais, Kate não se encaixa no perfil de uma *serial killer* feminina!

— Temos *e-mails* sexuais dela para a Savannah! Katherine é bissexual e louca, ela tem tesão pelo Bardel, tinha fácil acesso a Jennifer, é praticamente obcecada por assassinatos em série e tem um perfeito álibi, *você*, dormindo no sofá na noite em que estrangulou a garota!

— Isso é absurdo!

— Pode apostar. Vou levá-la para interrogatório agora, só achei que lhe contaria que você está enrolado de novo.

Ryan perde o controle. Os policiais saltam para cima enquanto ele empurra Bertelli contra a parede. Os outros imediatamente enfiam-se entre eles, tentando manter Ryan longe. Bertelli ajusta seu colarinho e está respirando fogo.

— Ela está na sua casa, certo? — Ele sorri. — Estou a caminho.

— Woods — Ryan não tira os olhos de Bertelli enquanto fala —, vá com ele. Se ele tocar em Kate, eu arranco o braço dele.

Bertelli está prestes a falar, mas Gambatto acena para Woods:

— Vá.

Estou surpreso. Kate, a assassina? Esses babacas são tão burros assim? Ou estão tão desesperados?

Ryan senta-se quando Bertelli e Woods saem da sala. Todos os olhos estão voltados para ele. Nunca o vi tão puto. Hilário!

— Isso é ridículo.

Henderson assente.

— Eu concordo.

Gambatto está pensando. Então pergunta a Ryan:

— O material no computador dela é bem ruim?

— Eu não vi. — Ele suspira. — Mas ela me contou. Estava fazendo pesquisa. Mesmo se não estivesse, ver pornô *hardcore* não faz de uma mulher uma *serial killer*. O que eles querem?

— Uma boa história para a mídia. Um bode expiatório perfeito. Uma festa para um júri. — É a resposta de Torres.

Ryan está esgotado e furioso.

Estou lá, assistindo esse desenrolar. Isso é divertido, mas meu desprezo pelo meu imitador só aumenta: quero que Ryan encontre o desgraçado.

Muito se tem especulado sobre o que constrói um assassino em série. O que posso lhe dizer, sendo um deles, é que temos sentimentos, mesmo que eles sejam quase sempre raiva, ressentimento e ódio. Não somos inerentemente *maus*, mas cometemos atrocidades porque assim nos sentimos importantes, excitados e poderosos.

Sabemos que somos fruto do nosso ambiente, e é por isso que trabalhamos tanto para nos vingarmos dele. Sim, odiamos mulheres, porque elas são, sem dúvida, o elo mais fraco na corrente, a causa de todo o mal no mundo, a razão pela qual todos nós sofremos muito. Mas eu ficaria feliz em matar homens também. Eles só não me excitam tanto porque não sou bicha. Eu mataria bichas de bom grado, se isso fosse me preencher de alguma forma. Mulheres são fáceis, merecem, algumas até querem, e por que não admitir: são deliciosas de foder. Mulheres choram, imploram e tentam negociar com você. É impressionante a rapidez com que se acalmam e se deixam ser estupradas, como se soubessem que é para isso que foram feitas, como se uma parte instintiva tomasse conta. É patético que sempre param de lutar quando chega a hora e entregam-se.

Decido que estou gostando da jornada do meu velho amigo Ryan Owen para derrubar uma péssima desculpa para um *serial killer*. Um homem sem cultura, sem qualquer tipo de educação, *finesse*, cérebro, estilo. Um homem que só é um pau, um desejo brutal de mostrar o quanto é macho e algumas informações de quem assistia *Medical Detetives* durante suas tardes preguiçosas.

Havia apenas um Nathan Bardel.

E estou morto.

RYAN

Quando a vejo, ela está se esforçando para não desmoronar. Kate está numa pequena sala de interrogatório, Bertelli sentado de frente para ela.

Tudo o que quero é matá-lo com minhas próprias mãos. Essa mulher não merece isso. Ela está assustada e envergonhada e sendo acusada de algo que nunca seria capaz de fazer.

Eu e os outros observamos do outro lado do vidro.

Ela responde de forma controlada, fria, às perguntas dele.

— O que me diz dos *e-mails* que trocou com Savannah Buchanan?

Ela suspira.

— Costumávamos trepar, agente Bertelli. Eu pensei que fosse óbvio.

— Então você admite ser bissexual?

— Não. Admito ter dormido com uma mulher na minha vida e mais homens do que você conseguiria contar.

— O ex-agente Ryan Owen é um deles?

— Sim.

— Um ótimo álibi. Você poderia tê-lo drogado facilmente durante o jantar, certo? Então você foi ao lado, brincou de Bardel com Jennifer para ir mais fundo em sua pesquisa e conhecer a sensação.

Kate esfrega seu rosto.

— Sério? — É tudo o que ela diz.

Ele abre uma pasta e coloca as fotos na frente dela. Prendo a respiração. Kate está olhando para elas, sem tocá-las. Bertelli acha que isso significa alguma coisa e sorri para o vidro. Diretamente para mim. Assassinos em série gostam de olhar para as fotos de seus crimes.

— A sra. Buchanan me disse que tinha fotos das vítimas em sua parede da sala de estar. Isso é doentio, srta. Dwyer.

— Você sinceramente acha que fico excitada ao ver essas mulheres cortadas do jeito que estão?

— Fica?

Kate morde o lábio inferior.

— Toca em mim e descobre.

Bertelli balança a cabeça.

— Dwyer, joga limpo. Por que fazer essa cena?

— Isso é uma piada de mau gosto, sabia? Você, um homem crescido, um agente federal, tentando me culpar por esses crimes.

Bertelli vira o computador dela em sua direção. Aperta PLAY e um dos vídeos baixados por Kate vem à vida. Nele, uma mulher está amarrada e sendo penetrada por dois homens.

Kate desvia o olhar.

— Como isso poderia ajudá-la a escrever um livro? Não é o tipo de coisa que você poderia simplesmente imaginar?

Ela não responde. Então, olha-o nos olhos.

— Você tem alguma prova real, física, contra mim? Qualquer coisa que me coloque na cena do crime? Qualquer motivo real? DNA, uma arma, talvez?

Bertelli balança a cabeça, irritado.

— Então me solta. Estou aqui há três horas, já lhe disse tudo sobre a minha vida. Você não me ofereceu um copo d'água, estou morrendo de fome e tenho que fazer xixi.

— É verdade? — Eu encaro Gambatto. — Ela está nessa sala há três horas?

— Sim.

— Tire ela daí — é tudo o que sou capaz de dizer.

— Deixe o Bertelli fazer isso, Ryan.

— Ela tá grávida, porra — eu digo, quase tonto, percebendo que também não comi nada hoje. Eu tenho que ficar longe, fora do prédio. Isso está se tornando mais difícil a cada minuto.

Woods me encontra lá fora quando eu acendo o meu primeiro cigarro em quinze anos.

— Eles não têm nada para acusá-la, Ryan, acalme-se.

— O que conseguiu no Facebook?

Ela busca seu bolso de trás e entrega-me um pedaço de papel de impressora dobrado. Eu olho para ele. Kate tem cinco mil amigos no Facebook. Woods circulou a imagem do número com uma caneta de feltro. Jennifer tinha apenas 322, e Shana, 504. As três mulheres têm um amigo em comum: Greg Good Guy, e em vez de uma pessoa, a foto é de uma rosa que parece uma vulva e faz os meus cabelos arrepiarem-se.

— Eu acho que é ele.

Woods assente.

— Sim. Mas como o encontramos?

KATE

Eu perco o controle assim que entro no banheiro da delegacia. Estou sentada no vaso, fazendo xixi, e começo a chorar, porque sou uma idiota que deixou aquele filho da puta do Bertelli me afetar.

É fácil imaginar ele e seus amigos assistindo aos vídeos, lendo minhas mensagens para Savannah com vozes sexy, passando por meu *e-mail* e fotografias pessoais de férias com Dale, rindo e simulando punhetas no ar. Vou enlouquecer se continuar pensando nisso. Faço o meu melhor para lavar minhas lágrimas na pia. Quando saio, um jovem com pinta de latino está sorrindo para mim.

— Srta. Dwyer, venha comigo.

Eu o sigo até uma pequena sala. Ryan está lá, levanta-se quando entro. Está em seu rosto: vergonha, preocupação, desalento. Queria poder descontar toda a minha raiva nele, mas é impossível. Eu não tenho forças. Assim que o outro cara vai embora e a porta está fechada, Ryan me abraça. Eu me entrego. Estar nos braços de Ryan é a melhor coisa que senti durante todo o dia. Talvez em toda a minha vida.

— Eu sinto muito. — Cada palavra bate no meu peito, do jeito que uma pedra, se jogada do jeito certo, pontilha a superfície de um lago.

— Quero ir para casa. — É a única coisa que consigo responder.

Enquanto ele dirige, o céu tinge-se de laranja-escuro. Estou em silêncio, profundamente consciente de que estou gestando uma criança. Eu nunca imaginei que gravidez seria assim: você está carregando um pacote precioso e não esquece disso por um segundo sequer. Você começa a se mexer de forma diferente, pensa em tudo o que toca, tudo o que cheira e ingere. É um prisioneiro desse pacote e o ama, mesmo sem saber exatamente o que é, enquanto espera que ele não a devore.

— Eu preciso lhe perguntar algumas coisas. — Ryan diz, e sei que ele odeia estar fazendo isso.

— Quero que pegue o desgraçado. Pergunte o que quiser.

Ryan olha para mim. Então volta a concentração para a estrada.

— Como é que você tem cinco mil amigos no Facebook?

— Sou escritora. — Eu encolho de ombros. — Não sou famosa, mas tenho fãs.

— Alguma ideia de quem é Greg Good Guy?

Balanço minha cabeça. Não me lembro do nome.

— Bem... — Ryan suspira. Ele para, obedecendo ao sinal vermelho. — É um perfil falso, também amigo de Jennifer e Shana.

Eu levo um momento para digerir isso.

— Assassinos em série precisam do máximo de contato possível com suas vítimas quando estão planejando e fantasiando. No passado, faziam isso com perseguição física, que é arriscada e demorada. O Facebook é uma maneira fácil de acessar fotos, ficar atualizado sobre o que estão fazendo, saber onde estão...

— Merda.

— Sim, Kate. Seu Facebook é muito pessoal?

— Não muito. Posto algumas fotos, converso com alguns amigos, não compartilho nada íntimo.

— Aposto que as outras meninas compartilhavam.

— Então ele é o cara? Greg Good Guy.

— Acho que sim. É a única conexão entre vocês três.

Eu começo a roer minhas unhas enquanto a luz fica verde e Ryan dirige. O crepúsculo está em toda parte.

— Os *nerds* do FBI conseguem encontrá-lo? — pergunto, um pouco desesperada.

— Não sei. Vou lidar com isso amanhã.

Estamos novamente em silêncio. Ryan pega a minha mão. Seu toque é reconfortante, calmante.

— Eu quero que descanse, que deixe isso comigo.

Nem tenho mais energia para isso. Quero que esse cara seja pego, mas não preciso estar lá quando isso acontecer. Pela primeira vez na minha vida, estou com medo, com aquilo que chamam de "terror".

— Vamos dormir em um Holiday Inn — ele diz agora. — Não posso continuar dirigindo entre cidades e não acho que você deva ficar sozinha na minha casa. Tudo bem para você?

Concordo.

— Sim, estou com fome pra caralho, para em algum lugar para a gente comer.

— Claro. — Ele beija minha mão. Mais uma vez aquela sensação: eu amo Ryan. Mas desvio o olhar para a janela.

— Sei como deve estar se sentindo — ele está me dizendo. — Ser julgada daquela forma por um filho da puta como ele.

— Você sabe? — A megera em mim desafia enquanto olho para as ruas de Miami.

— Sei. Fui investigado da mesma maneira, lembra?

Lembro-me do seu relatório sobre Selena Martinez.

— É diferente — a piranha mimada fala novamente. — Você é homem.

— Ela não era.

Eu engulo minhas respostas vazias.

NATHAN

É melhor estar com o assassino do que estar com Kate e Ryan. Com *isto* eu posso lidar: raiva, ódio, os tons de vermelho de suas fantasias. Já o sentimento que permeia o ar ao redor dos dois, mesmo que polvilhado com medo, me desconecta. Vou tentar explicar isso para você.

Algo me mantém enraizado a este lugar. Não tenho dúvidas, agora, de que há outros para os quais eu poderia ir. Há lugares mais escuros do que aqui, com certeza, e me senti puxado para eles quando estava na casa onde cresci, com Kate. A sensação é de doença física, de nojo, de ódio. Há lugares melhores com certeza, mas não posso identificar os momentos em que os senti me chamando. Eles não puxam, eles convidam. Mas são também locais de lágrimas, lágrimas com as quais não quero lidar.

Estar com Kate e Ryan, embora interessante, está começando a me machucar fisicamente. O chiclete pálido é quase prejudicial para mim, uma porra de *kriptonita antiassassino*. Eu não tenho forças para enfrentá-la.

Então, observo-o. Eu o conheço bem demais e o desprezo com todas as minhas forças. Ele pensa nela o tempo todo. E o que ele tem planejado é tão sombrio e doente que faz até a mim, Nathan Bardel, estremecer.

KATE

Ryan deixou nosso quarto de hotel antes de eu acordar. Agora que tomei café da manhã, sento-me diante do computador dele, com saudades do meu, e preguiçosamente escrevo besteiras por cerca de três horas.

Estou espantada com as palavras que passam pelas pontas dos meus dedos, refletidas na tela, sobre a história da rainha. Estou escrevendo lixo sob demanda, algo que prometi a mim mesma nunca fazer, e agora faço com alegria porque pode salvar a minha vida, certo? Vou enviá-lo para Savannah e depois deitar e fechar os olhos.

Eu esfrego minha barriga suavemente, de repente, apaixonada pelo bebê dentro dela. Não quero pensar demais. Quero deixar essa criança ir fazendo sentido para mim enquanto cresce no meu corpo. Temos tempo, eu e ela, para nos acertarmos.

Antes de conhecer o motivo, estou *logando* no Facebook. Eu passo por minhas postagens, escolho as que acho que ele iria gostar. Percebendo que não coloco nada no *site* há bastante tempo, encontro uma foto que Dale tirou de mim na praia. Minha pele ligeiramente queimada nos ombros enquanto ele beija minha bochecha, o oceano atrás de nós, o vento soprando no meu cabelo. Há duas mil, oitocentas e três curtidas. Foda-se, eu clico para ver a lista, e leio, leio, leio até que o encontro: Greg Good Guy.

Imagino-o clicando nas minhas fotos e salvando-as. Meu impulso é excluir minha conta do Facebook, então paro antes de clicar e não faço isso, porque talvez possa ajudar-nos. Eu faço *logoff*, esfrego as palmas das mãos e fecho o computador.

Natalie Bardel. Cara, eu quero vê-la. Quero muito vê-la. Não sei por quanto tempo vou conseguir ficar esperando algo acontecer. Eu ligo para Ryan.

— *Oi* — ele diz, parece que está dirigindo. — *Tudo bem*?

— Eu quero ver Natalie Bardel.

— *Estarei na casa dela em dez minutos, fica tranquila.*

— Eu quero estar lá.

— *Mas não acho que deva estar lá. Preciso manter a cabeça fria para chegar ao fundo disso e se estiver preocupado com você, não vai ajudar. O Bertelli está trabalhando em um caso contra você e nós dois sabemos disso. Não temos tempo. O assassino está escalando, ele vai matar de novo, e meu trabalho é não deixar que isso aconteça. Principalmente com você. Fique tranquila. Não deixe o quarto, Kate, por favor.*

Ele está certo e sei disso. Eu não posso fazer esse papel da mocinha teimosa que sai para investigar. Fere meu orgulho quando ele me diz para ficar onde estou, mas tenho que ser inteligente. A feminista na minha cabeça grita comigo. A mãe natureza diz *pense no seu bebê.* Duas vadias desgraçadas.

— Você vai me ligar assim que sair?

— *Sim. Eu prometo. Eu te amo. Tome um banho. Fique calma.*

RYAN

Eu já conversei com Natalie antes e este é o último lugar onde quero estar. O bairro é do tipo que você já viu tantas vezes que já não o incomoda. Casas pequenas, desemprego, depressão em cada esquina. Eu vejo uma pequena bandeira americana na porta de alguém. Está soprando ao vento e me dá náuseas.

Ela atende a porta, obesa, cabelo escuro, sem brilho, até a cintura, liso. Suas bochechas são rosadas e ela me olha como se me reconhecesse instantaneamente.

— Oi, sra. Bardel — eu digo debilmente. Estou aliviado por não estar de terno, feliz por essa visita não parecer oficial.

Ela franze a testa.

— É sra. Davidson, agente Owen, você sabe disso.

Na verdade, eu tinha esquecido.

— Eu sinto muito. Podemos conversar?

— Não há nada mais para conversar. Eu não vejo como você pode culpar meu irmão morto por esses assassinatos.

A luz brilha na grande cruz de ouro que está aninhada com segurança entre seus enormes seios.

— Eu, hmm... preciso de alguns minutos.

Ela considera isso, não gostando. Ouço crianças correndo dentro da casa.

— Você tem cinco — ela murmura, abrindo a porta da frente mais amplamente para mim.

Eu entro e o lugar cheira a *nuggets* de frango fritos e fraldas.

Ela não oferece café, nem pede para eu me sentar, nada. Entendo. Tive uma grande parcela de culpa na execução de seu irmão mais novo. Não que ela nutrisse qualquer amor por ele.

— Preciso saber se você esteve em contato, recentemente, com alguém novo em sua vida. Pense em prestadores de serviços, trabalhadores manuais, pessoas assim. Homem, caucasiano.

Ela pensa. Em seguida, balança a cabeça.

— Não.

Eu apenas concordo com a minha. Percebo brinquedos espalhados, montes de pratos na pia e... uma pilha de panfletos. Meus olhos fixam-se nela.

— O que você tá olhando?

Dou alguns passos e vejo que são panfletos para Mathias Rogers, para sua campanha de reeleição. Sinto que há algo de importante ali. Eu silenciosamente decido pelo método a seguir.

— Vai votar nele também?

Ela orgulhosamente toca na parte superior da pilha com a ponta dos dedos gordinhos.

— Bem, sim, agente Owen, eu quero ordem e valores no meu estado.

— Sim, Rogers parece estar fazendo um bom trabalho nisso.

— Você tá sendo sarcástico?

— Não, jamais. — Eu coloco a mão sobre o peito. — Eu só… acredito que ele está fazendo deste estado um lugar bom. Acredito em seus valores, admiro sua postura.

— Bem… — Ela cruza os braços.

Penso sobre a infância terrível dessa mulher e, embora ninguém queira ser lamentado, tenho pena dela. Seu padrasto destruiu tudo o que ela poderia ter sido. Tive acesso a fotos de Natalie quando jovem, uma garota de grande beleza e porte atlético, uma menina cuja psicologia foi adulterada tão cedo.

— Bem, isso é tudo? — ela pressiona.

— Você tem ideia de quem poderia estar imitando os crimes do seu irmão, seu método? Você assistiu ao noticiário? Alguém entrou em contato?

— Eu não vejo mais notícias, agente. Vizinhos falam, fofocam sobre as coisas horríveis que essas pessoas fazem umas com as outras, mas eu não tomo parte nisso. Faço as minhas orações, cuido dos meus filhos e não tenho ideia do motivo de alguém seguir os passos do demônio.

Eu tomo um panfleto. Ela não me impede. Estrelas, listras e Jesus.

— Obrigado pelo seu tempo e cooperação, Natalie — é tudo que consigo dizer.

Saio e tudo em que consigo pensar é Mathias. As peças que faltam no meu quebra-cabeças são fáceis de perceber.

Por que o governador estaria envolvido com a biografia de Bardel?

Minha demissão do *bureau* quando descobri que Bardel deixou uma sobrevivente. Quem é essa sobrevivente? Por que tenho a sensação de que isso não tem nada a ver com assassinatos em série?

Preciso resolver uma coisa de cada vez. Telefono para Kate e ela mudou de humor. Agora está carente. Eu prometo que estarei lá em breve.

Chamo Woods. Coloco-a no viva-voz:

— *Os técnicos traçaram o acesso ao perfil de Greg Good Guy no Facebook para a mesma biblioteca onde Bardel costumava trabalhar.*

Isso me arrepia. Blessfield. Eu esfrego os olhos. O que eu peço a faz gemer:

— Consiga imagens da biblioteca no dia do último acesso ao Facebook por Greg e a descrição de cada homem que se encaixa no perfil. Não deve ser difícil, sabemos o tempo aproximado que estava *on-line*. Rastreie pelas linhas de tempo das três mulheres. Veja o que ele gostou ou comentou no perfil de Jennifer. Consiga-me uma imagem desse cara.

— *Vai levar algum tempo.*

— Corra.

Eu desligo.

Faço amor com Kate e a espero dormir após uma descrição breve e decepcionante da minha visita à casa de Natalie. Quando ela dorme, pego o panfleto e acesso meu computador. A tela mostra a página de *e-mail* de Kate. Tento fazer *logout* antes de ler qualquer coisa, mas "Savannah" e "Dale" como *não lidas* são dois nomes que não posso ignorar. Odiando-me, abro o *e-mail* do Dale primeiro:

> *"Gata, onde você está? Isso está me preocupando.*
>
> *Eu sinto muito sua falta. Sei que este é um momento ruim, mas quero cuidar de você, Kate. Eu não posso nem imaginar como deve estar assustada por causa do que aconteceu com Jen. Eu sei que você se preocupava com essas meninas. Deixa eu te proteger. Deixa eu ser seu homem agora."*

Eu só quero socá-lo até ele virar polpa. Excluo o *e-mail*, mentindo para mim mesmo que eu sou a pessoa protegendo-a. Abro o de Savannah:

> *"Isso não está nem perto de ser bom o suficiente, e você sabe disso. Eu sei que escrever sob pressão não é o seu estilo, mas você tem um trabalho e foi paga para isso. Se está com raiva de mim, posso honestamente entender isso, apesar de achar que o ex-agente (espero que você saiba que este homem foi demitido do FBI) está te vendendo mentiras. O fato é: eu te amo e nunca pensei que a nossa amizade seria afetada a este nível. Nossa amizade de lado, porém, você precisa*

me dar mais do que isso, no que diz respeito ao livro.

Olha, eu sinto sua falta.

Sinto falta de nós duas.

Estou estressada também, o meu casamento não está indo bem. Eu quero minha amiga de volta.

Diga-me onde encontrá-la e eu vou. Eu sinto mesmo a sua falta.

Não sei mais o que dizer.

Basta ligar."

Meu dedo paira sobre o teclado, desejando eliminar esse monte de lixo, esta declaração de desejo, esta mensagem manipuladora e desesperada. Mas acho que Kate iria me odiar se fizesse isso, então a deixo.

Concentro-me no que vim fazer aqui.

E pelas próximas duas horas, leio tudo o que posso sobre o governador Mathias Rogers. Percorro artigos, vejo bandeiras americanas suficientes para durar três vidas, assisto aos seus vídeos, leio até meus olhos não conseguirem mais focar. Em algum momento, empurro o computador para o lado e adormeço no sofá.

Quando acordo, Kate está de pé, xícara de café na mão, sorrindo para mim.

— Uau... que espetáculo deprimente, agente Owen.

Sento-me e esfrego meu rosto.

— Deus, meu corpo dói inteiro.

Ela levanta um pé do chão e esfrega minha canela com ele, sobre o meu *jeans*.

— Vá tomar um banho, deitar na cama, me deixa te beijar e massagear, você vai se sentir melhor.

Eu sorrio, cansado.

— Hmm... abri um *e-mail* que sua editora lhe enviou.

Kate dá de ombros.

— Está tudo bem. Algo interessante nele?

— Ela não aceitou as merdas do livro da rainha que você enviou. E acho que quer dormir com você.

Kate considera isso. Então suspira.

— Você acha mesmo que o governador Rogers tem alguma coisa a ver com isso?

— E se não estivermos lidando com um caso de assassinatos em série, mas apenas a simulação disso?

— Isso não é o que seu instinto está te dizendo.

— Não, não é, mas é hora de questionar os meus instintos, não é?

— Eu não sei. É?

— Kate, estou sobrecarregado. Sinto que estou perto… — fecho minha mão em um punho — de alguma coisa, algum encobrimento ou teoria da conspiração ou algo assim. Mas nada se encaixa e não estou conseguindo me concentrar.

— Por causa de mim.

Eu coloco a mão em sua barriga.

— Porque eu te amo e você está sendo atacada. Porque você e eu vamos ter um bebê.

Ela se senta.

Eu vejo que tomou um banho e está usando uma das minhas camisetas. Não é café que está bebendo, e sim suco. Isso me dá uma sensação de conforto, porque ela está tomando decisões pensando em seu corpo, pensando na criança. Ou talvez estivesse apenas com vontade de suco, sei lá.

— Preciso que a gente converse. Não quero esconder nada de você. Quero me abrir. Eu sei que é um momento de merda para pedir isso, mas quero falar.

— Estou ouvindo.

Ela lambe o lábio.

— Estou confusa quando se trata do bebê. Eu sei que vou tê-lo, sei que eu não podia me forçar a fazer um *aborto*. Mas há momentos em que… não sei, não tenho certeza, sabe? Somos tão recentes. E nós estamos…

Isso vem a mim como uma maldita revelação. Uma faísca surge. Foi a palavra aborto. Eu não lhe mostro isso. Deixo que ela continue falando.

— Eu ainda preciso que você me fale a seu respeito e sobre Selena. Preciso que me diga que não vão me colocar na prisão por ter pornografia no computador. Tenho que saber que você não acha que sou fraca por causa do que aconteceu com Dale. Estou confusa e preciso de muitas garantias suas.

Olho para Kate e não a vejo. Estou no caminho certo. Não consigo me concentrar em qualquer um dos dois. Eu pisco algumas vezes.

— Você confia em mim? — é tudo que pergunto.

Ela acena com a cabeça.

— Sim, confio. Você me assusta. Mas confio em você.

— De que forma te assusto?

Ela olha para baixo.

— Sabe Inanna?

O nome é vagamente familiar. Eu me lembro:

— Deusa Sumeriana, Inanna?

— Sim. — Vejo pelo sorriso dela que está curtindo que eu saiba disso. — Inanna… — ela continua — tem uma irmã gêmea, que é como sua metade obscura. E a história de Inanna é na verdade sobre ir para o inferno e abraçar seu lado mais escuro, seu lado feio. O meu é grande. É o que se manifesta dentro de mim quando escrevo sobre Bardel, é o que me deixa molhada quando vejo pornografia violenta. É a minha autodestruição, é por isso que deixei Dale me usar por anos. Eu desprezo essa parte de mim, e por algum motivo você contribui para ela. Porque você está em comunhão com a sua. Sabe o que eu quero dizer?

Eu sei o que ela quer dizer. Está certa.

— Eu posso lidar com seu lado escuro, sabe? —Toco seu queixo.

— Ereshkigal. Esse é o nome. A irmã de Inanna.

— Bem, é disso que se trata? Me apresenta a vadia.

Ela sorri, com o queixo para baixo, olhando para mim. Tem medo de quebrar, de chorar, de deixar a situação obter o melhor dela.

— Você ainda vai me amar quando ela estiver aqui?

— Eu vou amá-la mais.

Estou sacando algo que pode resolver este caso, eu acho. Ou poderia ser um beco sem saída. De qualquer maneira, surpreendentemente, concentro-me em Kate, no que ela está tentando me mostrar, na comunhão que ela precisa comigo neste momento.

— Te assusta que as mulheres tenham o mesmo efeito físico em mim do que os homens?

Eu balanço minha cabeça.

— Absolutamente não. Eu acho que todos são *gays* em algum nível.

— Você é?

— Para ser sincero, eu me mantive deliberadamente longe de situações em que algo assim poderia se manifestar. Nunca senti algo parecido. Mas não sou arrogante o suficiente para acreditar que não poderia acontecer se eu cedesse a uma pesquisa mais profunda.

Ela considera isso. Depois, pressiona mais.

— A minha sexualidade assusta você?

— Não, não mesmo. Eu acho que é muito normal.

— Você acha que, em algum nível, eu sou louca?

— Não. Eu acho que você é um milhão de vezes mais sã do que Dale e Savannah. Kate, eu temo as pessoas que se ajustam. Sabe? Os adequados. O mundo é louco. Somos sete bilhões de pessoas construídas na mesma biologia, as mesmas necessidades básicas, somos feitos para ser uma comunidade e, ainda assim, fazemos os outros passarem fome, estupramos e assassinamos e torturamos crianças para o ego, por prazer. As pessoas que se ajustam a isso, que dormem tão bem à noite... — Eu suspiro. — Os que são bem-sucedidos em uma empresa porque conseguem seguir as regras, mesmo que essas regras sejam doentes... você e eu não somos os desajustados. Estamos em sã consciência, amor.

Ela está quase chorando quando olha para mim.

— Por que você está tentando me afastar? — pergunto.

Ela balança a cabeça.

— Tô apavorada com a gente, com a gravidez, com as ameaças.

— Bem, foda-se. Estamos nisso juntos. E vamos ter tempo para nos conhecermos melhor quando o bebê nascer.

Ela ri da minha piada.

— Estou falando sério. — Eu a beijo. — Eu te amo. Eu sou um *profiler*, eu te conheço.

Ela sorri novamente.

— Kate... pode me dar alguns minutos?

Ela concorda com a cabeça.

— Vou fazer o almoço.

— Não, para, vamos pedir algo.

Ela encolhe os ombros. Eu fico longe dela e de suas inseguranças e entro debaixo de um chuveiro de água quente para limpar a minha mente. Acho que tenho alguma coisa e não tenho certeza do que é. Está comigo agora, mesmo enquanto eu tentava acalmar a mulher a quem estou *grudado* agora, está nos meus pensamentos e não vai mais embora.

Nos próximos dois dias, visito o antigo Ryan Owen e visito Nathan Bardel. É uma decisão perigosa, deliberada e consciente. Kate observa enquanto abraço minha Ereshkigal e não se assusta com isso. Eu a amo ainda mais, se isso é possível.

NATHAN

Estou lutando para estar aqui.

Isso é fascinante para mim.

Aqui temos Ryan Owen e Kate Dwyer e esse casal improvável transformou uma suíte de hotel em um museu de Nathan Bardel.

Você, claro, se lembra da parede de Kate. Bem, injete-a com esteroides e lhe dê os colhões, o conhecimento e a experiência de vinte anos no FBI e terá uma ideia do que eles fizeram.

Os malucos estão reunindo tudo o que Ryan tinha em seu computador e em sua casa e estão juntando pedaços da minha vida e crimes nesta suíte. Eles trabalham como formigas, sem pausas para o seu sexo entediante, não param para conversar. Comem enquanto trabalham. Quase não falam.

Ela dorme, às vezes. Ele bebe café e evita descansar o máximo que consegue. Tudo é papel, de todas as cores, texturas e tamanhos, é fotografia macabra, e está me deixando num perigoso nível de euforia.

Exaustos, deitam-se na cama *king size* e escutam as entrevistas que Ryan fez comigo. Kate adora ouvir a minha voz. Sua obsessão ainda está lá. Ela fecha os olhos enquanto a escuta.

Ryan não. Ele ouve atentamente cada palavra que digo e como digo. Muitas vezes, ele franze a testa e balança a cabeça.

Eu olho para a lista deles:

Candace Wilkins
Maria Cabelli
Margaret Johnson
Martha Smithson
Joy West
Rita Franklin
Mae Lynn Delgado
Jordana Connoy
Catherine Hills
Karen Wakefield
Joan Coates
Diane Meyer

Eu sei o que está faltando e quero que eles enxerguem. Só não sei o que posso fazer para ajudá-los. Então me lembro de um tempo atrás, daqueles dias quando falei com Kate e, em algum nível, ela me entendeu. Posso fazer de novo se quiser?

É Woods que bate na porta. Ryan abre.

Ela entra na suíte e olha ao seu redor por alguns segundos, um envelope na mão. Ela faz uma varredura rápida no quarto, sem se preocupar em esconder sua surpresa, e depois olha para Ryan. Está pensando que estavam certos sobre as coisas que disseram sobre ele e sente um pouco de medo dele. O tesão dela morreu rapidinho, pelo jeito.

— Então, hmm... — Ela engole em seco.

Ryan espera, não dando a mínima para o que ela pensa sobre o Museu dos Horrores de Bardel, do qual ele é curador.

— O que você tem?

— Estes são os relatórios do laboratório e o relatório final da autópsia. — Ela lhe entrega os arquivos.

Ele abre e os lê, não muito empolgado.

— Em outras palavras, nada de concreto ainda. Nós, de fato, teremos que esperar que outra menina morra.

Ela não gosta de seu tom.

— Você fala como se isso fosse culpa nossa. É falta de provas, Ryan.

— O perfil geográfico, quem está nisso?

— Estamos trabalhando. Mas... — Ela apenas balança a cabeça. — Até agora, só temos dois assassinatos, com apenas uma evidência para conectá-los, e um perfil básico. Você sabe que não é o suficiente.

— Nada sobre a coisa do Facebook?

— Estamos assistindo às gravações da biblioteca, mas as imagens não são tão nítidas e há dezenas de homens brancos usando aqueles computadores.

— Traga tudo aqui, eu quero que Kate os veja. Talvez consiga achar alguém que conheça.

Woods está cansada e isso a deixa irritada.

— Nós ainda estamos trabalhando. Seria bom se você parasse para conversar com a equipe. Eles acham que você desertou.

— Bem... como pode ver, estou ocupado.

Ela concorda com a cabeça.

— Kate está com você?

Ryan mente, e nem mesmo sabe o porquê.

— Não.

— Onde ela está? Não conseguimos encontrá-la.

— Por que a estão procurando?

— Bertelli a quer sob vigilância. Ele foi autorizado.

— Autorizado por Moore?

Ela encolhe os ombros.

— Você conhece o *bureau* melhor do que nós.

— Bem, eu não sei onde ela está.

— Ela está grávida?

— Sim.

Woods fita-o.

— Você está envolvido demais com ela, rápido demais. Isso é muito perigoso.

— Você tem alguma prova contra ela?

— Não, nada que importe para este caso. Mas eu não acho que ela é alguém com quem você deveria estar envolvido. Eu vi o material em seu computador e li seus romances.

— E como mulher, ou como detetive, você chegou à conclusão de quê…?

Ela se cala. Então cerra os punhos, puta da vida.

— Pornografia, obsessão por Bardel, desespero por aceitação, seu comportamento e histórico escolar que indicam um possível abuso sexual, família de baixa renda, com tempo livre e oportunidade para matar… meu Deus, a única coisa que falta para completar o perfil é ter um pênis, Ryan! O perfil elaborado por você!

— Se você não tem mais nada… — ele pressiona.

Ela enfia as mãos nos bolsos e sai sem dizer uma palavra. Eu dou risada.

Kate está bebendo cerveja. Ela ainda parece não perceber que está grávida. O que foi que eu disse sobre as mulheres e como elas vão, eventualmente, foder tudo como mães? Evidência número 1 está bem na minha frente. Ela está sentada no sofá, bebendo cerveja às três da tarde, olhando para o Museu Bardel. Ryan fica em silêncio enquanto se senta ao lado dela, com os olhos em tudo, sua mente trabalhando enlouquecidamente. Eu vejo que ele está perto. Está segurando todos os pedaços e só precisa juntá-los.

— A minha primeira pergunta... — ele finalmente verbaliza — a vítima que escapou. Quando isso poderia ter acontecido?

Kate está imersa em seus pensamentos e a cerveja tem um gosto amargo em sua língua.

— No fim.

— Sim, Bardel já era experiente e estragou tudo, foi perto da época em que ele estava perdendo o controle, no final, como eu previ naqueles tempos. Sua última vítima... — Eu entendo que ele faz uma pausa de propósito, para testá-la.

Kate não pisca quando complementa, em tom melancólico:

— Diane Meyer, 28 de junho de 2012, dezoito anos. Esfaqueada *setenta e três* vezes.

— Exatamente. Ele estava surtando. Pegamos ele uma semana depois. A que fugiu deve ter sido logo antes disso. Ele não conseguiu o que queria dela. Deve ter sido bem perto.

— Se você olhar para o que a polícia tem em um intervalo de tempo de, digamos... duas semanas antes de Diane, em termos de sequestros e tentativa de estupro, talvez consiga alguma coisa.

— A menos que o fato tenha sido escondido.

— Então... o que você está pensando, Ryan?

Ele suspira.

— Estou pensando que uma pessoa poderosa foi atacada e que ela deveria estar fazendo algo de errado, dadas as circunstâncias, e é por isso que o caso nunca chamou a atenção de ninguém. Você estava cavando, eles enterraram você. Eu estava cavando, eles me foderam. E Mathias Rogers faz parte disso.

— Você sabe... — Ela se move em seu assento. — Ele está fazendo um discurso esta noite. Para a campanha de reeleição. Há algum tipo de evento para... — Ela realmente esqueceu. Fecha os olhos e o recupera: — Viúvas de veteranos, eu acho...

Os instintos de Ryan estão tão certos sobre o que realmente aconteceu. Ele só não diz isso porque não tem nenhuma prova ainda. Estou estranhamente cauteloso agora, porque vejo que ele está prestes a descobrir algo sobre mim, algo que nem eu mesmo sei.

Eu não sei quem era a mulher que fugiu dos meus braços.

E Ryan está certo, como sempre, porque eu estava de fato surtando. Posso ver isso claramente agora, e não me incomoda, sinto-me como se estivesse aprendendo algo, algo fundamental sobre a minha própria existência.

Lembro que foi como o desejo por saciedade. Eu precisava matar. Não havia mais lógica para as fantasias, não havia mais prazer na caça. Eu precisava ferir uma mulher, machucá-la até que ela ficasse irreconhecível. Tenho certeza agora de que, quando isso aconteceu, foi desencadeado por algo que vi no noticiário. Estranhamente, não tenho nenhuma ideia do que poderia ter sido. Meu ódio por elas estava no seu auge, e tudo que fiz foi pegar uma faca, a minha faca de caça, e sair. Agora que penso nisso, talvez eu quisesse ter sido pego, como Ryan sugeriu.

Lembro-me da conversa:

OWEN: Não houve planejamento em Diane. Você a avistou naquela manhã, voltando para casa depois de uma noite na casa de uma amiga.

EU: Sim, agente, isso é verdade. Não houve planejamento. Eu tinha que machucar uma puta.

OWEN: Eu acho que você queria ser pego.

EU: Por que iria querer isso?

OWEN: Para ver o seu nome no noticiário, para ser reconhecido pelo seu trabalho. Então Natalie poderia vê-lo e pensar: eu sou culpada por isso?

EU: Você sempre a traz para isso. Você tem tesão pela minha irmã, não é mesmo, agente Owen?

OWEN: (sorriso demorado). Diga, como você se sentiu depois? Quer dizer, foi mais rápido, muito mais rápido do que as outras.

EU: Sim, eu deveria ter tido mais momentos com Diane, mas não houve tempo. Eu ataquei em plena luz do dia no meu desespero e alguém poderia aparecer, alguém correndo ou algo assim.

OWEN: Se eu não tivesse achado você, em quanto tempo teria atacado de novo?

EU: Se eu, Owen? E você me chama de narcisista... você me pegou sozinho?

OWEN: Peço desculpas. Tudo o que fiz foi o perfil. A força policial, o laboratório de crime... fizeram o resto.

EU: Assim é melhor.

OWEN: Por favor, responda à pergunta.

EU: Eu teria atacado naquela noite. E na próxima, e na próxima.

OWEN: Até que fosse pego.

EU: Até que fosse pego.

OWEN: Eu trouxe o seu pedido. Foi difícil de fazer. Mas eu cumpro minhas promessas.

EU: Oh, sim, esse era o acordo. Eu falo e você o dá para mim. Estou morrendo de vontade de ouvir Mussorgsky, agente.

OWEN: Aqui está.

Naquele momento da entrevista, ele me entregou o CD com as músicas clássicas que atribuí às minhas vítimas.

Ryan está sentado no sofá com uma carranca no rosto. E agora percebo que *eu* não estava recordando aquele momento compartilhado do nosso passado: *ele* estava.

Ryan levanta-se e coça a cabeça por um momento, olhando o quarto ao seu redor, eufórico. Kate observa em alarme e expectativa.

Ele estala os dedos.

— O CD, o... — Ele estala os dedos novamente. — Porra, o CD com as músicas clássicas.

Ela está em pé, indo diretamente para sua sacola de academia. Ela gravou isso, porque é uma doida, tanto quanto nós dois. Entrega a ele, em um envelope azul.

Ryan puxa-o para fora e enfia-o no leitor de DVD do hotel. Ele se atrapalha com o controle remoto como se estivesse usando um pela primeira vez e liga a TV. Aperta alguns botões e espera.

Eu ouço a formalidade do *Minuet* de Boccherini dominar o Museu dos Horrores de Bardel. Kate dá de ombros, observando Ryan.

— Wilkins — ele diz.

— Sim, eu gravei na ordem das vítimas.

— Tá... — Ele avança rapidamente pela música, e isso me faz querer estrangulá-lo. O próximo é Debussy – *Clair de Lune*. Ele estala os dedos, bastante agressivo na minha opinião, para Kate.

— Maria Cabelli.

Ele salta para Liszt, *Liebestraum número 3*. Kate diz:

— Johnson.

Observo enquanto eles fazem isso, como se fosse um jogo. Só que Ryan não está sorrindo. Está apavorado.

Eles passam por minhas músicas preferidas de todos os tempos e cada uma delas tem um significado para mim, cada uma evoca imagens daquela cuja vida eu tomei. As músicas costumavam me encher de orgulho, me davam ereções. Agora o sentimento mudou, estou me sentindo puxar de novo, mas me concentro pra cacete em ficar onde estou porque o agente Owen está fazendo o que faz de melhor.

Ryan para na faixa onze.

— Esta é Coates — ele diz para si mesmo, em voz alta, olhando para o carpete infestado de bactérias da suíte.

— É... — diz Kate. — Mozart. Número 40.

— Ok, então temos o último... — Ele aperta PLAY.

O tema de Diane Meyer, de Romeu e Julieta, de Prokofiev, começa a tocar. É instantaneamente pesado e enche a sala com a porra da tragédia que eu amo. Kate chega mais perto, como se ela fosse a própria filha dos Capuleto.

— Meyer.

— Sim. — Ele desliga, maldito desgraçado, e olha para Kate. — Nada de Mussorgsky.

— Quem é Mussorgsky?

Vadia idiota, esperava mais dela.

— Um compositor. — Ryan suspira. — Russo, eu acho. Isto é o que ele estava falando. Cara, ele nos deu uma lista das músicas que queria que fossem gravadas no CD. Foi somente durante nossas conversas que descobri o que cada uma representava, mas eu realmente não... caramba, eu não vi, eram *treze* músicas.

— Isso não... isso confirma que havia outra vítima, mas realmente não nos ajuda — ela diz suavemente.

— Dá um Google nele, o compositor, leia tudo o que puder. Ouça-o. Vou colocar um fim nessa merda agora.

Ryan pega a carteira e deixa Kate sem um adeus.

Ela engole em seco e olha em volta. Esfrega as mãos nos *jeans*.

Eu não sei se deveria ficar com ela para ouvir Mussorgsky ou ir atrás de Ryan e ver o que ele está fazendo.

Decido ficar. Ela está sentada no sofá e abre o computador. Em segundos, está lendo sobre Mussorgsky e a primeira música que encontra é a que eu quero. É a da menina que fugiu: *Night on Bald Mountain*.

Ouça-a, cara, ouça-a agora. É uma obra-prima.

RYAN

Estou prestes a enterrar definitivamente a minha carreira, ser preso ou pior.

Não sou um "fodão", nunca fui. Eu nunca fui o detetive ousado que arrebenta a cara de um suspeito por chamar minha mãe de puta. Sempre consegui me distanciar emocionalmente, mesmo que por apenas alguns instantes, e tirar o melhor proveito de uma situação. Por isso fui contratado, tão jovem, pelo FBI: eu consigo ficar calmo. Pirei, isso é fato, com Bertelli, pelo que ele estava fazendo com Kate, mas normalmente não sou assim.

Bem, sou assim esta noite.

É um evento de gala de prestígio, do tipo com mesas redondas e pessoas elegantemente vestidas, em sua maioria brancos e com mais de quarenta anos. Carros fazem fila do lado de fora do local, principalmente limusines e esportivos, mas alguns são os SUVs e sedãs habituais. Eu caminho pela confusão, vestindo minha camiseta e *jeans* amarrotados, e os três primeiros guardas de segurança estão com tanta porra de medo de mim que simplesmente se afastam. O quarto me bloqueia na entrada.

— Senhor, eu preciso ver...

Enfio meu distintivo em seu rosto. Ele vê as três letras e dá um passo para o lado. Continuo andando e, de repente, estou no salão de baile.

Ele foi projetado para copiar cada lugar como este em cada evento deste tipo que já existiu. Eu vejo vermelho, branco e azul. Vejo músicos em um canto, organizando suas partituras e montando instrumentos dourados e reluzentes. A festa está prestes a começar e vou acabar com ela.

Vejo uma porta perto do palanque e sei que vai me levar até o homem. Ao me aproximar, o pesado segurança careca estica a mão.

— Senhor, esta é uma área restrita — ele diz, como se fosse o porteiro da Área 51 e tivesse esperado o dia todo para dizer isso. — Não pode passar.

Eu ergo o tal distintivo. Ele o inspeciona por mais tempo do que o necessário. Então, fica de lado.

Entro em um corredor pintado de bege que me leva para uma sala aberta. De lá, vejo o governador e outras seis pessoas, incluindo um guarda-costas, um jornalista, sua esposa Gail e outros puxa-sacos. Eles apenas olham para mim. O segurança leva a mão lentamente para sua arma, mas eu exibo a insígnia mágica primeiro.

— Mathias Rogers, preciso de algumas palavras.

Ele me olha com curiosidade e irritação.

— Sim, agente, do que se trata?

— Ok, então vamos fazer isso aqui. — Estou cansado demais para brigar. E eu adoraria ver a reação dele.

— Sua filha fez um aborto, não é?

Ah, sim, isso chama a sua atenção. A mandíbula de Gail cai e os outros viram o rosto para o governador, como se perguntando o que fazer.

Eu o vejo fechar a boca, e as bochechas parecem derreter, lembrando-me de que ele já está com sessenta anos. Eu continuo.

— Se os eleitores descobrissem… —Balanço a cabeça. — Isso tinha que acontecer bem na semana antes das eleições, isso tinha que acontecer em *seu* estado, com sua filha, e cara… ela engravidou, ainda por cima. Você não ia desistir de... o quê? Quarenta anos na política por causa de algo assim. Quem estava em seu caminho além de um simples agente federal? Bardel foi enterrado com veneno patrocinado pelo contribuinte em suas veias, e eu fui demitido. Kate, então, tornou-se um problema. Você ordenou que alguém a calasse ao apavorá-la.

O silêncio na sala é vibrante.

Gail afasta-se de mim, uma mão sobre a boca, e a ouço soluçar. O segredinho sujo está boiando na superfície e ele fede.

Ele perde a calma e caminha em minha direção.

— Sim, minha Sarah foi atacada por aquele maníaco e vocês, idiotas, não fizeram nada para detê-lo, não é? Ele teve que matar uma dúzia de mulheres para que você pudesse encontra-lo, seu inútil!

A confissão dispara uma reação do assistente do governador, um homem alto e magro, de talvez trinta e cinco anos, que chama o segurança com a mão e remove as outras pessoas da sala, de modo que agora somos apenas eu, Mathias e Gail.

A luz amarelada brilha em sua testa enquanto ele me olha com despeito.

— O que ela deveria ter feito, agente Owen? Sim, eu sei exatamente quem você é. Me fala, então. Parir outro monstro?

Eu não respondo.

— Você não vai estragar isso para mim — diz. — Você não tem prova alguma do que acabou de jogar na minha cara e vai retirar-se da minha presença. Não pense, por um segundo, que isso vai chegar às primeiras páginas de alguns jornaizinhos de terceira classe, tornando-o o herói que você não teve coragem de ser durante a sua carreira. Saia agora.

— Duas mulheres mortas só para assustar uma escritora?

Agora, sua expressão é de confusão. Eu sei, assim que digo isso, que essa parte não se encaixa. Tivemos dois mistérios separados para resolver e só fui inteligente o suficiente para decifrar o primeiro. Há, de fato, um assassino em série lá fora, escalando, imprevisível até para mim, e Rogers não tem nada a ver com isso.

Viro-me e afasto-me dele e, quando o faço, posso ouvir Gail soluçar.

Estou andando pelo corredor, minha mente correndo com os pensamentos de Kate e nosso filho dentro dela. Sou interrompido quando vejo *Night on Bald Mountain*.

Sarah Rogers usa um vestido de tafetá azul-claro e é escoltada para o salão por dois seguranças. Ela parece não me ver enquanto passa, sigo sua trajetória com o meu olhar e a vejo tomar o seu lugar bem de frente ao palanque, onde seu pai vai falar em breve sobre os valores cristãos e familiares e o direito à vida e a mesma besteira de sempre. Essa menina sobreviveu a Nathan Bardel, fugiu dele, e cedeu (ou foi forçada) a continuar sorrindo para que o teatro da carreira política do pai continuasse.

Aqui é onde sou atingido, na parte de trás da cabeça. É a única coisa que entendo enquanto caio nos braços de alguém.

KATE

Acordo com o som de alguém na porta.

Esfregando os olhos, percebo que estou cercada pela escuridão e Ryan ainda não está aqui. Então eu permaneço quieta, esfrego minhas costas, lembro-me de que estou grávida e tenho que pensar em parar de fumar e beber em breve. E preciso encontrar um médico. Coisas que não sinto a mínima vontade de fazer.

Abro e vejo uma mulher parada lá. Percebo que não estava consciente o suficiente para pensar antes de abrir a porta. Eu poderia estar em sério perigo neste momento. Ela me mostra um distintivo.

— Eu sou a detetive Woods, senhorita Dwyer, da polícia de Miami- Dade.

— Ah, sim, você trabalha com Ryan.

— Isso é correto. — Ela me mostra um pacote. — Há alguns CDs aqui, com imagens da biblioteca de Blessfield nos momentos em que o perfil Greg Good Guy mostrou atividade no Facebook. Owen quer que você preste atenção e veja se reconhece alguém neles.

Pego o pacote.

— Você tem alguma ideia de onde ele está?

Ela franze a testa.

— Não. Pensei que estivesse com você.

Não digo mais nada. Por um tempo, ela só fica parada lá, então dá um passo para trás, vira-se e vai embora.

Eu faço xixi e lavo minhas mãos, então vou para a pequena cozinha e faço um sanduíche. Pergunto-me se vou engordar por causa do bebê e penso sobre minha irmã e minha mãe e o fato de que sim, terei que contar a elas, que vão chover conselhos de merda e "*eu falei!*" em mim, e não estou pronta para isso. Ei, pelo menos papai vai ter orgulho que engravidei de uma figura de autoridade, com um salário do governo.

Eu dou uma mordida no sanduíche e abro o computador de Ryan. Rasgo o pacote e enfio o primeiro DVD. Há dois.

A qualidade não é tão boa. Vejo pessoas curvadas para telas de computador, a maioria delas no Facebook, algumas fazendo pesquisa. Como enquanto assisto a isso, entediada.

Meu celular toca.

Verifico-o e é Morris.

— Ei, garoto.

— *Tia Kate. O que tá pegando?*

— Muita coisa. Estou pensando em ir para Blessfield logo, sabe? Então, podemos fazer algo, podemos sair para comer o que quiser. Você recebeu seu mp3?

— *Sim, recebi. É incrível. Liguei para o seu apartamento...*

— Não estou lá. Estou num Holiday Inn bem perto. Precisa de alguma coisa?

— *Nada.*

— Como está sua mãe?

Ele leva um momento para responder. Acho estranho.

— *Ela tá bem. Por que você tá num hotel?*

— Eu estou... — Eu piso com cuidado aqui. — Eu vou te contar em breve, garoto.

— *Você tá bem?*

— Estou, sim. Você vai adorar isso: tenho um agente do FBI cuidando de mim. — Eu sorrio quando penso em Morris, quero dizer a ele que vai ganhar um primo, mas não digo.

— *Ele está aí com você? Posso falar com ele?*

— Não, não agora. Prometo que vai conhecê-lo em breve.

— *Tudo bem, Kate. Tchau.*

Quando desligo, a chamada começa a me assustar. Eu empurro minha sensação de desconforto para longe e volto para o DVD. Há um contador no canto superior direito, os segundos passam, e então os minutos. Fico sonolenta novamente e amaldiçoo este aspecto da gravidez. Pego o telefone e ligo para Ryan.

Ele não atende e isso me deixa grilada.

Louca por companhia e odiando, de repente, estar no escuro, encontro o controle remoto e ligo a televisão. No noticiário local, vejo Mathias Rogers, ao vivo, fazendo um discurso com um grande sorriso no rosto.

RYAN

Quando abro meus olhos, percebo que isso foi improvisado; estou num cômodo, uma espécie de camarim, talvez para uma noiva ou algo do tipo, porque está decorado com veludo branco e vermelho. Minhas mãos foram algemadas atrás das costas, estou em um divã e não há cadeiras na sala.

Minha cabeça dói, essa é a primeira coisa que percebo sobre a minha condição física. Meus tênis foram removidos: acho que procuraram por escutas. Meus ombros e pescoço doem, mas, além disso, estou bem.

Outro olhar em volta me mostra que um espelho cobre a parede, um vaso de vidro *carnival* contendo rosas vermelhas olha para mim de um canto. A janela está fechada, mas um homem do meu tamanho conseguiria sair por ela, se o vidro fosse quebrado da forma correta.

Então Mathias quer ter certeza de que nossa conversa não foi gravada ou está planejando me assassinar para manter seu segredo. Penso em sua filha e no que ela deve ter passado nas mãos de Bardel.

Um pensamento louco passa pela minha cabeça: *ela* fez isso, ela é a assassina. Bertelli tem razão, poderia ter sido uma mulher. Ela teve um surto psicótico, e o fato de que foi forçada a esconder seus traumas desencadeou nela uma sede por vingança...

Sim, isso seria esplêndido no noticiário e na tela do cinema, mas reconheço o absurdo da ideia quando a analiso. Sim, Sarah vai perder uma parte de sua sanidade, talvez fazendo boquetes em estranhos em bares, talvez se exilando na África para ajudar crianças famintas. O que ela *não* vai fazer é cometer assassinatos em série.

O governador não iria assassinar um agente federal, não é?

Bem, você é um *ex*-agente, ele o culpa pelo estupro e trauma do aborto da filha... sim, talvez ele vá, Ryan.

Quem vai mandar para fazer isso?

Estou decidindo se chuto o vidro da janela até quebrá-lo e tento mergulhar para fora e rezar para não quebrar o pescoço, quando a porta se abre e um homem entra.

Pela forma como me olha, sei que é o meu assassino.

Como?, você pode perguntar. Bem, ele não está tentando parecer durão, por exemplo, o que significa que ele *é* durão. Ele não está se movendo lentamente para me intimidar. Está calmo, alongou os músculos, escolheu sua arma; já fez isso antes e não dá a mínima para quem eu sou. Também sei porque ele não está dizendo nada. Ele para a dois metros e dá uma olhada ao redor – não esteve aqui antes –, enfia a mão no bolso e tira um rolo de plástico preto.

Eu observo isso, tornando-me íntimo com ele em silêncio. Meu coração dispara, todos os meus sentidos mais afiados.

Ele desenrola o plástico e começa a colocá-lo no chão, com o cuidado de manter certa distância dos meus pés.

Meu coração bombeia sangue e adrenalina por mim, e sinto-me suar na testa e nas costas, quase que instantaneamente.

O homem move-se atrás de mim e viro meu corpo para vê-lo, mas ele continua calmamente forrando o chão. Eu conseguiria me levantar, mas este não é o momento certo.

Permaneço o mais calmo que consigo. Ele fez um bom trabalho, sabendo que depois vai ter que limpar o lugar de qualquer maneira, mas apenas tentando poupar tempo e esforço. Numa investigação futura, com Luminol, pouco sangue pode ser explicado. Sangue pelo piso inteiro não.

Eu ouço uma explosão de aplausos vinda do salão onde Rogers está dando o seu discurso.

Agora tenho que agir, porque ele enfia a mão no bolso e tira duas luvas cirúrgicas que veste, mantendo seus olhos azuis em mim. Ele me lembra o ator Lance Henriksen.

Sua camisa é cor de vinho – babaca espertinho –, as calças são pretas. Ninguém vai perceber meu sangue nele quando ele sair daqui. Luvas cirúrgicas prontas, ele me olha, sabendo que vou lutar, avaliando qual será o meu primeiro movimento e, por consequência, qual será o seu.

Ele suspira, pronto para mim.

Acho que ele não sabe que tive treinamento.

Sim, isso foi há muito tempo e ele não está lutando com o Ryan Owen de vinte anos que corria todas as manhãs e nadava todas as noites. Acho que vou descobrir em breve se parte daquele Ryan ainda existe.

Ele enfia a mão para trás, para dentro de suas calças. É uma faca. É uma faca puta-que-pariu-do-caralho de caça que faria Rambo mijar nas calças.

Não posso demonstrar o medo que agarra na minha garganta quando a vejo.

Ele a segura com firmeza e olha para mim por um tempo.

Tudo bem, vamos ver se estou pronto para isso.

Ele arremete para a frente. Eu noto a maneira como move o ombro direito para trás para ganhar força e enfiar a maldita faca no meu estômago em um gancho para cima. Levantando-me no mesmo instante, afasto-me dele e o faço perder o equilíbrio por um breve segundo ao tombar para a frente, mas não o suficiente para cair.

Separo os meus pés, dobro os joelhos e movo meu torso da esquerda para a direita, de maneira lenta, mantendo meus olhos nos dele. Cara, quero minhas mãos e meus braços. As algemas lembram constantemente que meus pulsos doloridos ainda estão lá.

Outro ataque e dou tudo o que tenho, indo em direção a ele, um pé empurrando contra a parede para me dar impulso. Nós dois vamos ao chão. A faca solta-se, escuto-a tilintar em algum lugar, o som entorpecido pelo plástico. Antes que ele possa avaliar a situação, e antes que eu sinta todas as dores que deveria, dou-lhe uma joelhada nos rins.

Ele me olha e emite um grunhido. Nossa luta é silenciosa.

Quando ele levanta, eu passo uma rasteira e ele cai no divã. Essa é a minha chance: consigo ajoelhar, mas instantaneamente sinto o cotovelo dele no meu rosto. É uma centelha de luz e dor. Caio para trás, sentindo meu rosto explodir em pedaços. Tenho que reagir, mas meus próximos movimentos são lentos. Ele agarra a faca. Estou no chão.

Levanto as minhas pernas para tentar bloquear seu ataque. Ele vem até mim, avaliando, e é rápido. Quando percebo, enfiou a faca na minha panturrilha, e ela brilha com sangue em sua mão. Sinto o ferimento queimar, como um aguilhão enviando raios por todo meu corpo. Ouço meu próprio gemido de dor e estou tão puto que impulsiono meu quadril e dou-lhe um pontapé sem estratégia, só raiva. É o suficiente para afastá-lo pelo segundo que leva para eu ficar em pé, estremecer com a queimação fria do corte e preparar-me para o a dor que meu próximo movimento causará.

Ele vem para a frente, mais lento desta vez, sentindo seu rim, e consigo atingir seu nariz com a minha cabeça, com todas as minhas forças. É o suficiente.

Com ele sangrando, o nariz quebrado, dando alguns passos para trás, consigo fazer o resto: finco meu calcanhar no seu pé, sentindo quase tanta dor quanto ele, uso o movimento de sua inclinação para a frente para levantar minha cabeça contra seu queixo e, com o meu corpo, pressiono seu braço contra a parede, fazendo-o perder o controle da faca.

Desta vez, porém, mergulho atrás dela, deslizando no chão como se esperasse que um juiz de beisebol gritasse "*safe*!", e arranho, desesperadamente, o linóleo em sua procura, sentindo-me cego com as mãos algemadas. *Quase lá, a faca é quase minha.*

O mundo fica preto.

Sinto o cheiro do plástico e perco o ar em torno de mim, rápido demais.

Ele não precisa de nada, apenas manter o plástico no meu rosto por mais alguns minutos, até que eu apague pra valer.

Mas meus dedos frenéticos tocam metal e seguro o cabo da faca enquanto fecho meus olhos na escuridão e cerro os dentes. A única coisa que consigo fazer é enfiá-la no seu pé.

O ar encontra seu caminho para minhas narinas e sacudo o plástico de mim como se fosse um inseto. O cara está no chão, segurando o pé com ambas as mãos. A faca é minha e luto para me levantar, ofegante.

Eu preciso matá-lo?

Sim, preciso.

É um movimento desajeitado. Eu seguro o cabo com as duas mãos suadas nas minhas costas, as algemas cavando minha pele, e caio para trás em seu torso, sentado, meu peso quebrando algumas costelas enquanto a lâmina perfura seu peito. Salto novamente, grunhindo, enfurecido, e depois me jogo para a frente no linóleo frio e tento respirar.

Eu não posso esperar sair daqui pela porta da frente.

Tenho que ir.

Nada de descanso, velho. Levante.

Isso é mais difícil do que eu esperava. Minha panturrilha arde e lateja agora, minhas meias sangrentas e escorregadias. Eu não solto a faca, o agente em mim já pensando no DNA que contém. Meus passos são pesados quando me aproximo da janela. Eu temo o vidro, mas não há outra maneira de abri-lo.

Então, dou um passo para trás e posiciono-me para chutá-lo. Descubro que é mais difícil do que eu previa. Minha perna não está me deixando usar a força suficiente. Eu digo em voz alta:

— Foda-se, vou foder a vida desse cara! — E saio do cômodo pela porta da frente.

O grande salão está escuro com luzes focadas, música clássica (Bardel está sorrindo no inferno, tenho certeza), cerca de três centenas de pessoas. Eu ouço John Philip Sousa enquanto passo pelo limiar.

Eles estão jantando. Homens de terno estão de pé e cumprimentando-se. A banda está entusiasmada. Eu tenho apenas uma oportunidade de fazer isso. Tão rápido quanto a minha lesão permite, subo os degraus para a plataforma. Já sinto olhos em mim e alguns *flashes* piscam. Consigo chegar ao púlpito; tenho segundos antes que os homens que estão correndo em direção a mim me agarrem.

— Mathias Rogers tentou me matar! — eu grito, escolhendo as palavras por sua simplicidade e impacto. A banda não para de tocar, mas tenho a atenção e o silêncio dos convidados agora. — Sou um agente do FBI e descobri que a filha deste homem foi víti...

Caralho, eles estão em forma.

Meu corpo atinge o chão, que é forrado com um carpete cinza que fede a carpete cinza.

Flashes no meu rosto.

Vejo Mathias ali, a cerca de cinco metros de distância, horrorizado. Não tenho tempo para registrar as expressões de Gail e Sarah e decido continuar gritando:

— Ele acobertou o aborto dela para ser eleito! Sua própria filha!

Sinto uma mão, suada e grande, cobrir minha boca e mordo-a a ponto de sentir gosto de sangue.

Os policiais estão correndo em direção a mim com as mãos nas armas. Antes eles do que os capangas do governador. À medida que a faca é arrancada de mim, fecho meus olhos e deixo a merda toda começar.

KATE

É a sensação, num primeiro momento, de que ar foi soprado em meu peito. Parece que está exposto e frio e expandido. Acho que vou vomitar. É terror. Minha mandíbula dói. Minha boca fica seca.

É *ele*.

Vejo-o sentar-se ao computador da biblioteca de Blessfield e acessar o Google Maps. Ele toma notas. Em seguida, acessa o que parece ser, pelo que posso ver, o *site* oficial do FBI. Ele surfa por mais vinte minutos, uma de suas pernas dançando nervosamente debaixo da mesa. Então ele acessa o Facebook. Eu não posso vê-lo bem o suficiente do ângulo da câmera, mas não preciso de mais nada, não é?

Preciso sair daqui.

Tento o telefone de Ryan, que chama, mas ele não atende. Aguardo o correio de voz.

— Ryan, eu sei quem é — falo, tentando não soar como uma idiota apavorada. — Por favor, atende, preciso falar com você. Esquece o Rogers. Me liga!

Fecho meus olhos e pressiono o telefone na minha testa.

Kate, mexa-se.

Levanto-me e lembro que meu carro está na garagem de Ryan. Acho dinheiro na minha carteira para um táxi, calço o primeiro par de tênis que encontro e saio do chalé do hotel.

Lá fora é noite; a rua, as placas néon para cafeterias e drogarias. O cheiro de chuva.

Sou grata pelo vento no meu rosto e por estar em público, e começo a andar, abraçando-me, pensando sobre o que vi. Uma *van* cor de vinho encosta e a princípio penso que é Ryan. Quando reconheço o veículo, a porta já está deslizando para o lado.

Ele vem até mim rápido demais.

Sou jogada na *van*, sinto o cheiro do assento, e então um golpe forte no rosto. Minha boca enche-se com meu próprio sangue. Ouço a porta fechar e vozes que conheço bem:

— Anda, vamos lá.

A outra pessoa obedece, deslocando seu peso dentro do carro.

Disparamos na noite.

NATHAN

Eu quero, mas não posso ficar com Ryan por muito tempo.

Ele é empurrado para dentro de um veículo da polícia, enquanto luzes piscam por toda parte. Jornalistas estão aglomerados em torno do governador Mathias Rogers, e ele se recusa a falar. A festa definitivamente acabou.

Mas eu sei o que está acontecendo com Kate.

Ele a tem agora e o que sinto é MEDO. Por que eu temo por ela? Por que não quero que ela sofra?

Desejo estar com ela e, no próximo instante, estou na *van*. Ela está consciente, seu rosto dói onde foi socada, e agora o outro move-se para o banco onde ela está. Ela vê o plástico "enforca-gato" em suas mãos.

Ela balança a cabeça, com os olhos molhados.

— Por favor, não coloca isso em mim, eu faço o que você quiser, eu juro. — Então, ela começa a soluçar. — Por que tá fazendo isso comigo?

Ele se sente triste por ela, com pena. E demonstra isso através de seus olhos. Mas seus movimentos são determinados quando se aproxima.

A cadela reage e eu a amo por isso. Ela o arranha freneticamente quando ele se aproxima e ele é forçado a lutar contra ela.

— Acalma essa vagabunda! — o assassino grita do banco da frente enquanto dirige.

O mais jovem obedece e dá um soco seco no rosto dela.

Ela perde o controle por alguns segundos e é o suficiente para ele apertar as mãos com tanta força com a presilha que ela grita.

— Fica aí — ele manda e implora ao mesmo tempo. — Não quero te machucar mais, Kate.

Ela não faz nada agora além de chorar contra o assento.

Na delegacia, Ryan ainda está algemado e à espera de seus amigos.

Está sentado em um escritório bagunçado, com o pé apoiado numa cadeira enquanto uma enfermeira limpa o ferimento. Parece que alguém abriu uma xoxota em sua panturrilha.

O que posso fazer para avisá-lo?

Um oficial que ele não conhece está em um canto, com as mãos entrelaçadas na frente da virilha. Ele vigia Ryan, Ryan encara-o, os dois estão se matando através de olhares.

A pessoa que entra é o nosso velho amigo Gambatto. Ele acena para o oficial, que sai, e então puxa uma cadeira.

— O que, em nome do inferno, você fez agora?

Ryan suspira, construindo paciência para contar a história.

— Descobri que Bardel perdeu o controle sobre uma vítima alguns dias antes de atacar Diane Meyer. A menina está viva e bem, e ela é Sarah Rogers, filha de Mathias Rogers.

Gambatto está surpreso demais para responder.

Ryan engole. De repente, faz uma careta quando a enfermeira cobre o corte com uma atadura. Ela dá a Gambatto uma olhada.

— Ele precisa de sutura, não posso fazer isso aqui. Leve-o para um hospital.

— Calma, querida — Gambatto estende a mão para ela. — Ryan, o que isso tem a ver com os assassinatos?

— Eu não sei. Talvez nada. Mas essa é a razão pela qual Kate foi ameaçada e eu fui demitido, cara. A filha dele foi estuprada, engravidou durante o ataque e fez um aborto. Você sabe a opinião de Rogers sobre o assunto e a opinião dos seus eleitores e o que isso custaria a ele. O homem enterrou toda a história do ataque a filha, como se simplesmente não houvesse acontecido.

— Você acha que as duas vítimas têm algo a ver com isso?

— Não… eu… — Ryan queria ter resolvido o caso. Ele sabe que não conseguiu e sente-se um fracasso. — Kate está verificando a filmagem da biblioteca, ainda continuo atrás do assassino. Mas esse cara, Gambatto, tem que se dar mal. Ele tentou me matar uma hora atrás, olha para mim!

— Ryan, você deixou um cadáver lá.

— Sim, tenho o sangue dele na minha camisa, puxa o DNA no banco de dados.

— Como a briga aconteceu?

Ryan olha para a mão de Gambatto e vê um gravador. Ele lambe os lábios, sabendo que esta é a sua declaração oficial, porque ainda está encrencado.

— Confrontei Mathias e, quando estava saindo do local, por um corredor paralelo ao salão, me distraí ao ver Sarah. Estava pensando em como poderia conseguir que falasse comigo quando fui atacado por trás. Acordei com as mãos algemadas atrás das costas, em uma sala, sozinho, ainda no recinto. O cara entrou no cômodo e fechou a porta, preparou o chão com plástico e veio até mim com uma faca. Nós lutamos, eu me defendi.

Gambatto pousa o gravador suavemente sobre a mesa e olha para o chão por um tempo.

— Você vai acusar o governador de tentativa de assassinato de um agente federal aposentado?

— E obstrução de justiça, sim.

— Ryan...

— Onde está meu celular?

— Eu não faço ideia.

Ele balança a cabeça.

— Liga para o hotel, liga para o telefone celular, encontra a Kate e traga-a aqui, eu não posso protegê-la onde estou. E tira essas algemas de mim.

— Me dá um momento. — Gambatto sai.

Quando ele retorna, Ryan está cochilando.

A enfermeira está puta.

— É preciso levá-lo a um hospital, senhor.

Gambatto faz o mesmo gesto, aquele que diz *fica tranquila, querida*, e vai atrás de Ryan para tirar as algemas dele. Ryan abre os olhos e geme de alívio quando traz as mãos para a frente e verifica os danos causados à sua pele.

— Não conseguimos contato com Katherine.

Ele se perde nos olhos claros de Gambatto enquanto luta contra as possibilidades que a frase evoca.

— Enviei unidades até seu apartamento, sua casa e o hotel onde estão hospedados, devemos ter novidades em breve.

Ryan olha para a enfermeira.

— Você pode me consertar temporariamente?

— O que quer dizer com isso? Você precisa de limpeza e de sutura...

— Só tapa o buraco para eu não morrer por perda de sangue.

Ela aperta a mandíbula e começa a preparar um curativo.

Gambatto fala, com uma careta:

— Não posso deixar você ir, sinto muito.

— Tá brincando comigo.

— Ryan, você sabe como funciona.

Ryan fecha os olhos.

— Manda um de nós verificar o quarto de hotel por algum sinal de luta, qualquer bilhete que ela poderia ter deixado para mim. E tenta rastrear o celular.

— Faremos isso.

PARTE DOIS

NAS MÃOS DO ASSASSINO

GREG GOOD GUY

Enquanto dirijo, as rodas deslizando no asfalto, o rádio ligado baixo na minha estação de rádio preferida, mal consigo controlar minha emoção. A puta é toda minha para fazer o que eu quiser. O garoto está cooperando, o agente que come ela não está por perto e eu sou a porra de um gênio.

Foi ridiculamente fácil.

O moleque está brincando com os botões do rádio.

— Que porra tá fazendo, deixa.

— Acho que a gente devia encontrar uma música para ela.

— Encontrar o quê?

— Uma música. É o que Nathan Bardel fazia — ele diz.

Não vejo arrogância ou enfrentamento nele, só aquela merda de parecer perdido dentro dele mesmo. Doentezinho.

Eu dirijo, olhando quando ele encontra uma daquelas estações de rádio de música clássica que ninguém escuta. É uma porcaria, me deixa puto, mas o garoto tá sorrindo.

—Gosto desta para Kate, não gosta?

— Isso é uma porcaria, Morris. É música de menininha, coisa de viadinho. Muda.

— Não, é perfeita para ela. — Ele fecha os olhos e descansa a cabeça no assento.

— Você é tão esperto, não é? — Esse filho da puta, um garoto que nem tem barba ainda, agindo como se fosse melhor que eu.

— É Pachelbel, *Canon em D maior*... — ele diz.

— Desde quando...

— Venho estudando Bardel, você sabe disso.

Eu olho para trás. A cadela está fora, apagada. Quero tocar nela, ainda não posso.

Vemos a placa que estou esperando. BLESSFIELD. Desligo a música, ela é irritante pra cacete. Morris me encara, mas o merdinha não tem coragem de me peitar.

Tudo o que consigo pensar é em foder ela, machucar, ouvir ela chorar, implorar. Preciso mantê-la viva o máximo que conseguir. Tenho que me manter no controle para que não acabe com ela rápido demais. Já fantasiei demais com isso para acabar rápido.

MOLEQUE

Kate está no banco de trás. Acho bom que ela esteja dormindo agora. Será mais fácil de controlar quando estiver amarrada. Não estou bravo porque ela me arranhou, entendo que está com medo.

Roman está dirigindo e estou muito bravo por ele não me deixar ouvir a música que eu queria. Mas não acho que este é um bom momento para discutir, sabe? Ele é mais fácil de lidar quando não está com raiva. Então, fico tranquilo, pensando sobre como as coisas vão ser quando chegarmos com Kate em casa.

Sei que minha mãe está lá, e sei que ela deve estar com medo, assim como minha tia. Fico com raiva que minha mãe esteja olhando para mim daquele jeito. Fico chateado que ela ainda não entende que isso tudo foi culpa dela.

Mas fico excitado de saber que vou poder ver tudo acontecer, o sexo, as coisas que ele vai fazer. E animado com a liberdade. Quando elas estiverem mortas e Roman se livrar dos corpos, como ele explicou, vai ser só ele e eu, na estrada aberta. Ele vai conseguir tudo que precisamos. Eu vou aprender. E daqui a quatro anos, posso me livrar dele. Vou poder dirigir, poder ir aonde quiser e vou ter prática o suficiente para fazer essas coisas do meu jeito. Só tenho que ser paciente e inteligente e deixar ele comandar por enquanto.

KATHERINE

Abro os olhos, imediatamente consciente de que fui sequestrada, consciente de que não consegui identificar a maldade nos olhos de Roman, a extensão dela, do que ele é capaz. E não era óbvio? Estava tudo lá, a tempestade perfeita: as calças camufladas, o tesão por armas e facas, a misoginia, o QI baixo, a percepção que tinha de suas próprias deficiências, de sua posição como "perdedor" nesta sociedade, a violência que mostrava nas palavras e fisicamente contra a minha irmã, tudo, tudo.

Eu li o perfil e mesmo assim não vi: homem, branco, trabalhador manual, entre 25 e 45 anos. Ele estava bem na minha frente o tempo todo. E quando o vi nas filmagens, nem foi surpresa que senti. Foi ódio por não ter percebido antes.

Mas por que Morris? Deus, como, como isso pôde acontecer? Sim, sei que ele é um menino sem nenhuma boa figura paterna, num bairro pobre, com uma mãe emocionalmente distante. Mas eu segurei esse bebê em meus braços, brinquei com ele quando era pequeno! Morris *gosta* de mim. Como isso foi acontecer?

Estou amarrada à cama. Não levo muito tempo para entrar em pânico, porque este é o quarto da minha irmã, estou na sua cama. Não posso estar nas mãos deste homem, porque tenho um bebê vivendo em mim. Eu fecho meus olhos e sussurros saem dos meus lábios contra a minha vontade.

— Por favor, me salve. — Eu não sei se estou falando com Deus ou Ryan.

Minhas pernas estão amarradas aos postes da cama com cordas grossas que parecem nunca ter sido utilizadas. *Ele as comprou para mim*. Eu o vejo agora, na porta.

— Ela tá acordada, garoto! — ele grita e depois ri. — Oi, Kate.

Eu não sei o que fazer, exceto olhar para ele através das minhas lágrimas.

Ele se aproxima e senta-se na cama. Isso não é um filme. Eu compreendo imediatamente. Ele não vai ficar dialogando sobre o porquê de eu estar aqui, sobre por que ele é quem ele é, sobre o que vai fazer comigo, para que, no último momento, o momento no qual você está se agarrando à borda do seu sofá, Ryan apareça e mate-o.

Não, eu vejo imediatamente que essa é a coisa real, que já aconteceu milhões de vezes com muitas garotas. Ele coloca as mãos nos meus seios como se não conseguisse controlar-se.

— Bem-vinda ao lar. — Ele coloca seus lábios nos meus e tento mexer minha cabeça, mas ele me segura pelo queixo e enfia a língua na minha boca.

Chorando, sacudo-o para longe, e ele estuda meu rosto. O bafo tem cheiro de cerveja, seu cheiro ácido, pungente. O rosto não foi barbeado. Grandes olhos castanhos olham para os meus. — Você é *minha* agora, puta. Ninguém vai encontrar a gente. Você é minha.

Minha mente procura instruções sobre como devo agir. Não há manual sobre como lidar com assassinos em série por uma razão simples: nada vai fazê-los mudar de ideia. Ele tem essa fantasia há anos, se eu for junto, estou morta, se resistir, estou morta. Não há maneira de escapar. Sou um objeto projetado para uma finalidade, pela sua fantasia, e não há absolutamente nada que eu possa fazer. Sentirei uma dor inimaginável e sofrerei antes de morrer.

Então, eu tento ganhar tempo.

— Onde está Manda?

A questão aborrece-o. Ele estava esperando que eu começasse a implorar.

— Por que você finge ser tão preocupada com sua irmã, Katherine, se nós dois sabemos que você despreza ela?

Balanço minha cabeça.

— Eu não desprezo. Amanda e eu nunca conseguimos ser amigas, mas ela é minha irmã e a amo e me preocupo com ela. Roman, o que você fez?

— Você vai começar a me chamar de Mestre, a partir de agora.

Concordo com a cabeça.

— Sim, Mestre.

— Sua irmã vai ter o dela. Eu queria que este fosse o melhor que eu já tive, e com irmãs… sabe o que eu quero dizer? — Ele sorri. — Nós vamos matar vocês duas juntas.

Sinto uma súbita onda de alívio que Amanda está viva. É um balde de puro medo na minha cabeça saber que ele tem *planos* para nós.

— Por que Morris, como arrastou uma criança para isso?

— Arrastou?! — ele bufa. — O moleque é doente até a alma, sua puta idiota! Deixa eu te falar sobre Morris… — Ele repousa o cotovelo no joelho e gesticula com a mão. — Ele é um bostinha quieto, sempre foi, e a gente nunca se deu bem e você sabe disso, sempre viu. Ano passado, o filho da puta começa a agir sinistro e tal. Um dia, tua irmã encontra pornô no quarto dele. Coisa boa, de qualidade, sadomasoquismo e *bondage*, esse tipo de merda. Eu fico de olho nele. Um dia, alugo uns vídeos e ele fica, sabe? Eu já sabia que ele é um doente do caralho porque ele nem fala muito e é estranho desde criança. O mundo dele era *skate*, livros e esses vídeos. Sua irmã costumava dizer que Morris era igualzinho a você, Kate. Ela dizia: *esse garoto é como a droga da minha irmã, com esses livros*. Bem, sei lá. Sempre achei que o Morris era algum tipo de bicha, e Manda e eu ficamos aliviados quando encontramos a pornografia, juro por Deus. Então, um dia eu estou puto da vida e sua irmã estava sendo a vadia de sempre e decidi fazer alguma merda. Levei o moleque pra floresta e dei um pouco de cerveja pra ele. Ele ficou desconfiado, já que a gente nunca se deu bem. — Ele sorri para mim e move a mão do meu seio esquerdo ao direito, apertando, medindo. Lambe os lábios. — Então eu contei sobre a minha primeira, a única cadela que eu tinha matado. Estava testando o garoto. Pensei que se ele reagisse de uma maneira ruim, eu ia ter uma desculpa pra matar ele, e um problema a menos na minha vida. Mas Katherine... — Ele se inclina mais para perto. — Ele se abriu. Ele gostou da minha história. Queria mais detalhes. Contei tudo. E foi quando a gente se entendeu.

Estou horrorizada com isso, lutando contra a verdade que vejo nisso, lutando contra o que significa.

— Depois disso, a gente era parceiro aqui em casa. Comprei bebida, cigarro e pornografia pra ele, e até ensinei a dirigir um pouco. Toda vez que Manda começava com as merdas dela, a gente trocava um olhar, sabe? Ele sacou, ele me *entendeu*, nem piscava quando eu tinha que dar uns tapas nela de vez em quando. Então, um dia eu faço um favor pro moleque, porque sei que ele é jovem e curioso pra caralho.

Estou me perguntando se isso é um pesadelo, se posso acordar na suíte do hotel Holiday Inn e ver Ryan lá e falar com ele, e é incrível como perco as esperanças rápido. A situação está afundando dentro de mim, como vinho em um tapete, centímetro por centímetro. Ela é escura e está me dizendo que serei mais uma vítima. Está me dizendo que serei uma das fotos na delegacia. Estarei no banco de dados, e pálida e rígida numa maca de metal enquanto evidências são coletadas da minha pele. Serei um pedaço de carne podre no subsolo em questão de dias, o meu filho dentro de mim. Mais uma foto preta e branca num documentário. Mais uma vítima.

Roman fala:

— Deixei a luz acesa e a porta aberta e eu comi tua irmã, do jeito que ela gostava, puxando o cabelo e tal, e eu deixei o moleque assistir tudo, e quando perguntei pra ele no dia seguinte *tá aprendendo alguma coisa*?", ele sorri e diz: "*sim, Roman, estou.*" — Ele ri. — Não é um filho da puta doente, fala aí?

Não consigo evitar minhas lágrimas.

— Ah, Kate, não chora. Você não é a fodona, durona, "eu moro sozinha" e "eu não preciso de nenhum homem para cuidar de mim" e "eu sou a favor do direito de escolha" e "eu escrevo" e "sou superior" e "eu ganho dinheiro"? Cadê a atitude agora, machona?

— Não, Mestre — eu digo, em voz baixa. — Sou fraca. Você é mais forte do que eu. Só não entendo por que você vai machucar minha irmã. Ela é sua esposa e te ama.

— Puta merda, você é uma retardada mesmo. Manda não me *ama*, sua puta. Manda ama qualquer macho que vai colocar ela no lugar dela. E Manda não te ama tanto assim não, Katherine. Ela fala mal de você todo dia. Então, para com o drama.

Essas palavras doem.

— Morris, vamo!

Morris está entrando no quarto neste momento. Cara, ele parece pequeno. Sua franja comprida entra nos olhos e ele parece um menino, a camiseta grande demais para ele, *jeans* folgados. Mas em seus olhos eu vejo a falta de compaixão. E ela sempre esteve lá e nunca entendi o que era. Eu rotulei tudo errado: confusão e falta de amor e timidez. Era, na verdade, o fator assassino em série, chame-o do que quiser, seja "neocórtex pré-frontal danificado", seja Holden Caulfield, seja "fator S.K.", o diabo interno, seja *monstro*. Há algo neles que é como um abismo, e está em seus olhos, nos olhos do meu sobrinho quando ele olha para mim.

— Vamos comer, então, tocar esse *show*, ok? — Roman diz para Morris.

Morris olha para mim, para as minhas lágrimas, como se fossem fruto de uma experiência curiosa no laboratório da escola.

— A comida tá pronta.

— Ei. — Roman tem olhos de besouro enquanto me estuda. — Eu vou começar com a Katherine aqui, vai pra cozinha e me espera, já tô indo.

Mas Morris não se move.

— Posso ver?

As palavras agarram-me. Fecho meus olhos e, por um segundo, não tenho medo de admitir que rezo para o mundo acabar, para morrer rápido, para o tempo parar ou para acordar, porque algumas realidades são simplesmente demais para vivenciar. Estou tremendo tanto que parece uma pequena convulsão.

Roman sorri.

— Sim, você pode olhar, moleque.

Roman desata a corda que prende meu pé direito ao poste da cama. Ele abre minha calça e começa a puxá-la para baixo enquanto viro meu rosto para longe de Morris, que fica em um canto e vê isso, quase sem se mexer.

Roman puxa o *jeans* pelo meu pé direito, e mesmo que eu tente chutá-lo para longe de mim, em um estado de choro e soluços, ele é muito mais forte. Ele me agarra pelo tornozelo e segura a minha perna para baixo, enquanto atrapalha-se com os próprios *jeans* com a mão esquerda. Começo a divagar, porque estou desesperada:

— Por favor, não, por favor, não, Roman, por favor, por favor não faz isso... — Mas é como se as palavras fossem numa língua estrangeira e sou ignorada.

Ele puxa a calça *jeans* para baixo para revelar um pênis ereto de tamanho médio e cheio de veias, a ponta já molhada, menos de um segundo antes de empurrá-lo dentro de mim. Arde, e lágrimas deslizam no meu rosto. A dor me faz morder o lábio e soltar um gemido de sofrimento. Quero cobrir o rosto com as mãos.

Roman solta grunhidos de satisfação e alguns risinhos e começa a bombear. Em um movimento rápido, rasga minha camisa e afasta meu sutiã, a boca quente sobre meu peito. Olho para Morris porque preciso de sua ajuda. Ele precisa me ajudar! Seus olhos encontram os meus, mas não há sentimento neles, só curiosidade.

Meu choro fica mais alto, impossível de controlar, e percebo que estou gemendo *por favor não, não, por favor, não, não, não,* mas sei que as palavras não vão adiantar. Roman me cobre, seu peso esmagado minhas costelas, sua respiração no meu pescoço, na minha orelha, sinto suas coxas nas minhas e a invasão, que não é apenas de uma pequena parte do meu corpo, mas de todo ele, de forma que não consigo descrever.

Um grito atravessa este momento, este momento que eu desejo que não seja real, um grito que diz:

— *KATE!*

Ah, isso me faz entrar em desespero. É a minha irmã.

Roman para de bombear apenas o suficiente para olhar para Morris:

— Volta lá e cala a boca daquela puta da sua mãe!

Ele é tão pesado que é difícil respirar, seu membro grosso me abrindo, me mostrando que é meu dono, me infectando com seu ódio. Morris sai e ouço minha irmã gritar:

— *Kate!*

Mais uma vez. Coloco minha cabeça para trás, vejo minhas mãos amarradas aos postes da cama, grito, porque preciso:

— Amanda! — E meu peito treme, porque ele está gemendo bem alto e ela vai conseguir ouvir. Ele finalmente para.

O único som na casa agora é do meu pranto impotente contra o tecido da minha camisa, no meu braço.

Quando Roman puxa-se para fora, sinto seus fluidos derramarem de mim. Eu não me atrevo a abrir os olhos e vê-lo. Não posso olhar para ele.

Ele está recuperando o fôlego, levantando-se, fazendo as molas da cama chiarem.

Ele sai do quarto.

Quero que ele me mate.

NATHAN

Eu vejo Kate.

Ela me vê.

Está amarrada à cama de sua irmã e esta é a sua segunda noite aqui. Ela finalmente me vê.

Katherine Dwyer mal está viva e, no estado em que se encontra, pode me ver.

Ela entra e sai de consciência. Não beber e não comer fizeram-na cair no sono frequentemente. Às vezes, quando acorda, percebe que Roman está em cima dela outra vez, mas não emite um som sequer. Fecha os olhos e descansa a cabeça contra o braço e fica imóvel, até que ele goze, com gemidos desesperados e frenéticos, para então sair dela, ir para a sala tomar cerveja e assistir a um pouco de televisão com o pau flácido para fora das calças.

Quando ela está dormindo, Morris entra, silencioso, e olha para ela.

Consigo ver claramente o que esse garoto é. Eu também posso ver exatamente o que Roman é. A diferença entre ambos é fatal. Mas, neste ponto da história, você realmente não precisa que eu explique, não é? Você sabe o que são. E sabe qual dos dois é realmente perigoso.

Morris está olhando para Kate. Ela está mais uma vez adormecida. Seus ferimentos não são fatais nem perigosos: Roman bateu nela com força. Ele a soltou das amarras e espancou-a por um bom tempo, rindo, falando de momentos nas interações deles há anos em que pensou em enchê-la de porrada. Morris observou. Ela tentou correr, deu berros estridentes por Amanda, que não respondeu (nós vamos chegar a Amanda daqui a pouco, espera), tentou abrir a porta e as janelas, mas Roman é mais rápido e mais forte do que ela. Ele a socou, chutou, bateu sua cabeça na parede, contra o espelho, puxou-a pelos cabelos enquanto ela gritava e gritava e (como eu disse uma vez que ela faria) tentou lutar. Quando ele acabou de descontar sua raiva, apertou-a contra o sofá e estuprou-a, por trás dessa vez, rasgando, fazendo-a sangrar. Ele saiu para fumar um cigarro. Kate, a essa altura, já tinha desmaiado de novo, a bonitinha tá anêmica. Foi Morris quem a arrastou para a cama, não sem dificuldade, e amarrou-a. O que Kate não sabe, e o que Roman não sabe, é que tudo isso excitou Morris ao ponto de ele ter ejaculado nas calças.

Amanda está no outro quarto, como tem estado há três dias.

Ela está suando, fedendo, com tanta fome que poderia comer seus próprios dedos, com tanta sede que os lábios estão rachados, tão cansada que está enlouquecendo, sussurrando coisas para acalmar-se. Varia entre culpar Kate e culpar-se. Quando ouviu a irmã na noite passada, sentiu medo e horror, e chorou até dormir. Ela está amarrada à pequena cama de Morris.

No sofá, Roman está acordando de um cochilo vespertino. Ele sabe que é hora de matar, porque estuprar não é mais suficiente.

— Morris — berra, esfregando o rosto.

O menino está acordado há horas, desenhando na cozinha, colorindo a nudez de sua tia, desenhando feridas abertas, facas.

Ele aparece.

— Sim?

— Arruma as coisas, tudo o que falamos. Os sacos, a pá, as ferramentas.

Morris sabe o que isso significa. É hora da sua mãe morrer. Ele vai finalmente ver isso acontecer.

RYAN

Vinte e quatro malditas horas.

Gambatto abre a cela. Dois detetives estão ao seu lado, para me conter no caso de eu surtar. Estou bem próximo disso.

— O que descobriu? — é tudo o que pergunto.

Fiquei detido por vinte e quatro horas, sem motivo, naquela cela. Preciso de um banho, comida e algumas horas de sono. Mas antes preciso ver Kate.

Gambatto coloca as mãos para cima para me acalmar.

— Nada de Dwyer, Owen. Procuramos em toda parte.

Fica calmo, velho, é só um mal-entendido, Kate está na verdade dormindo em outro quarto de hotel porque não se sentia segura onde estava. Eu me convenço de que ela está bem e descansando, e sorrindo, e bem alimentada, e esse medo é bobo. Preciso acreditar nisso para não pegar uma arma do coldre de um desses detetives e atirar na minha própria cabeça.

Gambatto vê isso acontecer em minha mente:

— Owen, tenho certeza de que ela está bem. Precisamos conversar sobre sua situação.

— Você tem o suficiente para me manter aqui por mais um segundo?

— Não, não temos.

— Então sai do meu caminho.

Andar não é impossível, mas quase.

Ontem à noite, eles me levaram para um hospital para costurar minha perna e me mantiveram em algemas o tempo todo, vigiado por três policiais. Então fui levado para a delegacia e colocado em uma cela. Os curativos foram trocados nesta manhã. Estão me dando medicação para a dor, mas ela não funciona quando estou andando.

Encontro Woods, sozinha.

— Os outros caras? — eu pergunto.

Ela não tem certeza se deveria estar falando comigo ou não.

— Estão trabalhando no caso. Não estão aqui.

— O que conseguiu?

— Dwyer desapareceu do hotel. Ela não levou nada além do telefone celular e carteira, achamos. Não tinha sinais de luta ou briga no quarto. Ninguém na vizinhança a viu.

— O celular?

— Rastreamos e o encontramos perto do hotel, na calçada.

— Procuraram por…

— Digitais, sim, mas nenhuma que combinava com o banco de dados.

Eu corro a mão suada pelo meu cabelo.

Ela umedece os lábios.

— Encontrei seu telefone.

— Entrega.

— Não posso, estava no salão do evento, é evidência.

— Diga que verificou as mensagens.

Ela hesita.

— Woods, juro por Deus, é minha namorada e meu filho, por favor!

— Tinha uma mensagem, os técnicos…

— O que diz?

— Que ela sabe quem é, para você ignorar Rogers, que ela queria que você ligasse para ela.

Ah, Kate…

— Acho que ela identificou alguém da biblioteca — Woods verbaliza o que eu já sei. — E não se sentiu segura onde estava.

— Ela recebeu chamadas antes disso?

Woods franze a testa.

— Caralho, não fala que não olharam!

— Ryan, não tivemos tempo, temos um milhão de coisas para fazer agora!

— Porra, cadê o telefone?!

— Eu não posso nem estar falando com você, você não está neste caso!

Policiais vêm até nós.

Eu coloco minhas mãos para cima.

— Só olha o maldito telefone!

Ela estende a mão.

— Tudo bem!

Furiosa, Woods entra na sala da força-tarefa. Quando sai, o telefone está envolto em plástico nas suas mãos. Ela o entrega para mim, e agora Gambatto está aqui também, estudando essa troca com cuidado.

Eu levo um tempo para aprender a mexer no telefone de Kate sem o tirar do plástico, então encontro as chamadas recebidas. A mais recente é de *Morris*. A ligação durou um pouco menos de trinta segundos.

Sua chamada para o meu celular ocorreu menos de um minuto depois disso, mas eu não respondi. Em seguida, cinco minutos depois, ela ligou e deixou a mensagem.

Morris.

— É o sobrinho dela — eu digo, pedaços reunindo-se em minha mente.

Há olhares.

Eu fecho meus olhos.

— O cunhado. Ele se encaixa no perfil. Pegou o telefone do enteado, deve ser isso.

Silêncio entre Woods, Gambatto e os dois detetives.

Sinto bile queimar minha garganta enquanto meus olhos se cansam e a exaustão toma conta de mim. Eu me forço a falar.

— Estou indo para Blessfield. Me liguem com o endereço exato de onde moram. É Roman… — Deus, eu não me lembro do sobrenome dele. — É o marido de Amanda Dwyer que queremos, a casa dela.

— Você não vai levar um veículo oficial sob a influência de analgésicos — diz Gambatto.

Em vez disso, ouço o que ele realmente diz: *Eu não vou impedi-lo de ir, embora devesse. Mas você vai ter que levar um parceiro*. Eu também ouço *esta é uma apreensão do Departamento de Polícia de Miami-Dade, não do FBI.*

Concordo com a cabeça.

Woods começa a mover-se em direção à saída, verificando sua Glock.

Eu a sigo, quase sem coragem.

KATE

Eu acordo com gritos.

A adrenalina dispara e, ao me mexer, sinto meu corpo gritar para que eu fique parada. Meus braços estão dormentes de estar na mesma posição há um dia inteiro.

Tento levantar meu corpo, arrastando a minha bunda para cima no colchão, mas está amortecido, sem fluxo de sangue, e tudo o que consigo é levantar os ombros e a cabeça o suficiente para ver um corredor vazio. Sinto cheiro da minha própria urina no ar.

Amanda está gritando no quarto ao lado.

Não sei o que fazer a não ser chorar de novo, esperando que seus gritos atraiam atenção, que os vizinhos chamem a polícia.

É a *forma* como ela grita, como se o som estivesse rasgando sua garganta ao sair, como vidro. Penso sobre o que Ryan disse, sobre ouvir o bebê chorar na gravação. Minha mente evoca imagens das vítimas de Bardel, vaga por prateleiras de possibilidades de todas as torturas que podem estar sendo infligidas em minha irmã. Isso me faz cair mais uma vez em soluços, em desespero, em lágrimas que fazem meus olhos doerem.

Solto um grito quando o vejo entrar no quarto. Morris está sorrindo, seus olhos cheios de loucura, e está coberto de sangue.

Eu assisto com puro horror enquanto ele pula pelo quarto, como um duende macabro, os dedos arranhando o ar como se quisesse assustar uma criança pequena.

As palavras não chegam aos meus lábios. Sua camiseta está colada à pele com o sangue da minha irmã. Ele tirou as calças *jeans* e está lá, sua cueca samba-canção escura agarrada às suas coxas finas, ele está quase dançando. Uma ereção forte, pequena e fina projeta-se da cueca molhada e carmesim.

— Isso! — ele grita, com um sorriso no rosto, um brilho nos olhos.

Meus dentes quase trincam enquanto tento diminuir o impacto dessa visão. Tento me convencer de que não é real, não pode ser real. Estou delirando.

Ele dança. Ela grita mais alto.

— M-Morris... — Eu tento me concentrar. — Mã... — Eu luto contra minhas lágrimas. — Mandy é a sua mãe. Para!

Ele continua movendo os dedos.

— Vem pra mim, vem pra mim. — Sai como um sussurro.

— Morris, pelo amor de Deus… — Eu enrugo meu rosto e estou chorando de novo. — Por favor…

Ele olha ao redor do quarto.

Amanda para de gritar e tudo é silêncio. Eu quero que ela grite de novo. Se gritar, é porque está viva.

Nada além de Morris olhando ao redor. Ele pula por toda a parte, no estilo duende novamente, e vai até a mesa pequena no canto, onde Amanda mantém seu perfume, contas a pagar, cigarros, anéis. Quando ele se vira para mim novamente, vejo uma faca de cozinha em suas mãos ensanguentadas.

Antes que eu possa soltar um grito de medo, ele leva um dedo ereto aos lábios.

— Shhh… — Ele sorri, olhos cintilando.

Quando se aproxima, está fitando meus pulsos. Estou cheia de esperança de que vai me soltar. Ele leva um segundo olhando para mim, minha camisa rasgada, meus seios expostos, o resto de mim nu. Ele esfrega as mãos quentes na minha barriga, e isso me faz tremer. Elas deixam uma faixa vermelha em minha pele.

Então meu braço cai para o lado e percebo que ele está me libertando. Apavorada, também compreendo que não posso mover meus braços. Eles simplesmente não obedecem aos meus comandos. Dormentes.

— Você quer, certo? — ele está dizendo, mas eu não consigo me concentrar neste diálogo.

— Morris… sua mãe…

Ele solta o outro braço, que também cai e atinge a mesa de cabeceira com tal violência que o cinzeiro fedorento voa ao chão. Imediatamente, ouço:

— Morris, volta aqui, porra!

Roman parece animado.

Morris está me observando, a chama viva em seus olhos.

— Você quer, Kate?

Preciso que isso acabe. Não tenho forças para continuar.

— Eu o quê?

— Preciso de um adulto, não tem que ser ele —sussurra para mim. — Se você vier comigo, eu posso matar ele, entendeu?

Estou tentando entendê-lo, desesperada para que o sangue bombeie para os meus braços e eu possa me mexer.

Roman entra.

— Mas que caralho você tá fazendo?

Morris dá de ombros.

— Ela não vai a lugar nenhum, as pernas ainda estão amarradas e os braços não mexem.

Eu faço um esforço para não olhar para ele, mas a visão me segura lá. Seus braços estão molhados com sangue até os cotovelos, um pouco nas mangas da camisa e no queixo.

— Vamo, moleque, tem que me ajudar com a sua mãe.

Mas Morris balança a cabeça.

— Você disse que ia me deixar ser homem.

— Eita! — Brinca Roman. — Dizer, eu disse… mas preciso de ajuda com a sua mãe. Ela tem que desaparecer, combinamos isso. A gente tem que sair daqui.

Eu não entendo por que, mas é nesse momento, vendo como eles são, como trocam essas palavras, que eu fecho os olhos e começo a rezar, em silêncio. Não rezo para que a polícia chegue, nem para conseguir sair disso. Rezo para *desver* e *desescutar* e *dessentir* o que aconteceu nesta casa.

— Eu preciso agora. — A voz de Morris está inebriada, com expectativa, com exaustão, com tudo que move uma pessoa como ele. É pesada e vibrante.

Roman faz uma avaliação silenciosa do estado de espírito do garoto.

— Tudo bem, vai logo. Come ela gostoso, come ela como macho.

Me mata logo. A oração não me impede de ouvir o ranger na cama, de sentir Morris sobre mim. Meu rosto está molhado de lágrimas, do meu ranho, da minha saliva, sou incapaz de parar meu pranto, meu ódio por isso. A criança em cima de mim cheira a sangue e metal. Roman está colocando cuidadosamente a faca sobre a mesa e abrindo as calças.

Meus gritos saem como um "Não, não, não, não, Morris, não…".

Mas ele está em outro lugar, as mãos inábeis me sentindo entre as coxas, empurrando dois dedos para dentro de mim, apressado, ofegante, impulsionado pela insanidade e a curiosidade de um pré-adolescente.

As mãos de Roman mexem com velocidade praticada ao redor do pênis, a outra pressionada contra a parede, os olhos semicerrados enquanto ele vê isso, os lábios entreabertos.

Eu preciso que minhas mãos comecem a se mexer.

Morris me penetra, tão pequeno que mal o sinto, e convulsiona para cima, rápido, com a boca aberta em meu peito esquerdo. Quando sinto seus dentes afundarem na minha carne, a dor irradia-se com a força de uma tempestade dentro de mim, faíscas voando, meus nervos queimando. Eu grito, e quando meus braços não se movem, afundo meus dentes em sua bochecha e aperto meu queixo de dor e ódio.

O grito de Morris.

— *AHHHHHHHHHH*!

Quase assustador o suficiente para me tentar a soltar a pressão. Não solto. Aperto com mais força, sentindo algo quebrar entre meus dentes e o sabor ácido de moedas. Roman puxa o garoto de cima de mim e vejo o rasgo de pele pendendo, colando-se à carne sangrando de sua bochecha, para então balançar novamente. Morris não para de gritar.

— Ahhhhhhhhhh! Ahhhhhh!

— Meu Deus! — Roman berra quando seu enteado cai no chão com o pênis flácido colado à coxa, com as mãos no rosto, o sangue escorrendo entre os dedos. Seus olhos estão maiores de alguma forma, fitando a parede à sua frente, gritando "Ahhhhh!" como uma criança.

Roman está se movendo em minha direção.

— Puta do caralho! — Ele berra, não sem alguma diversão. Ele está sobre mim, desamarrando as cordas em volta dos meus pés. Dou um passo para deixar a cama enquanto só tenho um deles com quem lutar. Minhas pernas não são fortes o suficiente e eu caio, em pânico, meu queixo batendo nas tábuas de madeira que estão empoeiradas e frias.

— Yeeeeah! — grita Roman. — Tenta fugir, sua puta idiota! — Então ele ri. — Que tipo de tia faria uma merda dessas com o menino?

Eu ouço:

— Ahhhhhhhhh, ah... nãaaoooo! — de Morris.

E quase me arrependo do que fiz.

Como é possível que a polícia não esteja aqui, com todo esse barulho? Ocorre-me que a casa deve ser à prova de som, me vem que ele *planejou* isso.

Eu tento me levantar. Consigo. Cambaleando, sentindo o sangue finalmente bombeando pelos meus membros, alcanço a cozinha, sentindo Roman caminhar atrás de mim, calmo, rindo. Tudo é embaçado, desconexo.

Ele é para mim como um tanque, empurrando-me contra a mesa da cozinha, prendendo meus braços à sua superfície fria e pegajosa. Eu luto, os meus pés pulam sobre a madeira como se fosse brasa, meus braços recusando-se a mexer sob seu controle. Sinto Roman contra mim, seu pênis cutucando o interior da minha coxa. E então eu vejo Amanda.

Amanda está deitada ali, no chão do quarto do filho. Eu só posso ver sua metade superior, a visão do resto está bloqueada pela parede. Está nua, avermelhada de sangue. Levo um tempo para percebê-lo mexendo-se dentro de mim. Sinto vir à minha garganta, implacável e queimando, convulsiono para a frente e vomito na superfície brilhante da mesa de plástico.

Começo a tossir, meu mundo é ácido e meus olhos estão em lágrimas. Sei que eles a rasgaram. Seus seios foram removidos, não consigo tirar da cabeça a imagem de dois rasgos onde eles haviam estado.

Roman me solta. O sêmen escorre pelas minhas coxas.

Não posso me mover. Os olhos de Amanda ficaram abertos. Ao mesmo tempo que é minha irmã, ela não é. Ela não se move. Amanda, que esteve lá durante toda a minha vida, Amanda, quem eu sempre odiei por ter tirando sarro de mim, por suas palavras cruéis, por sua ignorância, por suas escolhas.

Minha irmã, Mandy.

Ele bate minha cabeça contra a mesa e eu só sinto metade da dor. O mundo é fluido e líquido sob meus pés. Caio, minhas mãos tentando agarrar o ar em torno de mim.

Vejo Morris acima, porque estou no chão agora, enquanto ele corre para o banheiro, mãos sangrentas no rosto. Roman está sorrindo.

— Quer dizer tchau para sua irmã? — ele sussurra, as calças ainda abertas.

Sou erguida pelo tecido do que costumava ser a minha camisa, meus pés tentando firmar-se sobre as tábuas. Ele me empurra em direção ao quarto e, quando entendo o que está acontecendo, estamos nos aproximando de Amanda. Tento fugir. Não posso ver minha irmã nesta condição.

Ouço Morris falando sozinho no banheiro.

— Ei, ei! — Roman grita enquanto corro, sem saber para onde ir. — Aonde você vai, princesa?

Eu chego até a porta e as minhas mãos suadas só confirmam o que já sei: está trancada, assim como na noite passada. Meus pensamentos são interrompidos por Morris, que de repente berra:

— Eles tão aqui, eles tão aqui!

Quando me viro, Roman soca meu rosto com um punho pesado em um *jab*.

Estou no escuro e me sinto sendo puxada para longe desta realidade.

Vejo Nathan Bardel.

Tenho certeza de que deve ser ele, mas há algo nele que não me assusta.

Kate, volta, volta para a realidade. É minha voz em algum lugar.

Já o vi antes, não foi? Quando eu estava dormindo?

Você tem que voltar para a realidade, não ouviu o que ele disse? Eles estão chegando.

Bardel está olhando para mim e balançando a cabeça.

Não, não vem para onde estou, sua burra. Luta contra eles.

Vozes na superfície, gritos de Roman para Morris:

— Pega o carro, pega o carro!

Vai, Kate, seu bebê tá bem e o Ryan está a poucos metros.

Eu forço meus olhos a abrirem-se. Roman está com os braços em volta de mim, empurrando-me. Meus calcanhares descalços arrastam no piso de madeira. Não consigo me mover, simplesmente não consigo.

Sou jogada na *van* mais uma vez.

RYAN

A *van* decola antes mesmo de encostarmos.

Tenho que fazer uma escolha.

Ela pode estar na casa, mas pode estar com eles no carro.

— Woods, vai!

Woods freia o carro com tudo e sai, correndo em direção à casa, puxando a arma do coldre. Eu pulo para o assento do motorista e acelero atrás da van. Se alguém estiver na casa e atirar em Woods, outra mulher terá morrido por minha causa.

Piso no acelerador enquanto minhas mãos apertam o volante. Kate precisa estar bem, tem que estar, tem que estar bem. Sinceramente, não tenho ideia do que sou capaz de fazer se Kate não estiver bem. Tento não pensar sobre isso, tento me concentrar no carro na minha frente, sua placa mostrando números e letras na noite densa.

E então separo meus lábios e sinto meu coração saltar para a minha garganta com o que vejo.

NATHAN

Posso chamar a ação de Kate de um ato corajoso? Talvez não, uma vez que ela o fez por puro desespero e sua atitude *foda-se* foi em relação a sua própria segurança.

Kate o fez quando tinha cinco anos de idade.

Seu pai, Joe, alugou uma casa no lago de um colega de trabalho, num mês de dezembro em Vermont, para as festas de fim de ano. Amanda estava lá e disse: "*Eu te desafio, Kate!*". E Kate simplesmente saltou para dentro do lago, pegou pneumonia, quase enlouqueceu sua mãe e estragou as férias da família.

Kate o fez aos dezessete anos, quando seus amigos desafiaram-na a roubar da professora de educação física, Lori Jensen, um pacote de Lucky Strike. Ela não foi pega.

Kate o fez na faculdade, quando Savannah disse: "*Eu te desafio a me beijar como se eu fosse um cara*".

Kate o fez agora, e, sim, me chame de sentimental, mas eu a amei por isso, porra.

Roman estava dirigindo, Morris ainda cobrindo o rosto sangrento com as mãos, e ela apenas se mexeu, antes que sua mente pudesse avaliar os riscos, antes de seu corpo convencê-la a não fazer aquilo. Ela abriu a porta de correr da *van* e atirou-se para fora.

Ela sentiu o primeiro impacto, que quebrou sua tíbia e fíbula direitas, porque a arremessou, rolando, por pedras e asfalto, e rasgou a pele de suas mãos, joelhos, cotovelos e rosto. Depois, não sentiu mais nada, porque seu corpo finalmente desistiu e ela ficou inconsciente.

PARTE FINAL

O ACERTO DE CONTAS

RYAN, O *PROFILER*

O chefe Anderson Moore parece um pouco mais magro do que há um mês. Ele entra no quarto com o cuidado de uma pessoa que receia que qualquer gesto vá prejudicar a outra. Eu vejo compaixão em seus olhos quando ele dá alguns passos para dentro e estende a mão para mim. Levanto-me e aperto-a, Moore dá um tapinha nas minhas costas, olhando em meus olhos.

— Como está, Ryan?

Balanço a cabeça numa afirmação.

— Estou bem.

Digo isso porque qualquer outra resposta é inaceitável para as pessoas. Elas não querem ouvir mais nada. Ele olha para Kate, ainda em coma, agora respirando sem a ajuda de aparelhos.

— O que os médicos dizem?

Cruzo os braços e mantenho a voz firme.

— Eles não sabem muito. Ela poderia acordar agora, ou daqui a dez anos, ou nunca. Mas está respirando por conta própria e embora não tenham certeza sobre levar a gravidez a termo, o bebê parece bem até agora. — Eu digo isso tentando não entrar em outro ataque de lágrimas ou violência.

— Entendo. — Ele leva um momento olhando para ela. — Você não foi ao enterro de Amanda Dwyer ontem.

Eu simplesmente dou de ombros.

— Ryan, tenho notícias, gostaria que você se sentasse.

Só me sento porque tenho medo do que poderia ser, com medo da reação que eu poderia ter. Tive tantas reações que fui ameaçado pela administração do hospital de perder o acesso a este quarto se acontecesse novamente.

Minhas mãos agarram os braços da minha cadeira.

— O quê?

Se ele disser *mais uma vítima*, vou arremessar a cadeira pela janela.

— Morris Dwyer Mitchell foi capturado esta manhã, na Geórgia.

Minha reação é difícil de medir, avaliar. Eu sei que Morris está envolvido no que aconteceu com Kate, mas não posso ter certeza de sua vontade de participar dos atos cometidos contra ela, ou outras mulheres.

Moore coloca uma mão para cima.

— Estamos executando todos os testes nele e vamos realizar as entrevistas da maneira certa.

— É um caso federal.

— Sim. Até agora, tudo o que ele disse é que Roman Boyd largou-o e fugiu, com a intenção de dirigir até a Carolina do Sul.

— Sim, ele abandonou o moleque, faz sentido. — Eu suspiro. — Vou entrevistá-lo.

Moore não fala.

— Quem você tem melhor do que eu?

Ele balança a cabeça.

— Melhor do que você para este caso? Ninguém.

— Estou bem. — Minto. — Posso manter a cabeça fria.

Ele olha para Kate.

— Você sabe o que aconteceu com Katherine. Sinto muito, Ryan, não posso deixá-lo perto de um suspeito, mesmo ele sendo uma criança.

— Vamos perder Roman Boyd — eu digo lentamente. — De novo.

Ele fecha os olhos e pressiona o osso do nariz bem entre eles.

— Você acha que tem o controle emocional para fazer isso?

— Sim. — Minto novamente.

— Precisarei ter dois outros oficiais na sala com você.

— Você sabe o que isso vai fazer com suas respostas.

— Então eu vou algemá-lo à mesa, Ryan, não estou brincando. Ele é uma criança e você ainda está sob investigação.

— Algeme nós dois e deixe-me falar com ele.

Transcrição da primeira entrevista do ex-agente Ryan Owen com Morris Dwyer Mitchell, conduzida em 25/09/2014 - 16h03min - 17h24min. Supervisionada por: chefe Anderson Moore, investigador de homicídios da Miami-Dade P.D., Mark Gambatto, dra. Annatil Fowler, PhD.

Observações: a Ryan Owen foi concedido o direito à entrevista pela sua experiência e contribuição nesta investigação. Por envolvimento emocional no caso (ver anexo 2: resumo da participação de Ryan Owen com a investigação Boyd/Mitchell/Dwyer) e surtos de raiva anteriores, conforme relatado pela administração do Blessed Virgin Hospital (ver anexo 5: correspondência eletrônica entre admin. chefe Laura Thompson e chefe de departamento Anderson

Moore), Ryan concordou em estar fisicamente contido por algemas durante a duração desta entrevista.

OWEN: Você está confortável, Morris?

MITCHELL: Sim, estou, mesmo algemado.

OWEN: Estou algemado também. Nesta sala somos iguais.

MITCHELL: Eles algemaram você para não me machucar, né?

OWEN: Sim, você é muito inteligente. Quantos anos tem?

MITCHELL: Doze.

OWEN: Quando eu tinha doze anos, comecei a me interessar pelas meninas.

MITCHELL: Sim, entendo isso.

OWEN: Antes de começarmos, há alguma coisa que gostaria de dizer ou me perguntar?

MITCHELL: É namorado da tia Kate?

OWEN: Sim, sou. Como isso faz você se sentir?

MITCHELL: Que te devo um pedido de desculpas.

OWEN: Nós vamos chegar lá. Posso perguntar sobre você?

MITCHELL: É por isso que eu estou aqui, né?

OWEN: Me conta sobre sua vida em casa, sobre o seu padrasto e sua mãe.

MITCHELL: Eu sempre pensei que eles não me entendiam e não se importavam comigo. Minha mãe nunca se importou. Se meu quarto tava limpo e não tinha reclamação da escola, ela não se importava com o que eu fazia.

OWEN: Quando isso mudou?

MITCHELL: Como você sabe que mudou?

OWEN: Algo mudou na sua vida, garoto. Tenho certeza de que foi em casa.

MITCHELL: Você tá certo, mudou. Percebi que Roman era como eu, gostava das mesmas coisas que eu. Eu entendi que não estava sozinho.

OWEN: De que forma eram iguais?

MITCHELL: Ele gosta de matar, ele precisa, é uma parte dele.

OWEN: Por que você acha que precisa matar, Morris?

MITCHELL: Eu penso nisso toda noite e todos os dias desde que tinha oito anos.

OWEN: Quando você pensa sobre matar, como acontece em sua mente?

MITCHELL: Eu posso fazer o que quero, como um homem adulto. Eu sou respeitado.

OWEN: E temido?

MITCHELL: Eu acho.

OWEN: Conte-me sobre as meninas com quem fantasiava, Morris.

MITCHELL: Não são meninas, são mulheres.

OWEN: Da idade de sua mãe.

MITCHELL: Uhum.

OWEN: O que você faz com elas?

MITCHELL: Eu amarro elas para ter o controle.

OWEN: Você se importa se eu der uma pausa?

MITCHELL: Não.

OWEN: Dois minutos.

NOTA: neste momento, Owen abaixa a cabeça e fica em silêncio. Morris observa-o.

OWEN: Vamos falar sobre Roman, tudo bem para você?

MITCHELL: Sim, tudo bem.

OWEN: Como ele era, como pai?

MITCHELL: Eu nunca pensei muito sobre ele, até o dia que ele me levou para beber cerveja. Naquele dia, nós conversamos, como eu te disse, e ele foi legal comigo. Começou a me comprar coisas e ser mais legal comigo.

OWEN: Sobre o que conversaram naquela noite?

MITCHELL: Falamos sobre meninas. Ele me contou de algumas namoradas de quando era jovem, esse tipo de coisa.

OWEN: Ele falou sobre estupro?

MITCHELL: Bem, mais ou menos. Ele me disse que era normal querer machucar meninas como eu queria. Porque é por isso que os homens são mais fortes do que elas. Que seus corpos foram feitos para nos receber, essas coisas.

OWEN: Como ele sabia que você tinha essas fantasias?

MITCHELL: Porque ele descobriu as revistas no meu quarto.

OWEN: Pornografia?

MITCHELL: Sim.

OWEN: Do tipo violento?

MITCHELL: Sim.

OWEN: Como você as conseguiu?

MITCHELL: Encontrei no lixo, limpei e coloquei plástico nas capas.

OWEN: Você tem o hábito de vasculhar o lixo das pessoas?

MITCHELL: Sim, às vezes. Dos vizinhos.

OWEN: Você espia?

MITCHELL: Não. Quer dizer, algumas vezes.

OWEN: Quem você espiou?

MITCHELL: Duas casas descendo a rua. Sra. Myers. E uma vez, Sra. King.

OWEN: Como se sentiu quando espiou?

MITCHELL: Bem. Eu não sei.

OWEN: Então o que mais ele disse naquela noite?

MITCHELL: Sobre uma garota que ele matou.

OWEN: Você se lembra do nome, idade dela, descrição física?

MITCHELL: Não, ele não me disse. Só falou como fez.

OWEN: Pode me dizer?

MITCHELL: Ele disse que estuprou ela duas vezes. E então sufocou.

OWEN: Ele disse quando ou onde?

MITCHELL: Uns dois anos atrás, mas a conversa foi ano passado. Foi aqui em Blessfield. Ele disse que ela tinha o cabelo loiro bonito e gritava como uma cadela no cio. Foi o que ele disse.

OWEN: Como você se sentiu quando ele disse isso?

MITCHELL: Especial, porque ele tava compartilhando o segredo comigo, ninguém mais sabia. E animado e curioso.

OWEN: Ele o ameaçou?

MITCHELL: Não, não, senhor. Ele disse que se eu pudesse manter segredo, ele ia me levar junto um dia e deixar eu ajudar ele.

OWEN: O que mais aconteceu?

MITCHELL: Bem, ele me comprou as coisas que te falei. E teve a noite, né?

OWEN: Que noite?

MITCHELL: Ele me deixou ver o sexo.

OWEN: Sexo entre...?

MITCHELL: Ele e minha mãe.

OWEN: E o que você sentiu?

MITCHELL: Excitado, sabe?

OWEN: E nada aconteceu depois disso?

MITCHELL: Não, não por muito tempo. Então, ele me pediu um favor. Para viajar com ele e ver uma garota ter o que merecia.

OWEN: Isso foi quando?

MITCHELL: Cerca de um mês, um mês e meio atrás.

OWEN: Viajar para onde?

MITCHELL: Miami.

OWEN: Então o que aconteceu?

MITCHELL: Dissemos pra mamãe que era uma viagem de acampamento e empacotamos equipamento de acampar. Fomos para Miami e esperamos. Ele me deixou no carro por um tempo, depois saiu de uma loja de animais de estimação com um gatinho. Ele me disse que eu tinha que levar o gatinho para casa de uma menina e bater na sua porta, só isso.

OWEN: E você fez isso?

MITCHELL: Sim. Ela abriu, ele entrou e o gatinho fugiu de mim. Eu meio que queria ir atrás dele, mas o Roman me puxou para dentro da casa e deu um soco na menina tão forte que ela desmaiou. Ele me disse para ficar quieto e não tocar em nada. E essa foi a noite que ele me deixou ver.

OWEN: O que ele fez?

MITCHELL: Teve relações sexuais com a garota, bateu nela e outras coisas.

OWEN: Você entende, Morris, o que ele estava fazendo?

MITCHELL: Sim, entendo.

OWEN: Você sabe que aquilo não era sexo, era estupro, certo?

MITCHELL: Sei lá.

OWEN: O que mais você pode me dizer sobre aquela noite?

MITCHELL: Bem, eu disse que ele não estava fazendo a coisa certa, não como um **serial killer** de verdade. Falei para ele das coisas que Nathan Bardel costumava fazer. Ele ficou com raiva de mim, mas depois comecei a explicar que Kate estava interessada no Bardel e ele se lembrou disso. Ele me perguntou o que Bardel fazia com as vítimas e disse que era muito mais esperto do que ele, porque Bardel foi preso e ele não seria. Eu contei para ele sobre o método, a assinatura, você sabe, o xis no... peito. Eu sei disso porque tenho a senha do **e-mail** da Kate.

OWEN: Você andou lendo o **e-mail** dela?

MITCHELL: Sim. Seu livro, que ela enviou para você. Os **e-mails** com você, em que você fala sobre coisas. Os **e-mails** de sexo com o ex-namorado, com a amiga também. A senha foi fácil de quebrar. É o meu nome completo.

OWEN: E você ensinou Boyd a assassinar como Bardel?

MITCHELL: Sim.

OWEN: Você assistiu a tudo?

MITCHELL: Sim, senhor.

OWEN: Como se sentiu?

MITCHELL: Excitado. Poderoso. Adulto.

OWEN: Você sabe que o apartamento da sua tia Kate fica ao lado do apartamento daquela garota? Você sabia que ela estava lá, certo?

MITCHELL: Ele só me disse mais tarde.

OWEN: Morris, você acha que a menina merecia o que lhe aconteceu naquela noite?

MITCHELL: Eu não sei. Quer dizer, eu não odeio aquela garota. Mas o que aconteceu me fez sentir bem.

OWEN: Dois dias depois, o que aconteceu?

MITCHELL: Nada, senhor.

OWEN: Outra menina foi morta.

MITCHELL: Foi coisa dele, eu não estava com ele.

OWEN: Ele não levou você para a outra menina, na floresta?

MITCHELL: Não, eu só soube que foi ele quando ele mostrou no noticiário. Disse que tinha feito aquilo. No começo nem acreditei. Então ele me mostrou a calcinha.

OWEN: E como a coisa aconteceu com Kate, Morris?

MITCHELL: Ele me disse que era a vez dela.

OWEN: Você ama sua tia?

MITCHELL: Ela sempre foi legal comigo.

OWEN: E você já havia tido fantasias sobre ela?

MITCHELL: Não, na verdade não. Ela era legal, eu sempre gostei dela. Mas os **e-mails** me fizeram sentir excitado.

OWEN: Mas quando ele disse que ia machucar a sua tia... você não tentou falar com ele sobre isso?

MITCHELL: Não, eu escutei. Ele me contou sobre o que ela fez. Sobre ela ter tentado seduzir ele e outras coisas. Sobre ela dizer que era mais bonita do que a minha mãe, e tentar fazer ele beijar ela e tocar nela quando não tinha ninguém por perto, nos eventos familiares e estas coisas. Ele me disse coisas horríveis sobre Kate.

OWEN: E você acreditou?

MITCHELL: Sim, acho que sim. Quando ele disse que ia machucar ela da mesma forma que a primeira garota, eu quis ver isso acontecer.

OWEN: Como aconteceu?

MITCHELL: Bem, começou com a minha mãe. Eles brigaram e ele começou a bater nela, mais forte do que o normal. Eu estava ouvindo música, então ignorei. Talvez passou uma hora, ou algo assim, e ele veio e disse que era hora de ir. Arrumei uma mochila com comida e ele amarrou a minha mãe na minha cama e disse que ela merecia. Pegamos o carro, e quando estávamos perto da tia Kate, ele me fez telefonar para o celular dela. Ela me disse onde estava e que você não estava com ela.

OWEN: E como vocês pegaram Kate?

MITCHELL: Nós só vimos ela andando na rua, paramos o carro e a jogamos dentro. Eu tive que bater na cara dela, mas eu só fiz isso porque ela estava me machucando.

OWEN: E o que aconteceu então?

MITCHELL: Ela pediu para a gente não fazer isso, você sabe.

OWEN: E depois?

MITCHELL: Ela desmaiou, eu acho, porque ela dormiu.

OWEN: E vocês a levaram de volta para Blessfield?

MITCHELL: Ele dirigiu, eu dormi também.

OWEN: Quando chegaram lá?

MITCHELL: Ele estacionou nos fundos e levou ela para dentro. Eu ajudei a amarrar ela na cama, e ele me deixou lá e foi ver a minha mãe. Fiquei com ela por um tempo, enquanto ele estava com minha mãe.

OWEN: Como você se sentiu quando viu Kate daquela maneira?

MITCHELL: (nenhuma resposta).

OWEN: Você... achou que o que estava fazendo era errado?

MITCHELL: Não.

OWEN: Então o que você sentiu?

MITCHELL: Excitado. Ninguém estava olhando, então eu (Pausa 00'01'07)

MITCHELL (cont.): Eu olhei para ela.

OWEN: Olhou para ela?

MITCHELL: Eu olhei para os peitos dela. E eu puxei a calça para baixo e olhei para as partes dela. Eu só queria ficar sozinho com ela, não queria ele ali, vendo tudo.

OWEN: E o que mais você fez?

MITCHELL: Toquei.

OWEN: Mais alguma coisa?

MITCHELL: Não.

OWEN: Você se masturbou?

MITCHELL: Não. Sim, senhor.

OWEN: Você deu a ela alguma substância?

MITCHELL: Não, senhor.

OWEN: O que aconteceu depois?

MITCHELL: Roman veio para o quarto e me pediu para sair, e ela acordou. Então eles conversaram. Ele me chamou, eu fui e nós íamos jantar, mas então ele decidiu fazer sexo com ela.

OWEN: Morris. Ele não decidiu "fazer sexo" com ela. Ele decidiu estuprá-la.

MITCHELL: Sim, senhor, sei lá.

OWEN: E?

MITCHELL: E ele fez. E me deixou ver.

OWEN: O que aconteceu depois disso, Morris?

MITCHELL: Jantamos.

NATHAN, O ESFAQUEADOR DE DAMAS DE BLESSFIELD

Ryan tem suas algemas retiradas e caminha por um corredor acarpetado até um banheiro masculino. Lá, ele acende as luzes e tranca-se em um cubículo. Ele fecha os olhos, descansa a testa contra os azulejos e começa a chorar.

Eu o vejo enquanto isso acontece. Embora não sinta o que ele está sentindo, em algum nível, compreendo sua agonia.

Seu peito arfa enquanto ele tenta chorar sem fazer barulho. Seu rosto está avermelhado e ele puxa algumas respirações profundas, tentando acalmar-se. Quando olha para suas mãos, vê que elas estão tremendo. O ódio dentro dele é maior do que a tristeza e a sensação de desamparo. Quantas vezes já não me senti como Ryan?

Transcrição da segunda entrevista do ex-agente Ryan Owen com Morris Dwyer Mitchell, conduzida em 27/09/2014 - 09h01min - 10h45min. Supervisionada por: chefe Anderson Moore, investigador de homicídio da Miami-Dade P.D., Mark Gambatto, dra. Annatil Fowler, Phd.

Observações: Ryan Owen concordou em estar contido fisicamente por algemas durante esta entrevista.

OWEN: Bom dia, Morris.

MITCHELL: Bom dia, agente Owen.

OWEN: Na verdade, ex-agente.

MITCHELL: Ah.

OWEN: Como está se sentindo?

MITCHELL: Eu tenho dormido muito. Eles estão me tratando bem, estou comendo bem também. Fiz alguns pedidos. Eles foram negados.

OWEN: Você pode me dizer quais são? Talvez eu possa ajudar.

MITCHELL: Eu queria alguns doces e música. Também quero visitar a tia Kate no hospital. Eles me disseram que ela está em coma.

OWEN: Bem, eu definitivamente não posso convencer ninguém a deixar você se aproximar de sua tia.

MITCHELL: Se você pudesse, convenceria?

OWEN: Não.

MITCHELL: Eu acho que ela me perdoaria.

OWEN: Eu acho que não, Morris.

MITCHELL: Ela estudou Nathan Bardel, certo? Ela entende as pessoas como nós.

OWEN: Não, Morris, ela não entende. Passei minha vida inteira estudando pessoas como você e deixe-me dizer uma coisa: não existem pessoas como você.

MITCHELL: E sobre as outras coisas?

OWEN: Doces e música? Talvez. Conte-me sobre música.

MITCHELL: Eu quero a música clássica que Nathan Bardel ouvia para suas vítimas.

OWEN: De onde você tirou essa informação? Não me diga que há um aplicativo para a playlist de vítimas dele.

MITCHELL: Não, nenhum aplicativo, eu só descobri isso quando estava pesquisando sobre ele. Não é um monte de gente que sabe disso, sabe?

OWEN: Por que, exatamente, você quer ouvir isso?

MITCHELL: Eu não sei. Acho que Bardel é o único assassino em série com quem posso me identificar. Agora a Kate também tem uma música clássica.

OWEN: (nenhuma resposta)

MITCHELL: É, hmm, foi no rádio, quando estávamos na estrada para Blessfield. Foi Pachelbel, Canon em D maior.

OWEN: Eu vou ver o que posso fazer. Vamos falar hoje sobre Roman e o que aconteceu quando você conseguiu escapar. Como sabiam que eu estava chegando?

MITCHELL: Foi quando Roman e eu cuidamos da minha mãe.

OWEN: Sim, de quem foi a decisão de matar sua mãe?

MITCHELL: Roman. Mas ele tinha tomado essa decisão há muito tempo. Eu sempre soube que ele faria isso. Ele estava planejando fazer na frente de Kate, ele tinha muitos planos para mamãe e Kate.

OWEN: Ele verbalizou esses planos?

MITCHELL: Bem, sim, quando estávamos comendo, ou assistindo TV e outras coisas, ele fala muito sobre isso. Disse que ia fazer elas terem relações sexuais. Disse que nós íamos fazer um gang bang, disse muitas coisas. Eu não sei se era sério.

OWEN: Então o que mudou?

MITCHELL: Ele bebeu muito naquela noite. Ficou trancado no quarto com minha mãe por muito tempo. Então, ele me chamou porque tinha chegado o momento e eu fui. Ele sufocou minha mãe. Então nós começamos a brincar com ela, porque é isso que eu queria fazer, sabe? Essa foi a melhor parte para mim. Mas eu não me lembro de tudo. Lembro de algumas coisas, como o sangue, mas a maior parte é meio confusa. O que eu me lembro é que estava muito excitado. Queria estar com Kate, ela era tão bonita.

OWEN: E o que aconteceu então?

MITCHELL: Eu pedi para o Roman, e ele deixou, mas eu sabia que ele ia assistir.

OWEN: Continue.

MITCHELL: E eu soltei os braços dela para que ela não pensasse que eu ia, você sabe... forçar. E fiz sexo com ela.

OWEN: (não fala)

[Dra. Fowler entra na sala e pergunta para Ryan Owen se ele precisa de uma pausa da entrevista. Ele recusa e ela vai embora. Ele bebe água, com as mãos algemadas]

OWEN: Por favor, continue.

MITCHELL: Eu não sei por que ela fez isso. Não sei se ela mudou de ideia, ou se talvez machuquei ela, talvez eu tenha feito, mas foi quando ela mordeu minha bochecha.

OWEN: Sim, como está cicatrizando?

MITCHELL: Bem, eu tenho que usar esse curativo nela por mais alguns dias, depois eles disseram que posso tirar. Me dão remédios para a dor. Acho que vai deixar uma cicatriz.

OWEN: Bem, Morris, na verdade, desfigurou parte do seu rosto.

MITCHELL: Eu perdoo ela.

OWEN: Bem, então ela te mordeu. Você se lembra de mordê-la?

MITCHELL: Eu mordi ela?

OWEN: Sim, você mordeu seu seio esquerdo.

MITCHELL: Ah, então eu devo ter feito isso antes de ela me morder. Porque quando ela me mordeu, eu fui para o chão e tentei me recuperar da dor. Para punir ela, Roman soltou seus pés e deixou ela passear, da maneira que tinha feito na noite anterior. Ele gosta de ir atrás delas. E eles lutaram, mas eu não vi, porque fui até a pia para olhar meu rosto. Eu vi as luzes brilharem no espelho, olhei para fora da janela do banheiro. Foi quando vi o carro desacelerar. Eu sabia que era vocês.

OWEN: E depois?

MITCHELL: E então eu disse que tínhamos que ir. Corri para o carro, nos fundos, e ele levou Kate. Ele pegou a estrada e você foi atrás de nós. Quando senti o vento no meu cabelo, olhei para trás e Kate já estava pulando fora da van.

OWEN: Continue. Como Roman reagiu?

MITCHELL: Ele tava muito zangado, cara. Xingando e me culpando e outras coisas, mas depois disse que ia encontrar e acabar com ela.

OWEN: Quando ele viu que eu tinha parado o carro para Kate, qual foi a reação dele?

MITCHELL: Se sentiu aliviado, mas então tinham tantos carros de polícia por perto que ele largou o nosso e nós corremos o resto do caminho.

OWEN: Continue.

MITCHELL: Então ele conseguiu um carro.

OWEN: Como e quando ele conseguiu um carro?

MITCHELL: Ele me disse para ficar onde eu estava, estávamos muito perto de uma escola. Eu fiquei lá por muito, muito tempo, porque cochilei, você sabe, nos arbustos e tal. Ele me acordou e nós entramos no carro.

OWEN: Descreva o veículo, por favor.

MITCHELL: Ah, eu acho que era um SUV prata de algum tipo. Era um carro bom, limpo e tudo, e tinha uma cadeira de bebê na parte de trás.

OWEN: Então, ele roubou um carro. Para onde foram dali?

MITCHELL: Ele ouvia muito o rádio. Queria ouvir algo sobre nós. Aí paramos na estrada e tinha um posto de gasolina. Ele trouxe a pizza para o carro, eu comi e ele dormiu tipo... quatro horas e meia. Eu sabia que não podia sair do carro por causa da minha cara, sabe? Então fiquei ali, ouvindo música clássica.

OWEN: Continue.

MITCHELL: Eu não me lembro muito do resto porque a gente só ficou andando de carro. Ele me conseguiu algumas coisas de uma farmácia Walgreens e enfaixei meu rosto. Foi só depois que a gente chegou na Geórgia que ele começou a reclamar, ficar de mau humor e outras coisas. Fiquei quieto a maior parte do tempo. Então ele disse que eu é que devia ter chamado a polícia, me chutou para fora do carro e foi embora. Então eu pensei que talvez pudesse pegar carona e convencer as pessoas a me deixarem em algum lugar e tudo mais, mas um policial me viu e me prendeu.

OWEN: E aqui está você.

MITCHELL: Sim. Mas tudo bem.

OWEN: Você entende que sua mãe está morta e que você participou de seu assassinato, certo?

MITCHELL: Sim.

OWEN: E você é acusado de planejar e participar de outros crimes também, Morris. Sequestro, estupro, você sabe disso, não sabe?

MITCHELL: Sim. Vou receber uma injeção letal?

OWEN: Não, não vai. Eu ainda não sei como vai ser julgado.

MITCHELL: Tá.

OWEN: Por que você acha que fez todas as coisas que fez?

MITCHELL: Eu acho que sou diferente das outras crianças da minha idade.

OWEN: Você não acredita que isso é algo que você possa mudar?

MITCHELL: Não, senhor. Eu sei disso sobre mim. Não posso mudar. Quero todas as coisas que me faz sentir. Agora que comecei, eu não vou parar. É por isso que é bom vocês me manterem trancado aqui. Quer dizer... você sabe? Eu sou ruim.

OWEN: Você não acha que pode crescer e ser diferente? Não há um trabalho que você gostaria de ter? Talvez uma família sua?

MITCHELL: Família, não sei. Um trabalho? Sim, eu gostaria de ser médico.

OWEN: Que tipo?

MITCHELL: O tipo que opera as pessoas ouvindo música clássica, sabe?

A PACIENTE DO QUARTO 1407

Vou e volto entre dois estados.

Estou perfeitamente consciente de que estou no hospital e me lembro vividamente do que aconteceu comigo na casa da minha irmã. Eu não sei o quanto minha condição é grave e não sei nada sobre o meu filho. Mas sei que não consigo me mexer.

Vejo Nathan Bardel. Ele me vê também. Está em pé ao lado de minha mãe, a mulher que está olhando para mim com uma cara murcha de exaustão. Ver Bardel perto de minha mãe não me assusta. De alguma forma, compreendo que ele não pode prejudicá-la. Eu também compreendo que o que Bardel é agora não é exatamente quem ele era quando estava vivo, e que, mesmo se pudesse, não machucaria minha mãe.

Ryan dá alguns passos lentos. Parece tão acabado que é desolador. Ele olha para mim antes de olhar para os meus pais. Ele sofre ao ver meus olhos fechados, porque não sabe que posso vê-lo mesmo assim. É doloroso para ele ver minhas feridas, mesmo que os danos causados por Roman e Morris sejam relativamente superficiais.

— Joe. — Ele aperta a mão do meu pai. Então da minha mãe, sem palavras trocadas. Eu entendo que eles se encontraram antes, mas não me lembro de ter visto isso.

— O que você tem? — é o que minha mãe pergunta.

— Cheguei agora da minha segunda entrevista com Morris. Estamos fazendo o possível para localizar o carro roubado por Boyd. Sua descrição e uma fotografia foram enviados para todas as estações de polícia e agências de aplicação da lei no país.

Minha mãe cruza os braços.

— E o meu neto? O que vai acontecer com ele?

Ryan balança a cabeça.

— Não é decisão minha. Ele provavelmente ficará confinado em uma instituição e poderá sair quando completar... dezesseis ou dezoito anos, dependendo do juiz, de acordo com o seu tratamento, o seu comportamento...

Joe estuda Ryan com os olhos avermelhados.

— E ele vai ficar melhor?

Ryan desvia o olhar deles. Ele quer dizer a eles que Morris deveria ser condenado à morte, mesmo que Ryan sempre tenha sido contra a pena de morte. Ele suspira e o ruído é como uma declaração de desesperança e exaustão.

— Não, ele não vai. Se liberado, vai matar de novo.

Meus pais trocam um longo, desolado olhar. Ryan senta e esfrega o rosto. Ele olha diretamente para mim por bastante tempo, e em seus olhos eu vejo exatamente o que ele vai fazer, o que parte meu coração. Enche-me de tristeza ver o abismo dentro dele, testemunhar o desespero vencer a batalha dentro de sua alma. Bardel está sorrindo.

Não, Kate, deixe-o fazer isso. É Ereshkigal, baby. Deixe-a fazer o que faz.

Não, Nathan, ele não tem que ir por esse caminho.

Mas ele vai. Está nele, sempre esteve. Isto é o que Ryan Owen nasceu para fazer, Kate. Deixe que ele seja Ryan Owen.

Que ele seja Ryan Owen. Eu me perco nas palavras.

Investigação "Boyd" de homicídios sexuais seriais Blessfield/ Miami e relatório final [29/09/2014]

Este relatório foi elaborado pelo chefe da seção BAU4 Anderson Moore, sob a supervisão e pedido da Vice-Diretora Barbara Sanders.

Sobre os assassinatos em série cometidos por Roman Lee Boyd: Roman Lee Boyd [PARA O ARQUIVO COMPLETO VER ANEXO 1: OFENSOR SEXUAL 0095844-7: ROMAN LEE BOYD] era residente de Blessfield, FL, quando cometeu três homicídios sexuais. Sua primeira vítima ainda não foi identificada. Sua segunda vítima foi Jennifer Adkins, assassinada em seu apartamento em 13/09/2014 em Miami [ANEXO 6: INFORMAÇÕES VÍTIMA; ANEXO 7: RELATÓRIO DA AUTÓPSIA; ANEXO 8: RELATÓRIO DE TOXICOLOGIA; ANEXO 9: ENTREVISTAS COM FAMILIARES E AMIGOS; ANEXO 10: RELATÓRIO DO LABORATÓRIO; ANEXO 11: FOTOGRAFIA DA CENA DO CRIME; ANEXO 12: FOTOGRAFIAS DA VÍTIMA]. Sua terceira vítima foi Shana Hayes, em 15/09/2014. Na noite de 23/09/2014, ele sequestrou e manteve em cárcere privado Katherine McGregor Dwyer e sua irmã, sua esposa Amanda Dwyer Boyd. As duas mulheres foram mantidas na casa de Boyd [54, Cicada Street, Blessfield, FL] por cerca de 24 horas, período durante o qual ambas foram sujeitas a torturas e atividades sexuais forçadas. Amanda Boyd foi morta em 24/09, aproximadamente às 18h, e a causa da morte foi asfixia. Katherine Dwyer escapou jogando-se de um veículo em movimento (2006 Ford Econoline Furgão vermelho-escuro). Ela foi resgatada pelo ex-agente Ryan Owen.

Status atual de Boyd é: foragido.

Sobre a participação de Morris Mitchell nos crimes descritos acima: Morris Mitchell é um menor, filho de Amanda Dwyer e Anderson Mitchell [ANEXO 3: MORRIS DWYER MITCHELL, ver também ANEXO 4: AMANDA DWYER BOYD]. Ele é descrito como sendo uma criança quieta, que não causava problemas e teve desempenho médio na escola e nos esportes. Em entrevistas realizadas pelo ex-agente Ryan Owen [ANEXO 13: OWEN-MITCHELL TRANSCRIÇÕES DAS ENTREVISTAS], Mitchell confessou detalhes de sua participação nesses crimes. Ele está sendo avaliado pela Dra. Annatil Fowler e Dr. Rubens Lamorre.

Status atual de Mitchell é: sob os cuidados do Estado da Flórida, em uma Instituição Federal qualificada e cujo nome está protegido por sigilo, sob avaliação psiquiátrica, aguardando data do julgamento.

Obs.: Os relatórios de Mitchell estão atualmente protegidos por sigilo para os fins deste relatório geral, com exceção do Anexo 13.

Sobre o envolvimento de Katherine Dwyer nesta investigação e inquéritos paralelos: Katherine Dwyer estava anteriormente sob investigação por possível participação nos homicídios sexuais seriais BLESSFIELD/MIAMI. Os relatórios gerados por esta investigação atualmente concluída podem ser encontrados no ANEXO 23. A investigação paralela de AMEAÇA a Katherine Dwyer ainda está aberta. [Ver CASO KATHERINE DWYER-MATHIAS ROGERS e CASO ESTADO DA FLÓRIDA-MATHIAS ROGERS TENTATIVA DE HOMICÍDIO].

Status atual de Katherine Dwyer é: em coma. Veja todos os relatórios sobre Katherine DWYER para mais informações.

Sobre o envolvimento de Ryan Owen com a investigação: Ryan Owen foi considerado inapto para o serviço em 2013, apesar de sua conduta e carreira impecáveis no **bureau**. Seu trabalho como **profiler** criminal foi crucial para a captura de Nathan Bardel em 2010. Devido às semelhanças entre os crimes BOYD com o histórico criminal de Bardel, Owen trabalhou como consultor no inquérito, apesar do seu envolvimento pessoal com Katherine Dwyer. Durante sua investigação, concluiu que as ameaças feitas contra Dwyer vieram do atual governador do Estado da Flórida, Mathias Rogers. O Estado da Flórida está com um caso aberto contra Mathias Rogers por ameaça, formação de quadrilha, tentativa de homicídio e obstrução de justiça.

Status atual de Ryan Owen: em fase de avaliação psicológica informal, livre de quaisquer acusações, auxiliando na conclusão de relatórios e entrevistas com Mitchell.

Sobre Nathan Bardel e conexões com este caso: as conexões de Nathan Bardel (ver arquivo 478856625471-85) com os homicídios **sexuais seriais BOYD BLESSFIELD/MIAMI são mera coincidência.**

Status atual de Nathan Bardel: falecido.

Data: *2, outubro, 2014*

De: *Annatil Fowler*

Para: *Anderson Moore*

Assunto: *Owen*

Coloque vigilância nele.
Vai agir por conta própria.

O JUSTICEIRO

Fiquei sentado ali, no quarto de hospital 1407, por vinte e dois dias.

Por vinte e dois dias inteiros, eu a observei deitada lá, imóvel, inconsciente, fora do meu alcance. Nadei em sonhos desde o momento em que parei o carro na estrada e corri até ela, com medo, tanto medo de que estivesse morta. Segurei-a, verifiquei seu pulso, verifiquei sua respiração. Kate estava viva, mas havia muito sangue nela. Vê-la despida e as implicações das torturas às quais foi submetida foi quase o suficiente para me tirar do controle e me empurrar para um colapso nervoso. Eu a carreguei até o carro da polícia e liguei para os paramédicos. Reforços já estavam a caminho a partir do momento em que saí do departamento de polícia. Kate e eu tivemos sete minutos sozinhos naquela noite, no carro, enquanto eu a segurava contra mim.

Mesmo naquele momento, eu sabia o que faria.

A ambulância chegou e levou-a como um pedaço de carne para seu ventre branco brilhante, e decolou, sirenes chorando.

Eu não podia ir atrás dela. O agente em mim tinha que ver a cena.

Voltei e os policiais já tinham chegado na casa de Boyd.

Eu vi o cadáver mutilado de Amanda. Vi sangue por toda parte e vi as roupas de Kate em um canto, calcinha enrolada em seus *jeans*. Vi a cama onde eles a mantiveram. Gostaria de poder dizer que me concentrei e encontrei alguma coisa no chão do quarto de Morris que me deu uma visão a respeito de onde poderiam ter ido. Não. Eu estava enlouquecendo de ódio e medo. Fui para o quintal e perdi o controle.

Sim, o "herói" pirou na frente dos policiais e da unidade de laboratório. Woods fez a coisa certa e pediu ao departamento que enviasse alguém para me buscar. Agarrei-me aos galhos e tentei bloquear os sons de sirenes e tive a porra do meu momento de soluços e lágrimas.

Então apareceu Fowler, vestindo um casaco *trench* no calor da Flórida, cigarro na mão. As luzes da casa brilhavam amareladas em seu sorriso sintético de simpatia quando ela olhou para mim. Ela estendeu a mão fina e a abriu. Vi dois comprimidos cor de laranja.

— Pegue-os.

Aceitei, porque não conseguia lidar com o que estava acontecendo comigo. Não perguntei o que eram. Lembro-me de como a mão dela era fria quando fechei o punho em torno das pílulas. Ela estendeu uma garrafa cor-de-rosa de água que eu costumava ver em sua mesa, em seu consultório, quando ela me entrevistava no ano passado, sobre Selena Martinez. Engoli as pílulas. Ela se ajoelhou, meia-calça preta, cabelo escuro soprando ao vento.

— Você vai sobreviver a isso.

Parecia um comando, uma ordem calma e distante.

Eu ri.

— Eu não quero.

Ela apenas me olhou.

Deitei-me, meu corpo contra a grama fria do quintal de Boyd. Fechei os olhos. Acordei na tarde seguinte num quarto de hospital.

Eles explicaram a situação: Morris e Boyd tinham sumido. Kate estava em coma, respirando com a ajuda de máquinas. Feto vivo. Amanda morta.

Depois vieram os detalhes do pesadelo, os detalhes que o tornaram real: Kate foi violentada, e encontraram vestígios no seu corpo de dois autores distintos: havia sêmen de Roman Boyd ("grande quantidade"... ninguém tem ideia de como foi ouvir isso; e Morris, "quantidade mínima"), havia sangue e tecido epitelial na sua boca com o DNA de Morris. Tecido epitelial combinando com a amostra de sêmen de Boyd foi encontrado sob as unhas. Ela foi espancada durante as duas noites que passou com eles. Quebrou dois ossos durante a queda e bateu a cabeça, o que fez seu corpo desligar. Eu vi a mordida em seu peito. Foi então que me perdi um pouco e "*mergulhei em um ataque que assustou pacientes e funcionários e causou danos ao equipamento médico*", segundo o *e-mail* da administração do hospital para o *bureau*.

Eles mostraram preocupação com o meu estado mental. Então eu me acalmei. O que eles não estão me dizendo é que o rastro esfriou; o carro roubado por Boyd foi encontrado em Fitzgerald, Geórgia, anteontem. Suas digitais estavam nele, mas não há pistas, não há declarações de que ele foi visto em qualquer lugar. Nada nas câmeras.

Estão com medo de me dizer que a melhor chance de encontrarmos Boyd é esperar. Esperar, talvez, por anos. Ou até que ele mate novamente.

Então eu fico sentado, vendo Kate.

Ninguém tem de me dizer que não fui inteligente o suficiente para enxergar isso, que falhei como agente, como homem e como pai. Você não tem de me lembrar que esta não é a primeira vez que uma mulher sofre por consequência das minhas ações.

Na TV, o meu nome está em toda parte.

Estou ligado a este caso, o meu envolvimento com Kate oferecido ao público para me transformar em uma espécie de "herói" por ter "encontrado" o outro *serial killer* de Blessfield. Eles exibem fotos de um Ryan Owen mais jovem e orgulhoso dando entrevistas a jornalistas, mostram cenas do julgamento de Bardel e meu testemunho, imagens de Bardel sendo levado à prisão em um macacão laranja e algemas. Eles mostram a comemoração do lado de fora da prisão na noite em que foi executado.

Vejo Moore e Gambatto conversando com câmeras e respondendo a perguntas. Vejo Savannah chorando para as câmeras, falando de Kate com amor e admiração. As capas dos livros de Kate são expostas, e imagino a Sahara faturando com isso. Sahara anuncia que vai publicar o livro de Kate sobre Bardel, quer ela sobreviva ou não. Sinto bile na minha garganta novamente.

Meu rosto também está em todos os noticiários por outro motivo: Mathias Rogers e Sarah Rogers dão declarações oficiais sobre minhas acusações. Os jornalistas já estão investigando. Eu sorrio, eu realmente sorrio, quando vejo uma gravação feita por telefone celular, de mim, sendo contido por seguranças no jantar de gala do governador. Tudo isso é seguido de gráficos que mostram um declínio na popularidade de Rogers e entrevistas de rua com republicanos expressando sua decepção.

Eu desligo a TV do quarto de hospital e olho para Katherine. Ela parece serena e pálida sob aquelas luzes. Seu cabelo precisa ser lavado, mas eu amo o jeito que brilha, tão negro contra o travesseiro. Seguro sua mão porque tenho que tocá-la. Está quente. Alguém já removeu seu esmalte verde escuro com acetona. Suas unhas parecem amareladas.

Quero dizer em voz alta, mas não sou idiota. Em algum nível, tenho certeza de que ela sabe o que eu vou fazer.

Eu toco sua barriga e sinto o quanto está dura sob o tecido de sua camisola hospitalar. Então eu beijo Kate, uma vez, nos lábios, e digo adeus.

A casa foi cuidadosamente investigada, ou é o que prefiro acreditar. Eles estiveram aqui, coletaram evidências, tiraram fotos, fizeram seu trabalho para garantir que, quando Roman Lee Boyd for pego, será condenado por todos os seus crimes.

Sei que isso não vai acontecer porque sei que Roman Lee Boyd nunca será pego. Eu sei disso porque vou encontrá-lo antes que o departamento consiga e vou matá-lo. Não há motivo para discutir a moral por trás dessa decisão.

Eu ando pela casa de Boyd sozinho e em silêncio. Sento-me na cama onde Kate passou as piores horas da sua vida. Os peritos pegaram os lençóis, levaram o travesseiro e o cobertor para analisar cada centímetro deles.

Eu paro no quarto em que Amanda foi morta.

Se Kate tivesse ideia do que sua irmã passou...

Amanda foi espancada, torturada por seu próprio filho e estuprada com uma escova de cabelo. Com essas feridas, ela foi deixada lá, algemada, para sentir a dor quando vinha à tona da inconsciência, para ouvir os berros de Kate no quarto ao lado. Foi finalmente estrangulada por Roman, e seu corpo foi aberto para a inspeção de seu filho. Morris entregou-se à sua curiosidade, quase infantil e brincalhão, enquanto removia seus órgãos e, cuidadosamente, colocava-os no chão ao lado dela. Ele pediu privacidade a Roman e ficou sozinho com o corpo. Foi quando ele cortou seus seios e, mais tarde, seu clitóris, que comeu.

Kate nunca pode saber que isso aconteceu.

Eu passo duas horas na casa. Sento-me onde Boyd costumava sentar-se, sentindo o cheiro dele, assistindo à TV como ele. Fico olhando para as paredes, as fotos que Amanda pendurou, suas pinturas de cavalos.

Não quero continuar vivendo.

Decidi abandonar a tecnologia. Meu telefone foi deixado em minha casa em Fort Lauderdale, onde arrumei uma sacola de ginástica com tudo o que vou precisar. Tenho seis camisetas, dois pares de *jeans*, um par de tênis e uma jaqueta, assim como cuecas e meias. Eu não tenho coldre, só a minha Glock e três caixas de munição. Peguei uma escova de dentes, um *kit* de barbear e desodorante. Tenho uma caixa de cigarros e um isqueiro, minha carteira com dinheiro e meu distintivo falso do FBI. Nada mais, fora a foto de Roman. Não, nem mesmo uma fotografia de Kate.

Antes de sair, tomei um banho e pintei meu cabelo de preto. Você pode estar se perguntando por que eu simplesmente não raspo a cabeça. Na minha experiência, uma cabeça raspada atrai mais atenção do que cabelos pretos. Também pintei minhas sobrancelhas e isso alterou a minha aparência muito mais do que eu esperava. Não é uma mudança radical como a de Superman para Clark Kent (ha-ha), mas vai me servir muito bem para o propósito em questão.

Como esperado, o frenesi da mídia fez as linhas diretas de informações ferverem e todas as dicas recebidas, dentro do que fazia sentido, foram checadas. Por fax, Woods me enviou essas dicas, colocando o cu dela na reta por mim. Só uma me chamou a atenção:

LINHA DIRETA: Linha de Informações dos Assassinatos de Blessfield.

ANÔNIMA: Sim, eu acho que vi o cara que vocês estão procurando, aqui um pouco antes de chegar em Charleston. Nosso grupo estava estacionado num posto de gasolina na rodovia dezessete quando um dos nossos carros foi roubado.

LINHA DIRETA: Senhora, pode identificar-se?

ANÔNIMA: Ah... eu prefiro não, posso? Apenas me chame de Meryl.

LINHA DIRETA: Meryl, você pode me dar uma descrição do carro?

"MERYL": Ah, sim, eu tenho bem aqui, ela está bem nervosa agora, é minha prima. O carro era um Toyota Avalon XLS, ano 2009, placa da Geórgia PRTYGRL cor prata. Pare de rir, Glenn, é sério!

LINHA DIRETA: Meryl? Pode confirmar a placa Papa-Romeo-Tango--Yankee-Golf-Romeo-Lima?

"MERYL": Sim, é isso. Já chamei a polícia e tal, mas nós tínhamos acabado de ver esse cara no noticiário, tipo, há dez minutos, e ela achou que se parecia muito com ele.

LINHA DIRETA: Você pode me dar uma descrição do suspeito?

"MERYL": Sim, parecia o cara da notícia, da foto, mas ele tinha esse, tipo, arranhão na lateral do rosto e era gordo e suado. Ele tinha a barba por fazer e vestia uma camisa de flanela vermelha. Desculpe, isso é tudo o que vimos. Espero que ajude.

Eu abro o mapa. Isso aconteceu perto de uma zona rural, pouco antes de Charleston. É simplesmente perfeito para ele. E assim, decidi seguir essa pista.

Você deve estar pensando: como ele pode simplesmente decidir por esta, entre centenas de dicas?

Bem, há a explicação que você vai acreditar e a que você não acreditará. Ambas são a verdade. Quase 80% das dicas que recebemos eram muito distantes, geograficamente falando, para que fosse ele, de acordo com as leis da física. As outras 20% são da área, mas só metade das pessoas fizeram reconhecimento visual de Boyd. De todos que alegaram tê-lo realmente visto, apenas uma pessoa mencionou um arranhão no rosto. As unhas de Kate tinham tecido epitelial de Boyd.

A outra explicação? Instinto.

Embora eu realmente não precise da segunda. Se eu fosse ele, sem dinheiro, sem identificação, nada, estaria parando em uma área rural perto de um posto de gasolina também.

Haverá mais crimes nesta área até que ele tenha roubado dinheiro suficiente e tido sorte com um cartão de crédito ou algo assim, para ser capaz de pagar por comida e gasolina para seguir em frente.

A coisa sensata a fazer seria pegar um avião e estar lá o mais rápido possível, mas aviões são impessoais. E esta caçada é pessoal.

Decidindo fazer o mesmo caminho de Roman, arrumo meu carro, tranco minha casa e começo a dirigir.

A PACIENTE DO QUARTO 1407

Consciência mais uma vez, mas desta vez é diferente. É como acordar não de um sono profundo, mas de toda uma vida atrás. Eu pisco, consigo piscar. Viro minha cabeça, percebendo que consigo me mover, e isso me dá uma leve euforia. Quando estudo o quarto, vejo um vaso de flores que estão começando a parecer murchas e cansadas. Não vejo ninguém lá. Há uma poltrona cinza num canto, olhando para mim.

Eu movo minha mandíbula. Minha boca está seca e o movimento dói um pouco. Tentando manter a calma, respiro, examinando a sensação de respirar, ciente dela. Então mexo meus braços. Surpreendentemente, eles movem. É bom sentir minhas mãos, tocar meu rosto.

A porta se abre e as pessoas estão falando alto enquanto andam. Param em frente a minha cama com copos de café na mão, mas não as reconheço. Elas conversam baixo.

Uma mulher na casa dos quarenta, de aparência oficial, está lendo seu visor do telefone celular. Sei que ela acabou de escovar os dentes depois do almoço, porque há um pequeno resíduo de pasta de dente branca em sua mão. Noto a ausência de uma aliança de casamento, vejo um *FBI BAU4* num crachá. A forma como as unhas são feitas profissionalmente sugere que ela ganha um salário bom e provavelmente não tem filhos.

O homem que fala com ela é um agente mais jovem. Fuma, pelas manchas amareladas nos dentes e dedos, e é recém-casado, pela maneira como sua aliança reluz à iluminação. Seu relógio é pesado e caro, um presente da família rica de sua nova esposa, ou talvez sua própria. Puxa ferro e gosta de dar porrada. Seria um parceiro bom para Ryan se isso fosse um seriado policial.

O terceiro é mais velho, talvez alguém na mesma posição que Anderson Moore, pela facilidade de seus movimentos e suas bochechas flácidas e os olhos calejados. E estou certa, porque é ele quem finalmente olha para mim.

— Ela está acordada — ele sussurra, e de imediato faz com que os outros se calem. Dá alguns passos para a frente até estar ao meu lado. — Srta. Dwyer — ele fala com cuidado. — Você sabe onde está?

Posso falar? Eu separo meus lábios e tento. Fora o fato de que minha garganta arranha e minha voz sai rachada e rouca, me saio bem:

— Em um hospital.

Ele parece aliviado. Posso ver os outros dois reunindo-se em torno de mim, mal respirando. Eles estavam aqui como uma formalidade, ou para obter informações específicas a caminho de algum outro lugar. Definitivamente não estavam esperando me ver acordar.

— Correto. Você se lembra do que aconteceu com você?

— Sim. Onde está Ryan?

Eles trocam olhares. O jovem está morrendo de vontade de impressionar e fala:

— Esse é, na verdade, um dos nossos problemas, senhorita, e precisamos de você para…

O mais velho o silencia com um gesto de impaciência.

—Katherine… posso chamá-la de Katherine?

— Sim.

— Katherine, você precisa de alguma coisa? — Ele está puto quando olha para os outros dois. — Vocês podem se mexer e chamar um médico?

É a mulher que vai.

Ele se vira para mim novamente.

— Vou responder a qualquer pergunta que vocês tenham para mim — eu falo, devagar. — Mas primeiro: o bebê sobreviveu?

— Sim, da última vez que verifiquei, eles disseram que o bebê estava bem.

Sinto-me agradecida e abençoada por ouvir isso. Minha preocupação com Ryan cresce na mesma proporção que o meu alívio.

— Ryan sumiu?

— Ryan ficou com você por quase um mês. Há quatro dias, ele se foi. Ninguém tem ideia de onde ele está. Pode me ajudar?

— Então você tem que se apresentar.

— Sou Jack Shapiro, do FBI. Este é o agente da BAU Rick Westbrook, e a outra agente é Carla Baker.

Carla Baker entra com um médico e uma enfermeira atrás dela. Ele dá um passo entre Shapiro e eu, como se dizendo *você pode ser do FBI, mas aqui eu sou Deus.* Ele sorri para mim e vejo o queixo com covinha. Eu o reconheço, mas não consigo lembrar de tê-lo visto.

— Katherine, estou contente de ver que você está bem, como está se sentindo?

— Tudo bem.

— Algum desconforto?

— Não.

— Vamos fazer alguns testes de reflexo, está bem?

— Tudo bem, faça o que tem que fazer.

Ele olha em volta ao mesmo tempo em que a enfermeira puxa as cobertas de mim.

— Vocês podem nos dar espaço para fazer o nosso trabalho?

Shapiro hesita, mas eles saem.

O médico toca uma das minhas pernas:

— Sente isso?

— Sim.

Ele faz a mesma coisa com a outra. Eu confirmo. Em seguida, ele pisca uma lanterninha nos meus olhos.

— Huh-hmm... bom, bom. — E verifica as máquinas que estão monitorando o meu coração e minha respiração.

— Você parece bem, mas nós vamos pedir mais exames, certo? Você pode me falar sobre você?

— Meu nome é Katherine Dwyer, sou escritora, nascida em 7 de setembro de 1985, filha de Joe e Roberta Dwyer, em Blessfield, Flórida. Há quanto tempo estou aqui?

Ele pega uma prancheta e checa.

— Vinte e sete dias.

— Preciso falar com os agentes lá fora, doutor.

Eles explicam que Ryan partiu sem comunicação com o FBI, e que suspeitam que alguém de dentro do *bureau* ou da polícia de Miami-Dade lhe passou informações.

— Portanto, Kate, qualquer coisa, qualquer coisa que puder nos dar sobre para onde ele poderia ter ido... — o jovem diz, a mão no bolso.

— Por que estão indo atrás de Ryan se Roman Boyd ainda é um fugitivo?

— Estamos fazendo o que podemos com Boyd, Katherine — é o que a mulher, Carla, tenta me assegurar.

— Ou... vocês não têm nada para pegar Roman e acham que se encontrarem Ryan, ele vai levá-los a ele, porque... — Eu sorrio, apesar de tudo. — Porque ele é bom pra cacete nisso.

Eles ficam quietos. Sentem pena de mim, pelo que passei, e odeio esse sentimento. Estou começando a entender que vou receber uma boa dose dele por muito tempo.

Carla aproxima-se.

— Katherine, Ryan está se colocando em perigo. Se você se preocupa com ele, deveria ajudar.

Eu não gosto dela. Não, não saí do coma em algum estado de espírito *zen*. Eu ainda odeio as pessoas.

— Se tenho sido um vegetal há quase um mês, como poderia saber onde Ryan se meteu?

— Talvez algo que ele disse da última vez em que se viram? — O cara está mascando chiclete.

— Sinto muito.

Shapiro lança um olhar que eles entendem imediatamente, e os dois saem.

Ele me encara.

— Ryan está agindo fora da lei, Kate. Vai se machucar. Pode matar alguém ou ser morto. Por favor, faça algumas reflexões hoje à noite e me chame se lembrar de alguma coisa, qualquer forma de comunicação com ele, qualquer coisa.

— Traga Moore aqui.

Ele franze a testa.

— Esta é a minha investigação.

— É. Mas eu só confio no Moore.

Moore vem no dia seguinte. Eu não sei por que, mas me sinto mais segura com esse cara. Ele conhece Ryan, Ryan gosta dele, e estou feliz que esteja no quarto comigo.

— Srta. Dwyer, é um alívio vê-la tão bem, não é nada menos que um milagre.

— Sim, me fizeram passar por uma tomografia digitalizada ontem e não tenho nenhuma lesão cerebral ou qualquer coisa. E tem o bebê… ele está bem.

Ele balança a cabeça repetidamente.

— Esta é uma boa notícia.

— Moore, preciso que me ajude a compreender o *status quo*, sem mentiras, sem condescendência.

Ele umedece o lábio.

— Morris não vai cumprir pena de verdade, sabe?

Concordo com a cabeça.

— Eu sei.

—Vai ser arrastado para alguma instituição e ficará lá por alguns anos, mas vai, mais cedo ou mais tarde, ser libertado.

— Não minta para mim. Como Ryan reagiu? Ao que aconteceu comigo?

Ele respira, fazendo barulho. Agarra o protetor do lado da minha cama com dedos grossos e compridos.

— Ele viu você saltar da *van*. Pegou você e a segurou até que os paramédicos chegassem. Mas ele teve seus momentos de loucura, Katherine.

— Sabe… me colocar no noticiário, dizer ao mundo que estou acordada… não vai funcionar, isso não o trará de volta. Ele não vai voltar para casa sem o sangue de Roman nas mãos e você sabe disso.

Moore fecha os olhos.

— Sim, sei disso.

— Então não há nada que possamos fazer além de esperar.

O JUSTICEIRO

Chove esta noite, e dou boas-vindas àquelas gotas com um sorriso no rosto. Estou dentro do carro, ouvindo o som da chuva nas janelas, e sei que Roman está na mesma situação. Ele não tem dinheiro suficiente para encontrar um hotel. E deve saber que todos os hotéis receberam fotos dele. Sem poder ir a lugar algum, está dormindo no carro roubado, pensando sobre aonde ir e o que fazer.

Eu fico tão confortável quanto possível, sabendo que ele está desejando, como eu, esticar as pernas e dormir numa cama macia. Está frustrado porque planejou e sonhou com Kate por tanto tempo e ela escorregou por entre seus dedos no último momento. Está pensando que vai reencontrá-la, quando tiver passado tempo suficiente, e terminar o que começou.

Ouço as notícias no rádio, porque é isso que ele está ouvindo. Está morrendo de vontade de ouvir algo sobre ele, sobre nós, sobre os crimes, sobre Kate. Portanto, estamos calmos enquanto nos deitamos no banco de trás, a chuva bicando o vidro, e a voz suave de Dan Phillips da estação WVGB diz: "*...e temos aqui uma notícia nova que chegou até nós. Temos a informação de que a escritora de Blessfield, Flórida, Katherine Dwyer, saiu de seu estado de coma, e isso acabou de ser confirmado pelo FBI. Katherine é a escritora que foi atacada pelo serial killer Roman Lee Boyd, seu próprio cunhado, quase há um mês, uma notícia que percorreu aí os jornais e TV e reacendeu a discussão sobre segurança e o envolvimento pessoal do governador Mathias Rogers com o caso de Nathan Bardel, o Esfaqueador de Damas de Blessfield. A condição de Dwyer é estável nesse momento, e as autoridades ainda estão em busca do assassino em série cujos crimes chocaram o país. Mais sobre esse assunto daqui a pouco, o que você pensa de tudo isso, Patrícia?*

"Certamente é uma boa notícia, Dan, que essa jovem sobreviveu a esta terrível tragédia. Ainda me incomoda a falta de informações do departamento de investigação para a imprensa, pois, como sabemos, este caso pode ficar frio muito rápido. Boyd já está solto há bastante tempo. O assassino foi visto pela última vez na Geórgia e é muito difícil para a população local sentir-se segura, de fato.

"Exatamente, Patrícia. Acabamos de ter notícias sobre um atentado a..."

Eu fecho meus olhos e penso em Kate.

Mas não posso voltar.

Na manhã úmida e cinzenta, caminho até o posto de gasolina onde ele foi visto pela última vez. O espaço de lojas é amplo e os poucos quiosques estão fechados. Há um Dunkin' Donuts aberto, bem como uma lanchonete de *fast-food*, onde café da manhã está sendo servido para motoristas de caminhão. Encontro um bom lugar perto do banheiro masculino, compro dois *donuts* e um café, e sento-me ali, observando o lugar o melhor que posso. Decoração de *halloween* por toda a parte.

Há um caixa eletrônico em um canto, o lugar perfeito para alguém desesperado roubar um indivíduo de porte menor. Depois de comer, converso com o dono da mecânica por alguns minutos e descubro que as bombas funcionam a noite toda, mas o complexo de lojas é fechado à meia-noite. Ele não viu nada fora do comum aqui nos últimos dias e não estava presente quando o veículo da jovem foi roubado. Eu mostro a fotografia de Boyd. Ele balança a cabeça.

Eu olho para as fotos de pessoas desaparecidas presas à parte externa do complexo de lojas por um tempo. Ninguém que corresponda a uma vítima provável para Boyd. Ninguém desapareceu depois que ele esteve aqui.

Estaciono meu carro e dou um passeio pela vegetação que ladeia a estrada. Eu não penso, apenas observo. Sinto falta de Kate e esse é um sentimento que compartilho com ele. Pergunto-me onde poderia vê-la, onde um homem como ele e um homem como eu poderiam ver televisão sem chamar muita atenção. Se ele estava no carro na noite anterior, se estava ouvindo Dan e Patrícia, vai ter que assistir ao noticiário da noite. Ele vai ter que ver Kate. Então... onde?

Eu dou voltas de carro e encontro outro posto de gasolina, este sem televisão. Mais adiante, acho um lugar chamado Pollos Compadres. Nenhum carro no estacionamento, exceto por um Taurus e um velho Ford Fiesta. Eu entro e uma mulher magra olha para cima.

— A cozinha ainda está fechada, senhor.

— Ah, que horas você abre?

— Às onze, para o almoço. Fechamos às dez.

Vejo uma TV de LCD em um canto e aponto para ela.

— A TV fica ligada durante o jantar?

Ela acena com a cabeça.

— Geralmente passando esportes.

— Notícias?

Ela pulveriza algo na superfície brilhante de uma mesa e passa um pano.

— Se alguma coisa importante estiver passando, com certeza.

— Obrigado. — Eu saio.

Por que, Ryan? Por que você acha que ele não saiu daqui?

Porque ele é territorial.

Ele permaneceu em Blessfield tanto quanto podia, e saiu de sua zona de conforto especialmente por causa de Kate. E quando ele conseguiu Kate, ele não a colocou em um *trailer*, ou um galpão, ou em qualquer outro lugar; ele a levou para casa. Levou-a para a casa dele, onde *ele* é chefe, onde *ele* comanda o espetáculo.

Pouco mais à frente, há uma cidade, uma praia, algo que não é confortável, um lugar onde ele vai ser notado, onde será visto.

Aqui? Ele já cometeu uma transgressão aqui. Botou medo numa mulher. Está começando a sentir-se poderoso aqui e não trocaria isso por um local desconhecido. Estamos num lugar vazio, do qual é fácil escapar, cercado por mata, onde você pode conseguir gasolina, comida, facilmente roubar um carro e talvez até mesmo se deparar com uma mulher viajando sozinha. Não, eu sei que meu instinto está certo. Roman está começando a tornar este lugar *dele*.

Andar ainda não é fácil, não pense que é.

A ferida morde meus nervos quando estou quase esquecendo de sua existência, mas caminho ao longo da estrada. Preciso de silêncio, preciso me curar.

Penso sobre ela em meus braços naquela noite, mole, sangrenta e pesada. Eu lembro de ter visto o vermelho em sua boca, na barriga, nos braços. Ela tinha um odor tão terrível que, se eu fechar meus olhos, consigo senti-lo de novo. Era vômito, suor, urina, sangue e sêmen. Lembro-me das marcas roxas de dentes perfeitamente redondas em seu seio.

Eu paro de andar e sento-me na grama, o sol começando a me queimar. Acendo um cigarro e fumo, e espero. A única coisa que posso fazer é esperar.

Almoço no Pollos Compadres, onde posso verificar as saídas durante a leitura do jornal do dia. Eu uso o banheiro dos homens e leio todos os rabiscos deixados por chaves e canetas nas paredes de cada cubículo. Nada me chama a atenção, a não ser um rabisco novinho, feito num momento de ódio masculino:

POR QUE DEUS CRIO A MULHER?

PRA CARREGAR PORRA DA CAMA PRO BANHERO

Poderia ser ele, ou não. Uma caneta não é uma coisa difícil de conseguir, e ele tem conversado apenas consigo, o desejo de comunicar-se é natural. Eu saio do banheiro e compro uma sobremesa. Quando estou pagando, pergunto:

— Posso, hm... pegar uma caneta emprestada? Gosto de fazer as palavras cruzadas...

— Claro. — Ela sorri para mim e entrega-me a caneta que está enfiada no bolso do seu avental. Dou uma piscadela para ela e levo meu *sundae* para uma mesa onde ela pode me ver.

Faço as palavras cruzadas e termino a sobremesa enjoativa e açucarada demais. Volto ao banheiro. Abaixo da poesia, escrevo:

Falô tudo. R.B.

Porque estou me passando por um babaca semialfabetizado e ignorante como ele.

Devolvo a caneta e saio do restaurante.

A ESCRITORA

Ninguém cuida de nós nesta sociedade; estamos condenados a ficar sozinhos assim que deixamos de ser crianças bonitinhas.

Não há razão médica para eu permanecer no hospital. O gesso já foi retirado da minha perna, mas tenho que usar um protetor de neoprene. Portanto, estou em casa, e é o lugar mais estranho do mundo para mim.

Eu ando até meu apartamento, não sem um olhar para o corredor, à porta fechada de Jennifer e Brenda, que ainda está atravessada com fita de cena do crime. É um dia ensolarado aqui em Miami, e meu apartamento está inundado com luz solar. Fecho a porta e tranco-a, porque não sou a idiota que já fui, olho ao redor. É estranho para mim. Não me sinto confortável, muito menos segura aqui. Ah, sim, há um carro da polícia estacionado do outro lado da rua. Eu me pergunto se eles estão me observando para encontrar Boyd ou Ryan.

No banheiro, ligo a água quente e tiro as roupas. Não é fácil enfrentar o espelho, mas eu insisto. Meu rosto está bem, com exceção de um pequeno corte na testa, que foi costurado e está cicatrizando bem. Os hematomas no meu corpo se foram em sua maior parte. A única coisa da qual não consigo desviar o olhar é a mordida.

Parece pequena.

Eu passo para o chuveiro, a água tão quente que queima. Fecho meus olhos e aguento, perguntando se algum dia me sentirei limpa novamente.

O fato é que me sinto melhor quando a ducha acaba, vestindo roupas quentinhas e confortáveis. Meu computador e outros pertences estão na delegacia, esperando que eu vá buscá-los. Sinto falta do meu computador.

Eu como porque estou com fome, porque sinto falta de comer por prazer. Gostaria de manter-me ocupada, para não ter que pensar naqueles dois dias.

Não tenho telefone celular, porque ainda é evidência.

Por alguns minutos, sento-me no meu sofá e pergunto-me se a TV vai me distrair. Eu sei que meu rosto está nas notícias, sei que vai ser doloroso, mas é algo que tenho que enfrentar.

Assim que ligo no canal sete, *Flórida Direct*! está fazendo uma matéria sobre *serial killers*. Esfrego minhas mãos enquanto assisto a um homem em um terno responder a perguntas de uma loira de farmácia:

— *Quantos assassinos em série estão à solta hoje em nosso país, dr. Coltrane?*

— Bem, Wendy, o departamento estima um número perto de quarenta, ativos, nos EUA, embora alguns, eu inclusive, acreditem que este número é perigosamente conservador.

Eu desligo. Não estou com disposição para isso.

Minha mente anseia por libertação. Coração batendo, visto *jeans* e enfio alguns dólares no bolso de trás. Pergunto-me se Nathan Bardel está comigo, me olhando, me seguindo aonde eu vou. Desde que acordei do coma, eu o sinto comigo, como uma sombra, como o amigo imaginário de uma criança.

Uma vez na rua, o sol me domina, os carros voando por mim, poucas pessoas andando. Eu pisco para me concentrar, tudo de repente é muito claro, e por um segundo estou perdida de como devo proceder para atravessar a rua. Então, lembro que tenho que atravessar em um lugar específico. Eu ando e aguardo e, quando os carros desaceleram, os faróis brilhando sob o sol, olhos em mim, sinto medo de seguir em frente. Vejo uma menina gordinha, em seus vinte anos, caminhando em minha direção e pergunto-me se ela vai falar comigo, mas ela apenas passa e vira à direita na calçada. Então eu olho e vejo que os carros não estão se movendo, o sinal de pedestres está verde. Eu cruzo, sentindo-me ansiosa sem saber o porquê. Talvez seja muito espaço em volta de mim, talvez porque *ele* está solto por aí.

Caminho pela calçada enquanto os carros começam a mover-se mais uma vez, na direção oposta. Todos que andam em minha direção me dão a sensação de algo desconhecido, de uma possível ameaça. Eu os sinto olhando para mim, pergunto-me se eles sabem.

Estou finalmente no posto de gasolina e entro na loja de conveniências. Ar frio na minha pele e luzes artificiais e brancas. Minhas compras são exageradas: quando percebo que estou no caixa, despejo barras de chocolate, chiclete, biscoitos, batatinhas e refrigerantes no balcão. A quantidade parece absurda.

— Quero seis Marlboros vermelhos e um isqueiro — digo, suavemente.

Um homem entra na loja, fazendo muito barulho. É um policial. É um dos policiais que estão estacionados em frente ao meu prédio. Ele olha para mim, mas finge não me reconhecer. Eu pago o homem no caixa e saio com as minhas sacolas. No momento em que piso para fora, tenho que acender um cigarro. Eu sussurro:

— Eu sinto muito — para o meu bebê, mas preciso fumar. Simplesmente preciso.

Tragar faz eu me sentir melhor.

Em casa, espio pela janela e vejo o policial voltar para o carro. Ele entrega ao seu parceiro algo para comer que não identifico daqui, e provavelmente fala mal de mim por um tempo. O do banco do passageiro olha diretamente para minha janela um microssegundo antes de eu dar um passo para trás. Acendo outro cigarro e dou alguns passos pela sala. Quando termino de fumar, atravesso o corredor para a porta da senhora Selznick. Eu bato, e ela abre depois de um tempo.

— Katherine — ela exclama. Ela sabe. Pelo olhar em seu rosto, percebo que já viu todas as notícias. Isso me faz querer fugir deste lugar. Eu esboço um sorriso.

— Sim, como está?

— Eu estou… todos nós estamos muito, muito chocados e preocupados com a nossa segurança, e muito tristes por Jen, e você… querida… — Ela me avalia, mede, analisa.

— Eu normalmente não pediria, mas acabei de voltar para casa e minhas coisas não estão organizadas ainda, eu ficaria muito grata se pudesse usar o seu computador.

Agora ela está pensando. Sua resposta me surpreende.

— Bem, você poderia pegar emprestado o do Timmy, se quiser. Ele comprou um novo quando foi para a faculdade no ano passado. O que ficou é velho, mas funciona.

— Eu ficaria muito, muito grata. — Eu suspiro.

— Por que você não entra?

De repente, não me sinto confortável. Ela percebe.

— Ou apenas me dê um momento. — Ela sorri. Eu a vejo desaparecer dentro do apartamento. Espio e vejo um apartamento organizado, tão diferente do meu, com muitos quadros e fotos nas paredes, um violão e um piano, a TV no mesmo programa que recusei a assistir antes.

Eu me pergunto o que ela e seu marido dirão sobre mim quando ele chegar em casa à noite.

Quando ela volta, dou um passo para ajudá-la. É um *notebook* VAIO, definitivamente não tão velho quanto Timmy deu a entender.

— Obrigada, demais… — eu digo novamente.

— Ah, use-o durante o tempo que precisar, querida. Katherine, se tiver alguma coisa que eu possa fazer…

Apenas balanço a cabeça afirmativamente e caminho de volta para o meu apartamento.

Eu o abro e ligo. Leva um tempo para conseguir fazer funcionar o *wi-fi*, mas, quando consigo, me dá vontade de beijar a tela. Esfrego minhas mãos, perguntando-me se estou pronta para a internet, para as imagens e as palavras que aparecerão sem serem convidadas, tudo o que não pode ser controlado.

Então eu abro o Google e digito: **Bles**

E isso me dá: **Blessfield assassinatos**

Eu esfrego meu rosto.

E clico.

Meus olhos percorrem cada *link* e percebo que não quero ler isso, não quero saber. Em vez disso, digito: *lidando com estupro.*

Não pense que não há vergonha em escrever isso, porque há. Agora eu sou uma daquelas garotas. Então percebo que tenho sido uma daquelas garotas desde que tinha quatorze anos e apenas fingi não ser. Clico no primeiro *link* e é um *blog* escrito por uma vítima de estupro.

Leio as dicas com apatia:

Não se culpe.

Não recorra ao álcool ou a narcóticos para aliviar a dor.

Concentre-se nas coisas positivas em sua vida.

Converse com pessoas que mostram apoio, procure um grupo ou conselheiro.

Faça aulas de defesa pessoal.

Coloco um cigarro na boca e fumo. Vejo *links* para linhas diretas, clínicas de psicologia e números emergenciais. Eu clico em tipos de estupro e obtenho uma lista:

Estupro facilitado por drogas

Abuso sexual ou agressão

Estupro por submissão

Mais uma vez, eu me sinto como uma aberração. O que aconteceu comigo não tem sequer um rótulo adequado, não é? Estupro/incesto cometido por assassino em série. Eu fumo e fecho o *site.*

Digito *Ryan Owen* e recebo centenas de resultados.

Eu não quero ler sobre ele, eu quero vê-lo. Clico em imagens e fito seu rosto. Isso me faz fechar os olhos e sentir meu nariz queimar. Estou muito consciente da criança dentro de mim, de Nathan Bardel ao meu lado. Não me sinto sozinha por um segundo. Limpo as minhas lágrimas e fumo enquanto meus olhos encontram muitos de Ryan na tela.

Em seguida, vem a mim (é você, Nathan?) que posso abrir o *e-mail* de Ryan. Não sou ingênua o suficiente para pensar que não está sendo monitorado (assim como meu telefone está grampeado), mas posso conseguir o meu livro.

Meu livro, Kate.

Vá se foder, Nathan.

NATHAN BARDEL

Estou, mais uma vez, dividido entre o desejo de estar com Kate – principalmente agora que ela incorporou a Ereshkigal e está escrevendo meu livro de novo – e a necessidade de estar com Ryan, porque ele não sabe como está perto de Roman.

Kate mudou um pouco: o foco, sua mente trabalhando como se estivesse realmente funcionando melhor, funcionando à base de doces, cigarros e refrigerantes. Ela conseguiu bloquear as memórias que chegam e concentrar-se apenas em terminar o livro. Kate está literalmente trabalhando para não enlouquecer.

Aqui, com Ryan, as coisas estão confusas. Seus instintos estão certos, mas ele subestimou completamente a necessidade de Roman por uma nova vítima. É Kate quem ele quer, mas, nesse momento, qualquer mulher que cruzar o seu caminho *é* Kate.

Ele está a apenas três quilômetros de distância.

Vejo Roman. Ele está dentro de seu Avalon roubado, janelas abertas, fumando, de olhos fechados. Sua mente vagueia, ele visita seus momentos com Kate e eles o deixam de pau duro. Ouve o rádio e toda vez que o caso é mencionado, seu coração bate como se prestes a explodir. Ele se acalma, então pensa para onde poderia ir, o que poderia fazer. Ele precisa de uma vítima; imagina o encontro, cada pequeno detalhe, tudo o que vai fazer. Roman é uma bomba-relógio, uma que eu desprezo e quero ver explodir.

Ryan está perto, também sentado em seu carro com a janela aberta e fumando, ouvindo a mesma estação de rádio, sabendo que Roman está ouvindo exatamente a mesma melodia, as mesmas palavras. Ryan sabe que está atordoado psicologicamente. Ele não consegue parar de pensar em Kate, e é angustiante o quanto ele se culpa. Está pensando em não voltar para ela, que mesmo que sobreviva a isto – e não temos certeza de que vai –, ele não pode voltar. Tem medo de encará-la, de vê-la despedaçada. Está desistindo, rápido.

Mas não da caça.

São sete horas e Ryan entra no Pollos Compadres. O lugar está meio cheio de pessoas que pararam na estrada para fazer uma pausa em suas viagens rodoviárias. A TV está ligada na CNN, e ele não tem certeza se algo sobre o caso vai ao ar esta noite, mas toma seu lugar em um canto e lê um cardápio de plástico, o estômago dolorido de fome.

Ryan estuda tudo, desde os relógios de pulso nos braços dos homens, o tempo que as mulheres passam no banheiro, as queimaduras de sol nos narizes das crianças, sapatos, tudo isso. Ele coleta informações, sem preconceito ou medo, e armazena-as, de forma treinada e ao mesmo tempo natural.

Mas Roman não vai ao Pollos Compadres esta noite. Como Ryan soube, ele esteve ali, mas já faz três dias. Esta noite, Roman está se sentindo à vontade e seguro o suficiente para tentar algo mais intenso.

KATE

Ao cair da noite estou mais bem equipada, emocionalmente, para assistir ao noticiário. O apartamento tem cheiro de fumaça de cigarro, então abro a janela e, em seguida, sento-me com uma lata de Coca e ligo a televisão. O foco do programa desta noite, vejo de imediato, é Mathias Rogers.

É um "escândalo" que Rogers, um homem guiado por valores cristãos, com uma carreira política "impecável", tentaria conspirar para silenciar uma escritora, um agente federal e, em seguida, contratar um assassino para matar este mesmo agente, e tudo isso para encobrir o sequestro de sua filha, o estupro e aborto subsequentes. O termo "hipocristão" jorra das bocas de muitas pessoas nas ruas quando questionadas sobre sua opinião do assunto.

Mathias negou as acusações de Ryan, o que fará o julgamento ainda mais emocionante para a imprensa e o público. Sei que Ryan não se importa com nada disso. A grande notícia desta noite é que Rogers desistiu da campanha e não vai concorrer à reeleição para governador. Isso me dá orgulho de Ryan e coloca um sorriso fraco no meu rosto.

Há uma matéria sobre o desaparecimento dele também. Era só uma questão de tempo até que as pessoas notassem que ele desapareceu. Isso é ruim, eu acho. Isso diz a Roman para ter cuidado. Isso lhe diz que Ryan está atrás dele.

Eu desligo e penso em telefonar para meus pais.

Não há maneira de medir o impacto que isso deve ter tido neles. É preciso coragem, mas pego o telefone. Percebo que não tenho noção alguma do que dizer e que tenho medo do julgamento deles. Mas continuo com o receptor pressionado à minha orelha, e é meu pai que atende no terceiro toque, agressivo e cansado.

— *Alô?*

Meus olhos ficam úmidos.

— Pai?

Leva um momento, mas antes que eu possa especular sobre o que significa, ele desaba.

— *Katherine.*

— Estou em casa. Estou bem.

— *Por que... por que você não voltou para nossa casa?*

Eu não sei. Eu não acho que consigo me sentir segura em Blessfield.

— Eu só queria ficar sozinha —finalmente sussurro.

Há sons que não consigo distinguir, então minha mãe fala:

— *Filha...* — Ela está chorando. — *Nós ficamos com você no hospital...*

— Eu sei, eu sei, por dias, eu sei. Está tudo bem, mãe. Você não podia ficar lá para sempre.

— *Voltamos porque há coisas que precisamos resolver, coisas... da sua... irmã.*

Concordo com a cabeça. Deus, Amanda. O que posso dizer a eles? Como posso lamber minhas feridas quando eles estão passando por algo além da minha compreensão, uma dor que eu não consigo entender? Meu coração parte-se pela minha mãe. Eu nunca senti tanta empatia por ela. Perdão deságua sobre mim como uma onda. Perdoo-a por tudo que ela fez e não fez. Eu a amo com tudo o que eu sou, mas sinto que não tenho esse direito.

— *Katherine, seu bebê...* — Ela chora. — Estou tão feliz.

Concordo com a cabeça novamente, meus olhos borrados de lágrimas.

— Sim, eu também.

— *Conversamos com Ryan, sabe? Ele foi gentil.*

— Mãe, eu o amo.

— *Sim, sim...* — Ela soluça. — *O amor vai te ajudar agora. Katherine, eu decidi ver Morris.*

— Não, mãe... — Pavor me preenche. — Mãe, Morris não é... ele não é quem você acha que ele é.

— *Katie, ele é meu neto. Eu preciso vê-lo, tenho que tentar falar com ele, entendê-lo.*

— Mãe, você não vai conseguir. A pessoa que você é não é capaz de compreender a pessoa que ele é, confie em mim, pela primeira vez! Por favor, não o veja, ele só vai magoá-la mais.

— *Não existe* ***mais****, Katie. Eu não posso ser mais ferida, você não vê? Nada neste mundo poderia ser pior do que isso. Estou em um estado, filha, em que nada mais pode me machucar. Nada.*

Eu limpo as minhas lágrimas.

Ficamos em silêncio, mas reúno coragem para dizer o que ela precisa ouvir:

— Ele matou Manda.

— *Não, foi Roman!* — Ela chora. Ouço seus soluços. — *Roman fez aquilo!*

— Mãe, ele estava lá. Ele olhou, ajudou, brincou com o sangue, eu estava lá! Eu estava lá! Ele me estuprou!

Ela está chorando.

Eu fecho minhas mãos em um punho e tento manter o controle sobre meu corpo, minhas palavras, minhas emoções. Eu não contei à minha mãe sobre Dale quando era adolescente. Preciso ter cuidado para não fazer isso agora, da forma errada.

— Eu sei que você ama o Morris —digo, baixinho. — Eu também amava. Nós não enxergamos. Mas, mãe, agora a gente já sabe. Não faz isso.

Ela entrega o telefone para o meu pai.

— *Katherine, venha para casa* — ele diz, com uma voz pesada.

— Não sei se tenho forças.

Por um momento, nenhum de nós fala. Então, meu pai diz:

— *Você ainda duvida de sua força, depois de tudo que acabou de te acontecer?*

Eu sinto o gosto de uma lágrima salgada na minha língua. Não tenho resposta. Não sei se consigo ser o que eles esperam de mim: a vítima forte, a heroína, a sobrevivente.

— *Venha para casa, Katherine* — ele implora.

RYAN

Já estou aqui na estrada há cinco dias e ainda não tive qualquer sinal de Roman. Minha teimosia me diz para ficar parado, que ele está aqui, que não quer mais fugir. Estudo um mapa da região e percebo que, enquanto meus instintos podem estar certos, negligenciei que a dois quilômetros daqui há uma área rural com pequenas fazendas, isoladas umas das outras, rodeadas por mato em todos os lados. Comida, abrigo, talvez algumas vítimas. Preciso estar lá quando ele atacar.

Dirijo pelo local e me acostumo com a cidade pequena, seu comércio, as suas ruas tranquilas. Converso com os moradores, eles me falam das fazendas, da cidade. Eu lhes mostro fotos de Roman e alguns parecem familiarizados com a história. Leva o dia inteiro. Dirijo pelas ruas flanqueadas por árvores altas e estudo as fazendas de longe. Faço um mapa delas, anoto suas características. Vou preencher com mais detalhes amanhã.

Agora, ao anoitecer, fico no carro, escutando o rádio, fumando. Estou escrevendo tudo o que sei de Roman, fazendo uma lista de ações que podem desencadear reações violentas dele, circulando lugares no mapa onde ele pode esconder-se para roubar dinheiro, alimentos, cigarros. Eu gostaria de ter a mão de obra para forçá-lo a vir até mim. Desejo que não estivesse apaixonado por Kate, para poder usá-la como isca. Penso nas necessidades dele e aonde ele tem que ir para satisfazê-las. Queria ter tempo para comprar cada pacote de cigarros na área para forçá-lo a procurá-los aqui nesse centro comercial, onde estarei esperando. Planos de todas as naturezas, de idiotas a possivelmente brilhantes, mas impossíveis, vêm a mim.

Quando estou quase fechando os olhos para mergulhar num cochilo exausto, a voz de Kate no rádio me traz de volta à realidade. Sento-me, pressiono o botão do volume, e escuto:

"...tudo que eu preciso é ser deixada em paz neste momento. Eu quero estar com a minha família para me curar."

"Qual é a sua opinião sobre Mathias Rogers?"

"Ele tem de ser responsabilizado por suas ações com a mesma misericórdia que ele demonstrou aos outros no passado."

Eu a amo.

"Está em contato com Ryan Owen?"

"Neste momento, estou usando vocês para dizer a ele que eu o amo e que vou estar em casa quando ele decidir voltar."

Kate... ela está em Blessfield. Está sendo a isca.

Preciso me acalmar.

"O que você tem a dizer para Roman Boyd? Para Morris Mitchell?"

"Eu não vou discutir Morris Mitchell. Para Roman... acho que tenho que dizer que ainda estou aqui."

Desgraçada! Eu soco o banco de passageiros repetidamente até meu braço arder. Desgraçada! Ela está se fazendo de isca. Sabe que está cercada de policiais e agentes e que, se ele chegar perto dela, será pego.

Ele está ouvindo no momento.

Como ele se sente?

Tão puto e impotente quanto eu, é claro.

Está se perguntando o que fazer.

Seu impulso é ir até ela, como o meu. Mas ele não pode arriscar isso. Como eu, neste momento, ele não tem recursos.

Então Ryan, o que ele vai fazer?

Saio do carro e descanso as costas contra ele. Olho para cima e vejo as estrelas.

Ele terá que dizer a Kate que ela não tem poder sobre ele, que é mais esperto do que ela pensa e que *ele* é o chefe. Ele tem que vencer. Vai matar, vai matar hoje à noite ou amanhã para mandar uma mensagem para ela e fazer com que seja culpa dela. Se ele fizer isso, terá que abandonar este lugar, e então vou perdê-lo para sempre.

Tenho pouco tempo.

KATE

Então chegou a hora do meu depoimento oficial, da minha entrevista, de ser lançada aos lobos. Imagine minha surpresa quando entro no pequeno escritório da Delegacia de Polícia de Blessfield e vejo o lindo e amável agente Bertelli.

Tento mostrar a ele que não estou incomodada com sua presença, mas a verdade é que o meu coração está batendo mais rápido e me sinto tão ansiosa que estou com náuseas. Ele não parece o babaca misógino que me entrevistou pela primeira vez e me acusou de ser uma estupradora e assassina. Ele parece sério e quase se desculpando.

Sento-me e uma policial me pergunta se preciso de alguma coisa, se ela pode me pegar um café ou água. Peço um refrigerante. Estou sendo tratada como princesa porque fui violentada pelo vilão, porque na condição de "gestante" sou sagrada agora, ou porque todos aqui sabem que falharam comigo?

Quando ela fecha a porta, ele começa.

— Srta. Dwyer, está totalmente recuperada?

— Fisicamente? Sim, agente Bertelli.

— Fico feliz. Por favor, sinta-se à vontade para levar o tempo que precisar e interromper o interrogatório a qualquer momento, se sentir-se incapaz de continuar.

Eu apenas aceno para ele ir em frente.

DECLARAÇÃO OFICIAL DE KATHERINE DWYER SOBRE OS ACONTECIMENTOS DE 23 E 24 DE SETEMBRO/2014, CONDUZIDO PELO AGENTE DOUGLAS BERTELLI EM 22 DE OUTUBRO/2014.

BERTELLI: Conte-me sobre o seu rapto, senhorita Dwyer.

DWYER: A detetive Woods foi para o Holiday Inn, onde eu estava hospedada com o ex-agente Ryan Owen, e me entregou, sob suas ordens, DVDs com imagens da Biblioteca Pública de Blessfield, já que ele acreditava que eu poderia reconhecer a pessoa que era, na época, o sujeito desconhecido. Reconheci o meu cunhado, Roman Boyd, e decidi sair do hotel.

BERTELLI: Entre o momento em que o reconheceu e o momento em que deixou o hotel, quais foram as suas ações?

DWYER: Calcei um par de tênis, liguei para Ryan, mas ele não atendeu. É importante dizer que um pouco antes de ver o DVD, meu [pausa e hesitação], meu sobrinho, Morris, telefonou-me e perguntou-me onde eu estava e se estava com Ryan. Respondi que estava sozinha, em um hotel perto da minha casa, porque eu não tinha ideia de que ele estivesse... envolvido.

BERTELLI: Então você deixou o hotel.

DWYER: Sim, eu queria ir a algum lugar público, talvez uma lanchonete, e tentar entrar em contato com Ryan, ou talvez outro oficial.

BERTELLI: E então o que aconteceu?

DWYER: Eu não tinha andado por mais de três minutos, mais ou menos, quando a van parou e ele me jogou dentro. Lutei, mas fui atingida e fiquei inconsciente depois de um tempo. Quando acordei, já estava presa pelos pulsos e tornozelos.

BERTELLI: Quem estava na casa?

DWYER: Roman, Morris e minha irmã, Amanda.

BERTELLI: Falou com Amanda?

DWYER: Não, só ouvi os gritos dela.

BERTELLI: Alguém saiu da casa enquanto você estava lá?

DWYER: Eu não sei. Fiquei inconsciente com frequência. Eu não estava me alimentando.

BERTELLI: Alguma pessoa foi até a casa?

DWYER: Não posso dizer com certeza, mas creio que não.

BERTELLI: Você permaneceu amarrada o tempo todo ou você era autorizada a levantar-se e caminhar?

DWYER: Ele me soltou duas vezes. Acredito que queria me perseguir, me ver mais desesperada do que estava, me ver tentar escapar. É uma casa pequena. Tentei as janelas e portas, mas nada se abriu. Eu acredito que era à prova de som, porque eu e Amanda gritamos por horas.

BERTELLI: Você se lembra de quantas vezes sofreu agressão sexual?

DWYER: Não... Quer dizer. Acredito que pode ter sido cinco ou seis vezes. Talvez mais.

BERTELLI: Que informações você pode me dar sobre as feridas infligidas em você?

DWYER: Roman me bateu várias vezes quando eu estava presa, mas ele ficava mais violento quando eu estava andando pela casa. Recebi socos e chutes e fui jogada ao chão diversas vezes.

BERTELLI: Quais foram as ameaças feitas a você como pessoa?

DWYER: Só que eu teria o que merecia, que ele ia me machucar e me matar.

BERTELLI: Ameaças foram feitas contra a polícia ou outras agências da lei?

DWYER: Eu não... não me lembro de nenhuma.

BERTELLI: Ameaças foram feitas contra o governo, outras pessoas, a nação?

DWYER: Não.

BERTELLI: Você ouviu qualquer conversa sobre qualquer outro lugar onde Boyd ou Mitchell poderiam ter visitado ou considerado como uma casa segura ou base de operações, qualquer coisa dessa natureza?

DWYER: Não.

BERTELLI: Eles falaram de vítimas anteriores ou outros crimes não declarados?

DWYER: Não.

BERTELLI: Você pode me dizer sobre a noite em que foi encontrada pela detetive Woods e o ex-agente Owen?

DWYER: Eu tinha acabado de morder Morris.

BERTELLI: Por favor, volte. Quando você atacou Mitchell?

DWYER: [pausa] Eu não o ataquei. Ele estava em cima de mim. Mordi a bochecha dele.

BERTELLI: Claro. Peço desculpas. Ele a estava violentando e você o mordeu.

DWYER: Sim. Ele estava temporariamente ocupado com a ferida, e foi quando Roman me soltou para me perseguir novamente. Eu vi Amanda e ela já estava morta.

BERTELLI: Você se lembra do horário?

DWYER: Não, eu não tenho ideia. Estava escuro lá fora, isso é tudo que sei.

BERTELLI: Então, o que aconteceu depois?

DWYER: Então as coisas são nebulosas em minha mente, porque houve gritaria e fui atingida. Acho que fui arrastada para o carro. Senti o movimento e ouvi os ruídos do motor de um carro e foi um reflexo, eu simplesmente fui até porta e tentei abri-la, sem planejar nada, e fiquei tão surpresa que ela estava aberta que pulei sem olhar. Eu não me lembro de nada além disso.

BERTELLI: Qual foi a última vez que viu o ex-agente Ryan Owen?

DWYER: No Holiday Inn, na noite em que foi atrás de Mathias Rogers e eu fui levada.

BERTELLI: Por favor, não deixe o estado, Katherine, talvez seja necessário lhe fazer mais perguntas.

DWYER: Eu não faria isso, agente Bertelli.

BERTELLI: Há mais alguma coisa que gostaria de dizer para os registros?

DWYER: Sim. Ryan sabe que você recebeu ordens de alguém para pedir a ele que não divulgasse qualquer informação sobre Nathan Bardel para mim na ocasião da minha pesquisa. Ele mencionará isso no tribunal no julgamento de Rogers.

NATHAN

Roman está vigiando a casa que já escolheu, de uma estrada de terra próxima, praticamente deserta à noite. Ele observa esta casa há dois dias e não consegue esperar mais. Já sabe que ela contém cinco habitantes; uma mãe, um pai e seus três filhos.

Ele espera.

Enquanto isso, o nosso bom amigo Ryan Owen finalmente está tomando um banho no quarto da pousada que ele encontrou nessa cidadezinha. Ele se veste e verifica sua Glock, que enfia nas calças, e caminha pela estrada.

Ele chega na primeira casa às sete. Bate na porta e fala com o dono da casa, que lhe assegura que não viram o suspeito. Ryan diz a ele para avisar a sua família que um criminoso perigoso pode estar na cidade, e o homem em questão responde que eles estarão à procura e não abrirão as portas.

Ryan vai até a próxima casa.

Deixem-me explicar, do ponto de vista de alguém que está aqui agora: Ryan sabe que vai levar horas para percorrer as primeiras seis fazendas. As outras cinco, neste lado da cidade, ele tem a intenção de checar amanhã durante o dia. No dia seguinte, ele ainda tem o outro lado, o que significa um trabalho idiota para quem está com a perna fodida, mas ele não consegue ficar parado e esperar Roman matar de novo.

Roman está na sexta casa.

Embora sinta a tensão no meu peito, eu dou uma risada; é absurdo como estão perto um do outro.

Estou com Roman agora, e com ele eu me lembro da sensação. Ele é um caçador esta noite, como eu fui há tanto tempo, em tantas noites como esta.

A escuridão caiu sem piedade, a noite está pegajosa e tem cheiro de caramelo, e este assassino caminha por esta terra rural.

A propriedade da caça é composta de uma bela casa verde-clara e branca, árvores solitárias e um celeiro. É para lá que Roman corre, na esperança de encontrar comida ou água e possíveis armas.

O celeiro está fechado e ele se senta na grama, de costas para a madeira, feliz por estar descansando e pensando sobre o que vai fazer. Eu o vejo tomar uma decisão rápida: vai esperar até que as luzes se apaguem na casa, e então vai arrombá-la. Dominará o homem primeiro, por ser a maior ameaça. Depois, vai se divertir com a mulher. Então vai tomar um banho, comer, arrumar comida, água, dinheiro e roupas, e sair. Ele sabe que ficou aqui por muito tempo, mas ainda não tem intenção de ir embora. Gosta daqui.

Ele ouve passos.

Roman toma um susto, mas não é necessário. A pessoa caminhando da casa para o celeiro é a mulher.

Fico surpreso ao entender que temo por ela, mas que já conheço seu destino.

Ela está andando descuidadamente, como fez muitas vezes no passado, uma dona de casa com um bundão e coxas gordas, cabelos castanhos na altura dos ombros e olhos grandes. É o tipo de mulher que cheira a sabonete e comida, tem um pingente de prata na corrente em volta do pescoço e, provavelmente, tem uma Bíblia no criado-mudo.

Roman, rápido como um filho da puta, quando pula nela, cobre sua boca e empurra-a contra a parede de madeira. Ela está chocada demais para reagir, a princípio.

— Não grita, não grita — ele sussurra. — Me mostra nos dedos, quantos na casa? — Ele só quer ter certeza.

A mulher leva um momento para entendê-lo, depois mostra-lhe quatro dedos delicados.

— Quantas crianças?

Ela abaixa um dedo.

— Tem três filhos lá dentro?

Ela acena com a cabeça, com os olhos em lágrimas, porque está pensando sobre eles, seus três meninos.

— Escuta, vadia, presta atenção — ele sussurra. — Vou descobrir sua boca e você não vai gritar, entendeu? Porque se gritar, isso vai ser como matar os seus filhos. Sacou? Fica quieta, e eu deixo eles em paz.

Ela assente.

Ele descobre sua boca, só agora avaliando sua aparência, já ereto.

— Abre o celeiro.

— Escuta... — ela sussurra, a voz vacilante, como uma chama de vela.

— Faz o que eu tô mandando.

Ela abre o celeiro e ele a empurra para dentro.

A luz que vem através das portas abertas é o suficiente para ele ver o interior. Roman empurra a mulher no feno, violentamente, aperta o rosto dela contra o chão e deita-se nela. Ela está chorando baixinho, pois acredita no que ele disse. Sua esperança de que o marido e as crianças passarão por esta noite ilesos é tragicamente maior do que seu medo neste momento. Isso é algo que me impacta, é algo de que sempre ouvi falar, mas nunca realmente acreditei: a preocupação dela pelos filhos e marido é maior do que seu instinto de sobrevivência.

É por isso que cedem tão facilmente?

Roman é rápido quando puxa as botas dela e depois as calças *jeans*, para expor uma bunda branca e gorducha que ele cobre com seu corpo instantaneamente. Ele remexe com a calça *jeans* enquanto ela choraminga, e coloca-se dentro dela com a mão. Está silencioso no celeiro quando ele bombeia. Os gemidos e pequenos gritinhos dela são contidos. Ele só sente o controle, a assertividade de sua masculinidade, o medo que ele inflige, e Kate, porque ela está sempre lá, sempre na cabeça dele.

Os pensamentos da mulher variam rapidamente entre *não, isso não está acontecendo comigo* para *ele vai embora e as crianças e John vão ficar bem*. Ele termina, o momento de clímax desconectando-o do *agora*, e respira fundo para acalmar-se, já puto que acabou muito rápido, que ele não conseguiu controlar-se para durar mais. Ele vira a mulher para que o encare e ela tem feno em sua camisa e no ninho de pelos pubianos. Dá um soco no rosto dela, o suficiente para deixá-la grogue, e então coloca as mãos em torno de sua garganta.

É preciso resistência e força de vontade para estrangular uma pessoa, mesmo uma mulher, sei bem disso. Ninguém fica parado ao ser sufocado. Os braços reagem, enfiam-se no seu rosto, e as pernas se contorcem como peixes fora d'água. Ele resiste enquanto ela se debate, apertando com mais força, os braços, punhos e mãos queimando, observando com prazer mais elevado enquanto as veias dela incham, seus olhos arregalam-se, seu rosto muda de cor.

Pela primeira vez, eu vejo o outro lado disso, sentindo o que ela sente, porque consigo entender seus pensamentos. Ela sente vertigem em primeiro lugar; em seguida, formigamento nos membros, zumbidos nos ouvidos; então, finalmente, seus movimentos perdem força, ela tem convulsões sob ele, e eu a vejo perceber que está morta. Se eu lhe disser que ela morreu acreditando que seus filhos ficariam bem, você acreditaria em mim?

Bem, quando ela de fato morre, e isso é algo que você sabe, você *sabe* quando uma pessoa se foi, eu não a vejo. Não me pergunte o porquê, pois não sei nada da minha condição atual. Apenas vejo uma mulher morta, um pedaço de carne, algo que estava lá e não está mais. Não sei se ela tinha uma alma, ou para onde foi, ou se eu não a enxergo porque ela não pertence ao mesmo lugar que eu. Para ser sincero, eu não poderia me importar menos. Concentro-me no agora, porque uma merda está prestes a acontecer, e Ryan Owen não está por perto.

Puta que pariu!

RYAN

A cidade pode ser tão solitária quanto o interior ou a praia quando você está tendo uma noite, um mês ou uma vida ruim. Mas não há lugar mais solitário do que a estrada. As luzes brancas sobre bombas de gasolina, o vento soprando, os caminhões, as pessoas que interrompem suas jornadas em algum lugar entre origem e destino. Esta noite está quente, mas o vento açoita minhas roupas, meu cabelo, meu rosto.

Ouço cigarras enquanto ando até a última casa. A escuridão é tudo ao meu redor, o mato expectante, as estrelas acima. Ouço a grama macia amassar sob meus pés enquanto caminho até a casa de campo verde-clara com as luzes acesas.

Subo os três degraus do alpendre e bato.

O jovem teimoso dentro do meu corpo cansado, mais velho, me diz para ir embora, ir para casa e deixar que a polícia e o FBI façam o seu trabalho.

É quando percebo que ninguém abriu a porta. Eu toco a campainha, não alarmado, apenas exausto. Meu estômago vira e eu sei que vou para o Pollos Compadres novamente, desta vez não para explorar, mas para comer, usar o banheiro, para me sentar.

Agora estou no limite.

Toco de novo e vou até a janela.

Através das cortinas, não vejo nada, exceto a mesa de jantar com pratos sujos.

Não é nada. Talvez eles tenham comido, as crianças estão dormindo, e eles estão assistindo TV na cama.

Será que deixariam a mesa assim?

Eu conto cinco pratos, três de plástico decorado, das crianças. Estou paranoico, não estou? E se eu arrombar, cometendo um delito, e descubro que as crianças estão dormindo? Talvez esse cara só esteja comendo a esposa e eu assuste os dois, e acabo não apenas indo para a prisão, mas fodendo toda essa perseguição?

Nada ali está revirado, não há sinais de luta. Roman é um cara grande, mas ele não conseguiria subjugar dois adultos sem uma arma ou pelo menos sem deixar sinais.

Eu tento a porta da frente e está trancada.

Coma. Durma. Volte pela manhã.

Afasto-me, olhando ao redor. Não há nada além de mata escura e estrelas brilhantes. Sem lua. Tenho que voltar para o meu carro, a quilômetros de distância. Pergunto-me se eu não superestimei a minha condição física quando me propus a fazer isso.

Chego no restaurante quase na hora de fechar.

Peço uma refeição de coxas de frango, milho, arroz e salada *cole slaw*. Como se pudesse estrelar o programa Maior Homem do Mundo, bebo uma cerveja grande e me sinto muito melhor.

Atordoado de sono e com dor nos músculos, vou ao banheiro enquanto o pessoal do Pollos está começando a limpar.

Faço xixi, e olho no espelho enquanto lavo minhas mãos. Ainda é difícil me reconhecer com este cabelo de *Speed Racer* e sobrancelhas agressivas. Então eu paro.

Viro meu corpo lentamente e caminho até o cubículo do meio. No interior, vejo o diálogo que alguém criou e respondi:

POR QUE DEUS CRIO A MULHER?
PRA CARREGAR PORRA DA CAMA PRO BANHERO

Falô tudo, R.B.

E abaixo, a mensagem:

AGENTE OWEN SE TÁ AÍ SAIBA QUE NUNCA
VOU DEIXAR A KATE EM PAZ

Meu coração faz um salto mortal.

A verdade é que não é de todo ruim. Parte é bom, porque eu sabia, sabia que estava certo, sabia que esse era o lugar perfeito para ele e que ele ainda está aqui. Mas a ameaça. A porra da ameaça é difícil de esquecer.

Ver o nome dela escrito ali, neste lugar imundo…

Eu fico olhando para a frase por Deus sabe quanto tempo. Fisicamente e emocionalmente esgotado como estou, nunca estive mais perto e simplesmente não posso deitar e dormir sabendo, sabendo com certeza agora, que Roman está aqui.

A casa. Ela fala comigo. Ela diz "*seu babaca idiota, não há nada acontecendo, mas você não será capaz de relaxar até saber. Então venha, meus braços estão abertos.*"

Eu tenho que ir de carro. Não consigo andar até lá.

Pego o carro e dirijo pelas ruas desertas deste pedaço de ruralidade, tão sereno, tão isolado, quase puro. Meu coração está disparado, minhas mãos suadas. Decido não estacionar muito perto.

Deixo o carro com o pisca alerta ligado no acostamento da estrada e atravesso a pé, penetrando na fazenda a cada passo, até ver a casa. Luzes ainda estão acesas. É meia-noite, em ponto.

As cigarras cantam em torno de mim e sinto sombras que rastejam quando me aproximo. Algo me faz sacar a minha arma.

Esta é uma daquelas situações: se eu estiver certo, tenho que encontrar uma maneira de entrar que não avise o filho da puta que estou aqui. Se estiver errado, posso apavorar essas pessoas, talvez até mesmo leve um tiro de um pai de família honesto, e, na melhor das hipóteses, serei acusado de invasão de domicílio.

Mas.

Mas eu sei que estou certo.

Ouço Bardel: "E você *me* chama de narcisista".

Cala a boca, Nathan.

Percebo que estou suando. Espero um segundo de olhos fechados, as duas mãos na Glock. Mais uma vez, eu tento a porta, só para ter certeza.

E, porra, está aberta.

Isso me faz hesitar.

Dou um passo para dentro, meu corpo tenso, mas lento e silencioso. Uma sala de estar agradável, o mobiliário de madeira, estofado florido, cortinas brancas. Vejo fotos de três meninos e sinto o medo me morder como piranhas. Afasto pensamentos do meu filho Aidan e do bebê no ventre de Kate.

Absorvo o que posso da sala ao meu redor: a foto de família na parede me mostra um casal branco de trinta e tantos anos, com meninos com idades entre três e onze. Bandeira americana, Jesus Cristo.

Eleitores do Rogers, hein?

Uma abundância de porcelana herdada exibida em uma cristaleira.

Mochilas e tênis infantis em um canto.

Vejo uma prateleira com uma dúzia de livros, no máximo, romances do tipo açucarado de mulheres com espartilhos e chapéus. Vou para a cozinha em frente, vendo a mesma mesa de antes. Eles terminaram a refeição com a família, mas não tiveram tempo de limpar as coisas. A julgar pela limpeza do resto da cozinha, eu diria que isso não é normal aqui.

Comeram bolo de carne moída e purê de batatas, ervilhas e brócolis. Beberam suco de laranja. Estudo o balcão da cozinha e vejo uma lancheira aberta e uma bombinha para asma. Posso jurar que vi um maço de cigarros na sala de estar. Dele ou dela, Ryan? Com um membro da família com asma, é altamente improvável um pai ou mãe fumarem dentro da casa. E é altamente improvável que ela continuaria a fumar, dependendo da gravidade da asma. O pai deve ser o fumante.

Pego a bombinha e coloco-a no bolso do meu *jeans*. Não tenho ideia da condição em que esta criança pode estar, se for de fato um dos filhos, mas tenho certeza de que ser refém não está fazendo muito bem para sua asma. Fazendo o mínimo de barulho possível, abro uma gaveta com plástico protetor à prova de criança e pego uma boa faca de carne. Enrolando plástico-filme, colo a faca contra o exterior da minha perna. Abaixo a barra do *jeans* sobre essa medida improvisada de desespero e começo a sair da cozinha.

Minha subida pelos degraus acarpetados é longa e árdua. Receio que alguma tábua esteja solta e faça barulho sob meu peso. As luzes estão apagadas lá em cima. É, eles estão dormindo e vou dar-lhes ataques cardíacos.

Ou estão mortos.

Cale a boca, Ryan, eles estão bem.

Então eu ouço.

Plástico esmaga sob os meus pés. Eu olho e vejo um saco vazio de salgadinhos de queijo. Isto não deveria estar aqui, deveria?

E imediatamente sinto o cheiro de fumaça.

É Roman, e acabou de acender um cigarro, posso sentir o cheiro de fósforo queimado. Se ele acabou de acender um cigarro, deve tê-los encontrado no quarto dos pais. Se ele acabou de acender um cigarro, pode ser que não tenha ouvido o som da embalagem, Ryan.

Estou finalmente no patamar e olho ao redor para ver quatro dormitórios e um corredor comprido que leva ao quarto principal, onde as luzes estão acesas. O cheiro de fumaça é estranhamente agradável. O tapete permite que eu me mova sem ruído, a minha Glock apontada para a frente.

Mas agora eu congelo.

O quarto se abre para mim, e vejo a tragédia dentro.

O local foi palco de uma luta, objetos da mesa de cabeceira no chão, um abajur aceso em cima da cama, a colcha amassada. Um homem no chão. Ferimentos de bala: dois no torso. Roman saiu de casa correndo, será que conseguiu pegar uma arma a tempo? Mas se estivesse armado desde então, já teria usado a arma para conseguir comida. Não, o dono desta casa provavelmente tinha uma arma e lutou para pegá-la.

Agora Roman está armado.

E atrás de mim.

Não há tempo para virar. Sou chutado, com força, na parte inferior das costas. Caio na cama. Eu me viro e atiro contra a sombra vindo em minha direção, mas a bala atinge a parede atrás dele e ele já está quase em cima de mim. A Taurus 1911 do dono da casa está apontada diretamente para o meu rosto e pronta para disparar.

Eu coloco minhas mãos para cima.

Roman sorri para mim.

— Se livra da Glock, babaca.

É, ele ouviu o pacote de salgadinho.

Lentamente, empurro a Glock para longe até que a ouço cair trás na cama.

Nunca estive cara a cara com ele até agora.

— Como me encontrou? — ele pergunta.

Ele tomou banho, trocou de roupa, mas não descansou. Sua barba cresceu, está com bolsas muito flácidas sob os olhos. Vejo que a pele está machucada nos nós dos dedos direitos: socou alguém.

— É meu trabalho, Boyd.

Não tenho dúvidas de que ele vai me matar. Isso não me assusta, mas me deixa triste que ele sairá vitorioso.

— Agente Owen. Cabelo preto.

— Sim, sou eu.

Ele está pensando sobre o que fazer. Se fosse sábio, atiraria no meu rosto. Mas seu narcisismo e orgulho de macho estão puxando a perna dele. Quer conversar, gabar-se.

— Viu a puta no celeiro?

Não, eu não vi. Então ele matou a mãe lá fora.

— Vi, sim.

— Ela não foi tão boa quanto a Kate.

Apenas olho em seus olhos. Não vou entrar no jogo dele. Mas sei que meu rosto está vermelho de ódio.

— Mariquinha — eu digo.

Ele esboça um sorriso.

— Que foi?

— Não estou armado. Não encara uma briga de verdade?

Ryan... você foi esfaqueado, está exausto e velho.

Cale a boca, Nathan, pelo menos eu tenho uma chance.

Orgulho de macho. Mordendo a parte de trás do seu pescoço, nublando seu julgamento.

Ele joga a arma longe.

Não vou esperar. Chuto primeiro, surpreendendo-o, e consigo me levantar.

Ele quer a luta, não tem uma boa briga há anos e sou bom para seu orgulho, porque sou uma figura de autoridade, o "homem" da Kate, um agente da lei, funcionário do governo que ele tanto odeia, bem-sucedido.

Até onde ele sabe.

Cale a boca, Nathan

Aqueles dois anos de boxe na academia voltam para mim. Relaxo meus punhos e olhamos um para o outro nos olhos. Ele faz o primeiro movimento. Golpeia o ar em um gancho de direita, do qual me esquivo. Isso me dá o ângulo perfeito para um soco nos rins. Fecho meu punho no momento do impacto e sinto uma costela quebrar. Ele reage, surpreendendo-me, enquanto vira o cotovelo, que encontra o meu queixo com tudo.

Minha mandíbula arde. Felizmente sou mais alto do que ele, caso contrário teria sido o meu nariz. Mas é o suficiente para ele me agarrar pelos cabelos e me jogar no chão. Acabo caindo sobre o homem morto, em cima das pernas dele, e a sensação desconecta-me da luta por um segundo, no qual sou puro horror saturado, esmagando a carne mole que reveste seus ossos. A bota pesada de Roman está em mim naquele mesmo momento. Consigo fazer um movimento evasivo, por isso ela me pega no peito, e não no rosto, mas causa seu dano. Perco o fôlego. Reajo agarrando sua perna e torcendo seu pé.

Roman perde o equilíbrio e cai, mas usa a posição para me chutar de novo. Atinge meu braço, antes que eu seja capaz de me mover para trás. Ele caiu de cara com a minha Glock.

Tempo insuficiente, é tudo que penso, e meu próximo passo é simplesmente estúpido, cruel e patético, mas é a única coisa que tenho antes que ele atire em mim.

Calculando o peso que preciso levantar, invisto toda a minha força em meus braços e puxo o pai de família sem vida para mim, abraçando-o, empurrando meu rosto contra as costas dele, e ouço os tiros, sabendo que as balas o atravessarão, mas esperando que seus órgãos, músculos e ossos façam-nas perder velocidade, esperando que esta não seja minha hora de morrer.

Elas perfuram meu escudo humano, e sinto uma espécie de mordida. Com um berro, aperto meus dentes e empurro o cadáver para a frente com tudo o que sou. Caímos sobre Roman, eu e o dono da casa. Roman berra e começa a remexer-se para liberar seu braço do peso do cadáver. Ele acidentalmente aperta o gatilho enquanto tenta, e dois tiros explodem no quarto.

Tenho apenas espaço e tempo suficientes para mandar um soco seco em seu rosto, e esse é o meu movimento de pugilista, esse é o meu movimento Ali/Leonard, esse é o meu *jab*, meus dedos sentindo o impacto, dois dentes dele quebrando. Ouço o clique seco da Glock.

Eu olho em volta em busca da Taurus, mas não a encontro.

Levo um soco no queixo que me desorienta.

Roman está se movendo debaixo de mim, sob o cadáver. Ele consegue soltar-se e corre para a porta. Meu cérebro me vê indo atrás dele e empurrando-o escada abaixo, mas meu corpo não obedece.

Olho para baixo e vejo o motivo.

Uma bala na minha coxa, outra no meu antebraço.

Ah, não, mas eu tenho que ir.

Agarro a cama e forço-me para cima. Sei que a dor só vai piorar, mas tenho que ir.

Você está morto, meu velho. Tão morto quanto eu.

Ainda não, Nathan.

Vou atrás dele, fingindo que estou correndo, porque correr vai ser uma merda de agora em diante. Eu penso sobre a arma e em voltar para buscá-la.

Então eu paro.

As crianças.

Ryan, vá atrás dele!

Eu não posso.

Porra!

Eu fecho meus olhos. Só tenho que verificar. Tenho que verificar.

— Merda!

Mancando, fazendo algo que deveria se parecer com correr, minha perna esquerda arrastando inutilmente pelo carpete, entro no primeiro quarto que vejo. Nada.

Indo para o próximo, posso sentir o meu suor, minha coxa ardendo, e ouvir os meus próprios gemidos.

Escuto respirações ofegantes.

Coitados.

Abro a porta do guarda-roupa, fazendo os meninos gritarem de horror, de medo. Estão sentados lá dentro, entre roupas penduradas, abraçando-se.

Roman está fugindo, Owen.

Eu sei!

— Vocês três estão bem? Tenho que ir, tenho que ir agora mesmo!

O mais velho está em lágrimas e concorda.

— Ele tem outra bombinha?

Eu sei que a maldita coisa está no chão do quarto dos seus pais, mas...

Ryan, ele está fugindo!

...eu não posso correr o risco de verem seu pai daquela forma.

— Ele tem?!

— Sim… — Ele chora. — Sim, senhor.

— Não vão para o celeiro! Não vão para o quarto dos seus pais!

— Sim, senhor.

— Chama a polícia, garoto.

Enquanto tento descer a escada, percebo duas coisas de imediato: Roman vai fugir porque levei muito tempo, estou lento demais agora. E…

Ele deixou um rastro de sangue.

Sangue de verdade, fluido mesmo. Nada de gotinhas, uma puta de uma faixa.

Aperto o passo, gemendo de dor, e finalmente chego ao térreo. Lá fora, é noite encarnada. Escuridão, silêncio, cigarras e a mata.

Posso seguir o sangue.

Minhas próprias feridas começam a pulsar, queimar, enviando faíscas mortais pelos meus nervos. Escuto um carro sendo ligado. Está mais próximo que o meu.

Você tem que correr, Ryan.

Bem, sim, eu tenho que correr.

Meu carro está a uns cem pés de distância.

Noventa passos talvez, na minha situação atual?

Não, menos que isso.

Então eu corro. Parece que meus joelhos estão se despedaçando, meu recente ferimento de faca, cortesia do governador, acolhedor e familiar. Meu queixo dói. Meu coração bombeia o sangue que está correndo delicadamente pela minha coxa e meu braço. Passos são dor, simples assim. Percebo que estou chorando de dor, do contato com aquele cadáver e dos gritos daqueles meninos e por ser capaz de imaginar vividamente demais o que a mãe deles passou.

Ele dispara na estrada, mas não me atrevo a parar para olhar. Se eu tivesse chegado àquela Taurus, poderia pelo menos atirar.

Quando chego ao meu carro, Roman já está fora de alcance da minha audição. Entro e, por um segundo, só fico sentado, minha mente um clarão. Chaves, chaves...

Enfio a mão no bolso, surpreso que as chaves não caíram. O carro treme quando viro a chave. Arranco, puxando meu cinto de segurança, porque é um hábito e filhos da puta velhos como eu conservam seus hábitos. Piso no acelerador, ganhando velocidade, meu coração martelando.

O asfalto liso, árvores em ambos os lados, aperto o pé no pedal com tanta força que quase posso ouvir minhas feridas berrarem.

O Avalon aparece no meu campo de visão.

Está instável. Imagino que ele esteja tentando aplicar pressão sobre a ferida e dirigir com apenas uma mão.

— Tá machucado, é?! — percebo que estou gritando, meu corpo inclinando-se para a frente, o pé no acelerador. — Sangra, seu filho da puta!

E então acontece.

Está acontecendo com ele, a princípio, e menos de um microssegundo depois, comigo.

NATHAN

Quando vejo o primeiro acidente, meu susto não é como dar um pulo, me encolher, fazer uma careta. Na minha condição, o medo invade meu corpo inteiro, dos meus dedos das mãos até os pés. É um sentimento que se dissipa através de tudo o que sou, lentamente, quase com ternura.

Tinha um carro parado no acostamento. Estava vazio, porque sua proprietária, dra. Kimberly Sawyer, entrou no mato para mijar, pois não aguentava mais segurar e parar no posto de gasolina ia fazer com que se atrasasse para o café da manhã que prometeu tomar com sua filha, Glaucia.

O Avalon roubado de Roman bate contra o carro dela, por trás. O impacto vira o carro, todas as janelas estilhaçando de imediato, enquanto a parte traseira traça um risco de compasso e o carro finalmente capota. Não há nem tempo para uma cantada de pneus antes do carro de Ryan chocar-se contra o Avalon, em um beijo ensurdecedor de metal e movimento.

O Rover de Ryan é jogado sobre o Avalon, esmagando-o. O carro pousa de cabeça para baixo, os dois veículos enviando faíscas ao redor deles enquanto deslizam. Sim, eles *deslizam* pelo asfalto.

O som que faz é excessivo, cruel, bélico.

Então só há o barulho de vidro.

A sonsa da mulher, Kimberly, corre para fora das árvores em direção ao seu carro, completamente horrorizada. Suas mãos movem-se para os cabelos num primeiro momento, os lábios entreabertos e os olhos esbugalhados. Então ela começa a correr para o carro mais próximo a ela: o Avalon.

Lá dentro, Roman está vivo.

Está jorrando sangue pelo estômago, onde acidentalmente atirou em si mesmo durante a briga. O *airbag* explodiu e quebrou seu nariz, ele tem uma costela quebrada e o ombro deslocado. Kimberly ajoelha-se e vê que ele está inconsciente.

— Ah, meu Deus! — ela grita. — Senhor!

Ela ouve metal arranhar o asfalto e vira a cabeça loira por cima do ombro para ver a porta do Rover abrindo-se.

Ryan engatinha para fora do veículo, braços sangrando, cheios de vidrinhos que reluzem na noite, como estrelas.

A mulher levanta-se e corre até ele.

— Deus! Você está bem?

Ele não consegue falar. Apenas se empurra para fora, tentando avaliar o dano causado ao seu corpo, tentando respirar.

— Ah, me desculpe! — Ela ainda está gemendo. — Ah, meu Deus, eu só parei por um segundo...

— Ele está vivo? — Ryan arfa.

Kimberly olha para o outro carro.

— Não sei, senhor, mas, por favor, fica parado, deixa eu te examinar, por favor, deita e fica parado!

Ryan quer apenas fechar os olhos e dormir. Ele acha que vai apagar.

— Senhor, por favor, deixe eu ajudá-lo!

— Celular.

Ela está um pouco desorientada, como se não se lembrasse do que essa palavra significa. Então ela procura em seu bolso de trás e tira um iPhone.

— A polícia — ele grunhe.

Ela aperta 9-1-1.

Ele não ouve a sua descrição do que está acontecendo. Ajoelha-se, então tenta levantar-se, percebendo que não tem forças. Ryan rasteja, sentindo pequenos cacos de vidro contra as palmas das mãos, até estar olhando para Roman Boyd, desmaiado dentro do carro, com a cabeça para fora, seu corpo numa posição desajeitada, de cabeça para baixo. Ryan tateia a perna atrás da faca. Ele a puxa em um único movimento doloroso.

A voz de Kimberly está em algum lugar no fundo de sua mente.

— *...do nada, e um deles está vivo, o outro não tenho certeza, paralelos à rodovia dezessete...*

Mas Roman está vivo.

Ryan espera um momento.

Ele solta uma gargalhada, uma risada que me assusta, com toques de loucura. Fecha os olhos e geme algo que se transforma em uma espécie de rugido. Acho que está ficando louco.

Mate-o, Ryan.

Mas ele suspira e começa a chorar, e toca a testa no asfalto. Coloca a faca para baixo em um movimento lento e levanta-se com toda a força que consegue reunir.

Ele só quer ficar longe de Roman, da estrada, e dormir.

Cai na grama e fecha os olhos, afundando na escuridão, em um sono sem sonhos, em absolvição.

KATE

Não há finais felizes.

Mas há esperança.

Continuo sendo uma idiota, porque quando Ryan acorda no hospital depois de ser operado, choro como se fosse a única coisa que soubesse fazer. Eu seguro a mão dele, amando-a, odiando o cabelo e sobrancelhas escuros, e choro, e não estou lá grandes coisas para um homem que acabou de acordar; olhos vermelhos e ranho no nariz e ombros tremendo. Ele sorri para mim, mas está detonado. Roman está vivo graças ao homem que se recusou a matá-lo, e a uma mulher, Kimberly, que conseguiu controlar a hemorragia até a polícia chegar. Ele foi julgado, alegando insanidade, mas, no final, foi condenado à morte. Ele permanecerá no corredor da morte enquanto apela da sentença. Ryan e eu testemunhamos no tribunal, e não posso explicar o quanto isso foi difícil. Nós nos abraçamos no meio da noite, recuperando-nos de nossas feridas, silenciosos, compartilhando apenas o calor do outro. Nós quase não falamos nessas semanas.

Morris será solto em quatro anos. Está recebendo tratamento e visitas semanais da minha mãe. Meu pai recusa-se a vê-lo. Papai chora por Amanda quando vai à igreja sozinho às terças-feiras, geralmente depois do almoço. Eu falo mais com o meu pai hoje do que durante a maior parte da minha vida. Ele não me pede desculpas por não ser um pai perfeito, e eu não me desculpo por ser uma filha de merda. Sou a única pessoa que ele tem agora, e suponho que nossas lentas, pausadas e superficiais conversas sobre o tempo, sobre Ryan, sobre política, são o melhor que podemos fazer, e isso não é ruim.

Ryan teve que testemunhar num tribunal contra Mathias Rogers. Ele está sendo forçado a fazer terapia com a dra. Annatil Fowler e topou porque o FBI quer tê-lo de volta, como consultor. Ryan finge que está fazendo um favor para eles, quando, na verdade, sei que ele precisa disso. Mathias Rogers foi condenado a treze anos em uma prisão federal. Ryan recebeu *e-mails* de ameaça, os quais ignorou.

Ele acompanhou o caso dos meninos da fazenda. São filhos de Trisha e John Kingsley, seus nomes são Raphael, Benjamin e Dennis. Eles morarão com Gemma, a irmã de John, no Missouri.

Eu escrevi e publiquei o livro sobre Nathan.

No início, eu disse que não o faria. Odiei o frenesi da mídia sobre o assunto, a bajulação e dinheiro que a Sahara jogou na minha cara. Detestei como eles não se importaram o suficiente para lê-lo, como só o queriam enquanto as histórias estavam em todos os noticiários, e quando o aniversário de um ano da execução de Nathan Bardel estava chegando. A cadela em mim disse a Ryan, enquanto ele saía do banho uma noite, "Não vou publicar o livro. Foda-se a Sahara."

Eu me lembro dele em pé, toalha na cintura, cicatrizes no braço, coxa e perna, olhando para mim e perguntando:

— Então por que está escrevendo, Kate?

Ponderei sobre isso por muito tempo. Sim, eu descia as escadas furtivamente para clicar no teclado, para terminar a maldita coisa, para incluir a história de Sarah Rogers. Eu ainda ouvia as músicas clássicas. E quando o livro *Eu Vejo Nathan: A História de um Serial Killer* estava terminado e Ryan leu-o – em quatro horas – e, em seguida, tirou os óculos de leitura e olhou para uma carente Kate ao lado dele na cama e disse "Está magnífico", desabafei:

— Precisei escrevê-lo. Não para eles, para mim. Eu sinto Nathan comigo. Não me diga que é estresse pós-traumático, porque não é. Já estava lá quando decidi escrever o livro, Ryan. Por favor, não olhe para mim como se eu fosse louca. Mas eu precisava escrever. Acho que agora, com sua história contada aqui, ele se sentirá ouvido. Acho que vai me deixar em paz.

Ele não me respondeu. Como poderia? Ele se perguntava se estava apaixonado por uma porra de uma lunática, é claro que não respondeu. Apenas sorriu e disse que eu poderia ganhar um milhão a mais se ele escrevesse o prefácio. E ele escreveu, porque é Ryan. Nunca dei a mínima para o milhão adicional. Na verdade, não sei quanto dinheiro o livro faturou. Doei quase tudo para três diferentes instituições que apoiam vítimas de estupro. Não porque sou boazinha, mas porque nunca senti que o dinheiro era meu, e nunca me senti confortável com ele.

Nós não vamos nos casar ou algo assim. Ele me pediu para morar com ele. Hesitei, não sei se queria morar em Fort Lauderdale. No final, ele me convenceu. Eu me mudei, mexi um pouco na casa, ele montou um escritório para mim. Passo a maior parte do meu tempo lá, escrevendo.

Ryan me faz um lanche às vezes, beija minha cabeça, então senta-se para fazer as coisas dele: sua pesquisa, sua própria escrita, suas coisas. Nós não precisamos falar, sabe? Nós nos curamos com o silêncio compartilhado, nos curamos apenas por estarmos próximos.

Temos um menino de um ano. Seu nome é Jack.

NATHAN

Vejo Kate e ela está sorrindo. Talvez até mesmo consiga ser uma boa mãe.

Ryan está lecionando, escrevendo e seguindo em frente. Kate compartilha sua vida entre as palavras que ela semeia em seu computador e o bebê, que toma demais do seu tempo e energia.

Nem sempre falam de mim, mas quando o fazem, não importa onde eu esteja, consigo ouvi-los. Faço isso com algum tipo de carinho, suponho.

Eu ainda estou aqui.

Visito Morris, visito Roman, fico por perto até que entenda por que ainda estou aqui, até entender quem sou. Devo admitir que está me mudando, ver o mundo e ver as pessoas da maneira vejo agora. Talvez essa seja a finalidade, talvez não haja nenhuma.

Peço-lhe que me mantenha vivo, sabe? Pense em mim às vezes, quando ouvir música clássica, Mussorgsky, Chopin, Beethoven. Pense em mim quando puder.

Talvez eu possa ver você também.

POSFÁCIO

MAIS DO QUE UM LIVRO

"Eu juro, você vai adorar." Com essa frase, a então blogueira Natália Novikovas apresentava-me à obra que impulsionaria minha história profissional e pessoal – e também a de Cláudia Lemes – em um novo sentido e uma nova direção.

O livro Eu Vejo Kate e os bastidores de sua produção foram aulas diárias de construção de narrativa, preparação e edição. Tudo que o cercou me ensinou muito sobre ficção, lançamentos e profissionalismo, mas, acima de qualquer coisa, foi uma aula sobre seres humanos, reais ou não. Mandei um *e-mail* para Cláudia pedindo para ler a obra e a recebi em menos de 30 minutos. Essa é uma característica dela que aprecio muito, tudo é para já.

Eu não sou uma pessoa de boa memória, mas lembro perfeitamente de, ainda que muito ocupada naquele momento, ter decidido no mesmo instante a começar a ler o original. Quando digo "lembro perfeitamente", não estou exagerando: como um flash, a cena ficou gravada na minha mente e nunca mais saiu. Eu Vejo Kate me causou uma infinidade de impressões já na primeira leitura e elas ficaram gravadas em mim, a ponto de não ser necessário revisitar o livro para falar sobre ele agora. Nem minha mente caótica foi capaz de apagar nenhuma das memórias daquela época, então, deixo aqui sete pontos que levarei para sempre comigo.

O primeiro impacto causado por Eu Vejo Kate aconteceu ainda na introdução, quando Cláudia nos contava sobre como o nível de violência do livro inicialmente a preocupava, mas concluía que não havia como escrever aquela história "sem sujar as mãos". Esse entendimento final me acompanha até hoje quando faço edição ou leitura crítica de um original com tramas e cenas extremadas. "Dava para não sujar as mãos?". Se a resposta for "sim", então questiono o autor sobre suas escolhas; se for "não", aceito. Quanto mais limpo o crime, mais perfeito ele é, certo?

O segundo impacto, sem dúvida, veio na abertura da trama. Quando falo com autores sobre a necessidade de agarrar o leitor nesse primeiro momento e não o deixar nem piscar – tal qual Alex DeLarge –, é daquele tipo de abertura que estou falando. Quando digo ainda: "faça isso mostrando um grande número de ações, no menor número possível de palavras", é aquele tipo de abertura que estou querendo. E, por fim, quando peço que ele "monte uma deliciosa armadilha na qual o leitor não apenas vai cair, como também vai desejar ficar lá para saber o que vem depois", sem dúvida é à abertura que estou me referindo:

"Eu vejo Kate. Ela não me vê. Uma das minhas dúvidas perdurantes em relação a minha condição (e a dela) é se ela poderia me ver se acreditasse em mim. Ou se me ver não é e nunca foi decisão dela". É assim que se abre uma história. Nem oferecendo demais, a ponto de não deixar nada para a imaginação, nem dando de menos, a ponto de transformar mistério em uma enrolação sem fim. A abertura foi modificadas em edições posteriores, mas aqui fui convidada para falar da obra na qual trabalhei.

No terceiro impacto que a história me causou, eu já não estava mais em frente ao meu computador na extinta Editora Empíreo, mas sentadinha no ônibus, desafiando minha vista e meu estômago fraco ao seguir lendo numa telinha mínima de celular. Eu precisava saber onde aquilo ia dar e precisava saber logo. Lembro que algumas horas depois bati os 50% do original. Isso é perigoso quando se está avaliando uma obra, mas às favas com a técnica, eu queria saber do Nathan, da Kate e do Ryan, nessa ordem de importância. Até aquele momento do dia, eu ainda não havia feito nada além de ler: não jantei, não troquei de roupa e não alimentei os gatos. Sim, conseguir esse tipo de atenção é a missão para qualquer autor. Aos escritores com quem trabalho nunca deixo de frisar: "antes dos 50%, se você não tiver conseguido convencer seu leitor de que vale a pena ler até o final, ele vai abandonar a história". Leitores fecharão o livro e o esquecerão se sentirem-se lesados no tempo que estão dando, como se fosse um relacionamento novo que não vai bem. A vida é curta demais para ler um livro ruim.

O quarto impacto foi a construção do personagem Nathan – personagem com P maiúsculo – e a escolha, consciente ou não, de Cláudia em transformar a condição dele de morto em uma vantagem literária para o leitor passear livremente pelos pensamentos de um psicopata, tal qual um visitante de museu admirando de perto, mas à distância segura, as obras ali dispostas. Eu tinha visto algo parecido no livro Psicopata Americano, de Bret Easton Ellis, mas ali o personagem está vivo e, portanto, algumas limitações existiam, por exemplo, ele interagia com os demais personagens. Nathan é algo mais machadiano, quando um morto resolve falar e não tem pudores, afinal, sua condição livra-o de qualquer convencionalismo. Até o final da história, Nathan nos causa repulsa como apenas um psicopata, *serial killer*, pode causar, mas, para surpresa geral, o cinismo dele, às vezes, diverte, e a maneira bruta com que ele trata Kate, dizendo a ela algumas coisas que nós queríamos dizer, nos contagia também. Claudia parcialmente o humaniza, mas sem inocentá-lo. Nathan foi cruel em vida e é frio na morte. Se fosse vivo, mataria Kate sem pensar duas vezes.

O quinto impacto veio da protagonista. Personagens são a alma de um livro. Ninguém acompanha a história de uma pedra, nós nos interessamos por pessoas. Isso é do ser humano. Kate tem um poder incrível de ser bem próxima do que a média das pessoas são em situações de pressão, e talvez por isso ela cause certo incômodo no início. A gente gosta de pensar e dizer "se fosse eu, teria feito isso", "se fosse comigo, não deixaria..."; teria sim e deixaria sim. Kate não foi desenhada para ser uma heroína que salvará o mundo/cidade/família no final da trama. É apenas uma mulher que começa e termina a história com o mesmo objetivo: tentando se salvar. Exatamente como a maioria de nós, mortais. Nunca deixo de pensar o quanto do autor um protagonista carrega. Hoje, acho que conheço Cláudia o bastante para dizer que, no final das contas, elas podem se parecer muito. Duas sobreviventes.

O sexto impacto tem a ver com a capacidade de estudo que a Claudia apresentou. Seja na técnica escrita que nos permite ler um thriller num fôlego só, seja no conteúdo, que nos faz entender melhor como funciona o FBI e suas investigações. Um escritor precisa ser íntimo de informações acerca do universo sobre o qual vai tratar, a ponto de poder selecionar o que e quanto vai contar ao leitor para a história fazer sentido. Desse ponto de vista, nossa autora foi uma jornalista. Eu sei o que estou falando porque essa é minha formação. Se Eu Vejo Kate fosse baseado em uma história real, estaria na prateleira do Jornalismo Literário, ao lado de Capote, entre outros grandes.

O sétimo impacto foi a própria Cláudia Lemes. Ela é um furacão em forma humana. Existe o antes e depois dela aonde quer que vá e o que quer que faça. Almas fracas podem não gostar. Eu amo. Mulheres são construídas pela sociedade para serem passivas, mesmo quando em posição de autoridade. Se uma mulher dá um comando, ele precisa ser quase um pedido, ou é vista como arrogante e prepotente até mesmo por outras mulheres. Um homem na mesma situação é forte, seguro e destemido. Mulheres não podem decidir seus destinos sem serem questionadas, colocadas em dúvida. Cláudia foi, eu mesma vi. Agora, eu pergunto, quem para um furacão? Eu soube que Cláudia era um Katrina nos primeiros 30 minutos da primeira conversa pessoalmente que tivemos, e me preocupei, pois se ela era um furacão, eu sabia que eu mesma era um maremoto. Meu pensamento ao final daquela reunião foi: ou seríamos inimigas mortais, ou amigas de verdade. A intensidade de nossa relação já desde o início nos transformou em parceiras. Editamos, divulgamos e vendemos o livro juntas. Nós nos consultamos para cada ação e fizemos o melhor que pudemos nas condições que nos foram dadas. Ela criava e inventava todo tipo de evento, eu tinha mania de grandeza e, como sonhadora, apostei nas ações de divulgação. A obra ganhou praise de Ilana Casoy porque minha cara de pau sempre é um dom. Pouca gente sabe que caminhei pela Rua Frei Caneca, sozinha, às 20 horas, para ir a um evento do Fernando Meirelles (diretor e roteirista), com o objetivo de entregar um exemplar do livro nas mãos dele. Entreguei. Nunca me ligou, mas sigo sonhando.

Eu Vejo Kate foi o primeiro livro do qual fui coordenadora editorial e ele me mostrou o que de fato eu queria fazer nesse mercado. Foi minha primeira experiência lidando com autor, design, revisão, livraria e divulgação. Peguei gosto. Tudo exaustivo, mas eu dormia com sorriso estampado. Hoje, olho o livro e penso que mudaria muita coisa nele, mas ali foi feito o possível. De 2015 para cá, só vi Kate e Cláudia crescerem. Tal qual parceiras de crime, é impossível desvinculá-las. Uma apresenta a outra ao mundo e vice-versa. Inseparáveis, a cada nova versão do livro, elas se parecem com Thelma e Louise saltando num Thunderbird 1966, de mãos dadas, para seu próprio destino. De outra parte, Kate me apresentou Cláudia, uma amizade construída tijolo a tijolo (um pouco de clichê não faz mal, viu?), e como duas mulheres com opiniões – furacão e maremoto, lembram? –, também nos chocamos. Ensinamo-nos a arte da delicadeza e de dar espaço e tempo. Nós nos apoiamos e desconfiamos. Rimos e rosnamos. Sempre tem alguém me perguntando sobre como vai nossa amizade. Estar aqui escrevendo responde àquela grande dúvida inicial: inimigas ou amigas de verdade? O final é óbvio, não teve plot twist. Obrigada, Kate.

- **Adriana Chaves**, agosto de 2022

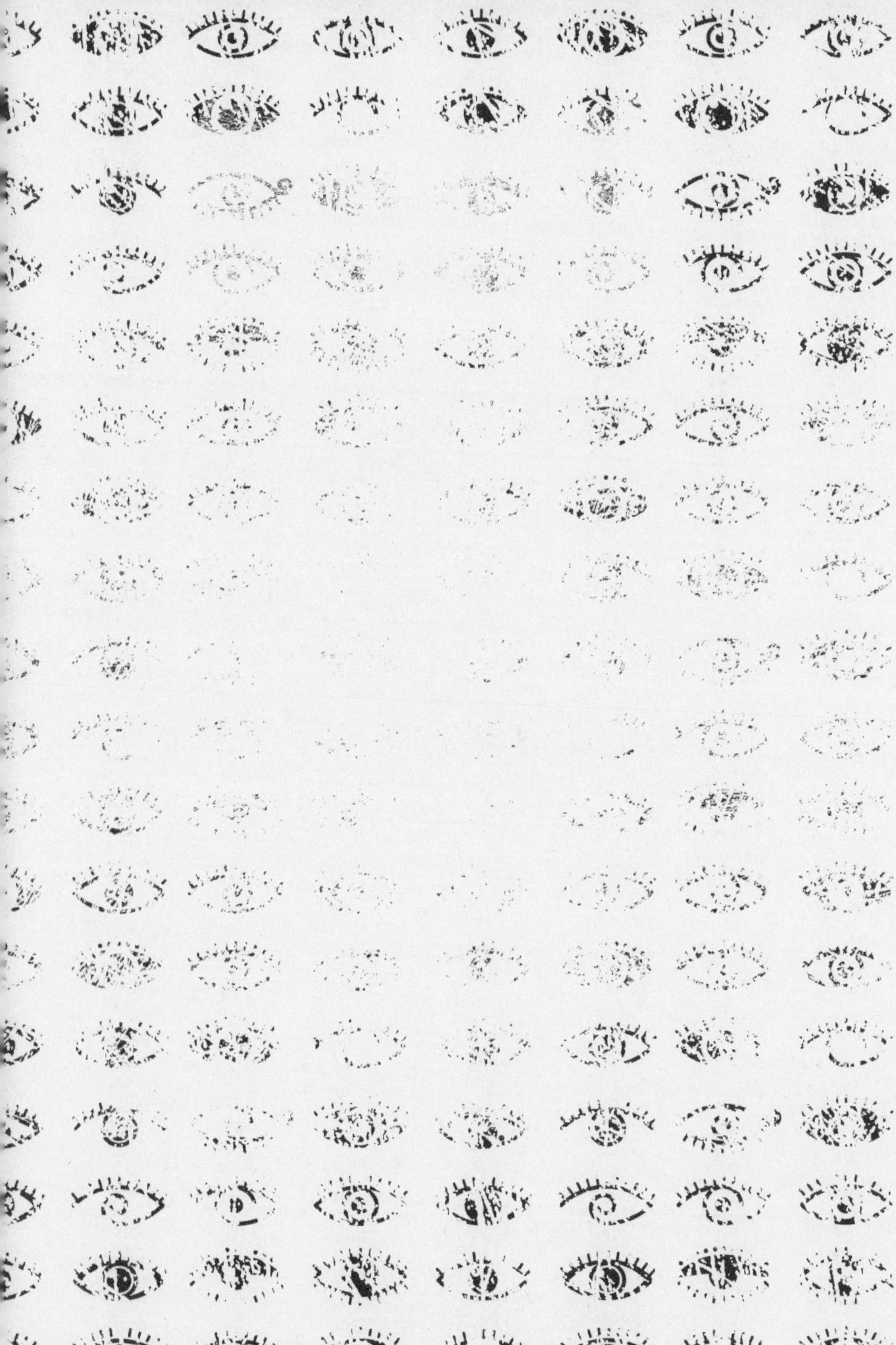

PLAYLIST DO NATHAN

- ✓ **Boccherini** – *Minuet*
- ✓ **Debussy** – *Clair de Lune*
- ✓ **Liszt** – *Liebestraum nº 3*
- ✓ **Beethoven** – *Symphony nº 5, movement 1*
- ✓ **Bach** – *Toccata and Fugue in D minor*
- ✓ **Chopin** – *Nocturne op. 9*
- ✓ **Orff** – *Carmina Burana: O Fortuna*
- ✓ **Mozart** – *Requiem: Lacrimosa*
- ✓ **Vivaldi** – *Four Seasons: Winter*
- ✓ **Brahms** – *Lullaby*
- ✓ **Mozart** – *Symphony nº 40*
- ✓ **Mussorgski** – *Night on Bald Mountain*
- ✓ **Prokofiev** – *Romeo and Juliet*
- ▶ **Bônus:** *Pachebel – Canon in D major.*

AVEC
EDITORA